Liberté, égalité, chocolat

© 2003, Alex Shearer
Titre original : *Bootleg*
Publié avec l'autorisation de Mac Millan Children's Books

© 2009, Bayard Éditions
© 2008, Bayard Éditions Jeunesse pour la traduction française
18, rue Barbès, 92128 Montrouge Cedex
ISBN : 978-2-7470-1485-4
Dépôt légal : juin 2008
Deuxième édition

Alex Shearer

Liberté, égalité, chocolat

Traduit de l'anglais par Stan et Sophie Barets

MILLEZIME
bayard jeunesse

Alex Shearer vit dans la région du Somerset, en Angleterre. Il a écrit plus d'une douzaine de livres pour enfants et adultes, des fictions pour la télévision et le cinéma.

Liberté, égalité, chocolat a fait l'objet d'une adaptation télévisée diffusée sur la BBC en 2002.

1

Le Parti Qui Vous Veut du Bien

L'homme en uniforme placardait un avis sur les planches recouvrant la devanture d'une boutique abandonnée. Deux collégiens le regardaient faire. L'homme recula d'un pas pour admirer son œuvre. Puis il se tourna vers les garçons, l'air méprisant.

— Ça vaut pour vous tous ! lança-t-il avec une évidente satisfaction. Finis les chocolats à l'heure du goûter ! S'il vous reste des sucreries, goinfrez-vous tant qu'il est encore temps ! Car vous n'êtes pas près d'en trouver à nouveau. Ça vous apprendra !

Il ramassa sa colle, sa brosse, ses rouleaux d'affiches, et lança :

— Bonnes pommes croquantes, camarades !

C'était la formule officielle du Parti Qui Vous Veut du Bien, un simple « salut » n'étant plus admissible désormais.

— Bonnes oranges juteuses pour vous, citoyen, répondirent docilement les enfants.

— Gardez la banane ! conclut l'homme.

Il s'éloigna d'un pas décidé pour aller coller d'autres proclamations sur un abribus, non loin de là. En réalité, elles n'étaient pas vraiment nécessaires. Il fallait être mort ou venir d'une autre planète pour ignorer encore la nouvelle loi.

Les garçons se plantèrent devant l'annonce. Des bulles d'air emprisonnées sous la colle la faisaient boursoufler. On y lisait :

**LA CONSOMMATION DE CHOCOLAT
EST DÉCLARÉE ILLÉGALE
CE JOUR, À PARTIR DE 17 HEURES.**

*IL EST DÉSORMAIS INTERDIT
D'EN VENDRE À QUICONQUE,
SAUF SUR PRÉSENTATION D'UN CERTIFICAT MÉDICAL.
LA COMMERCIALISATION DES FRIANDISES
ET DES CHOCOLATS EST PROHIBÉE.
ELLE CONSTITUE UN DÉLIT PASSIBLE
D'UNE AMENDE DE 5 000 EUROS,
AINSI QUE D'UNE PEINE D'EMPRISONNEMENT.*

*CE DÉCRET OFFICIEL EST PROMULGUÉ
AU NOM DES REPRÉSENTANTS ÉLUS DU*
PARTI QUI VOUS VEUT DU BIEN
*(LE PARTI DE LA VIE SAINE, DES BONNES DENTS
ET DE L'ÉRADICATION DE L'OBÉSITÉ
ET AUTRES MALADIES
LIÉES À UNE MAUVAISE ALIMENTATION).*

Les deux garçons prirent le temps de lire le texte en entier. Puis de le relire.

— Alors, ça y est, commenta Sébastien Moreau. On est faits ! Il me reste un caramel et une barre de chocolat. Et toi ?

Arthur fouilla dans ses poches. Il en extirpa une sucette au citron entamée, un bout de réglisse et un chewing-gum :

— Voilà. C'est tout ce que j'ai. Après, adieu les bonbons !

— Triste journée ! soupira Sébastien. Je n'aurais jamais cru qu'on en arriverait là. Allez, viens, trouvons-nous un coin tranquille pour savourer ça.

Ils descendirent vers le vieux cimetière, un endroit parfaitement approprié, car les deux amis avaient l'impression de se rendre à un enterrement. C'est là qu'ils enseveliraient à jamais leurs dernières sucreries dans leur estomac.

Ils les dégustèrent donc ensemble d'un air solennel, assis sur une pierre tombale, mâchant avec lenteur, application et force bruits de déglutition. Ils les firent durer le plus longtemps possible. Puis, afin de récupérer la plus microscopique particule, ils léchèrent scrupuleusement les emballages. Quand ce fut fini, au lieu de les jeter dans une poubelle, ils les plièrent comme s'il s'agissait de billets de cent euros. Enfin, ils les rangèrent avec soin au fond de leurs poches.

— Voilà, terminé ! soupira Sébastien. Désormais, pour avoir le droit d'en déguster d'autres, il nous faudra être à l'article de la mort. Et encore, on devra obtenir un certificat médical.

— Je parie qu'il y a foule au cabinet de maman, dit Arthur, dont la mère exerçait comme médecin au dispensaire du coin. Les gens doivent tous s'inventer les pires maladies pour obtenir une ordonnance de chocolat.

Il ne se trompait pas.

Assise à son bureau, le docteur Caroline Bertin recevait Mme Chapon, une de ses patientes habituelles. C'était une femme assez grasse dont le visage rond reflétait une véritable angoisse.

— Il me faut ce certificat, docteur, insistait-elle sur un ton où se mêlaient menace et supplication. Il me faut mes tablettes, sinon je ne sais pas ce que je vais devenir. Je suis accro au chocolat, vous le savez. Si je n'ai pas ma dose, je vais me trouver en état de manque et m'arracher les cheveux.

Observant le médecin à travers ses yeux mi-clos, elle ajouta :

— Ou arracher les cheveux de quelqu'un d'autre...

La mère d'Arthur esquissa un sourire compatissant :

— Je suis navrée, madame Chapon. À partir de dix-sept heures, ce soir, le chocolat ne sera plus délivré qu'aux personnes en phase terminale, incapables d'absorber un autre aliment. Or, pour autant que je sache, à part votre ongle incarné, vous êtes en parfaite santé.

Les pupilles de Mme Chapon se réduisirent à deux fines têtes d'épingle :

— Docteur, sans ma ration quotidienne de chocolat, je vais tomber gravement malade. Je ne pourrai plus me contrôler et risquerai même de devenir violente.

Caroline Bertin n'était pas femme à se laisser intimider :

— Désolée, madame Chapon, je n'y peux rien. J'ai bien peur que nous devions tous nous accoutumer à cette privation. Une pastille de menthe ?

Elle tendit à sa patiente un tube de bonbons sans sucre. Celle-ci se laissa tenter :

— Merci. J'espère que cela m'aidera. Mais ce n'est qu'un succédané. Rien ne remplacera jamais un authentique morceau de bon chocolat.

Quittant le cimetière, les deux amis regagnèrent la route.

— Je ne sais pas ce que je vais devenir, grommela Sébastien. Plus de chocolat, plus de bonbons... J'ai l'impression d'avoir une pierre sur l'estomac.

— C'est l'idée de manquer bientôt de sucré qui te fait cet effet. Ça passera.

Sébastien poussa un long soupir :

— Sans doute. Bon. Maintenant, il faut s'accrocher et tâcher d'être fort. Après tout, nous, nous avons goûté au chocolat. C'est notre chance. Alors que les petits, ceux qui ne sont pas encore en âge de croquer dans leur première tablette, ils ne connaîtront jamais la saveur de cette pâte onctueuse fondant sur la langue. J'en suis consterné pour eux.

— D'un autre côté, ils ne sauront pas ce qu'ils perdent, objecta Arthur. Pour nous, c'est pire. On regrettera tout ça pendant des années. On aura probablement besoin d'une thérapie pour supporter la privation. On risque de craquer, j'en ai peur...

Sous le crachin, la rue était silencieuse, misérable. Les gens avaient des mines sinistres, à quelques exceptions près : certains passants, un sourire radieux aux lèvres, affichaient leur satisfaction, heureux que la Loi de Prohibition des friandises et du chocolat soit enfin entrée en vigueur.

François Crampon et Martine Percale étaient du nombre. Ces camarades de classe de Sébastien et Arthur étaient membres des Jeunes Pionniers, l'organisation de jeunesse mise en place par le Parti Qui Vous Veut du Bien.

On les voyait souvent se pavaner dans leurs uniformes impeccables, chantant des hymnes à la gloire du Parti ou cherchant à accomplir leur BA de la journée.

Les Jeunes Pionniers étaient tristement célèbres pour leurs Bonnes Actions.

Par exemple, ils aidaient les vieilles dames à traverser la rue, qu'elles le veuillent ou non. Au point que de nombreuses personnes âgées préféraient se cacher sous un porche quand elles les entendaient arriver. Elles avaient bien trop peur qu'ils les obligent à passer de l'autre côté contre leur gré, et d'être ensuite incapables de revenir sur leurs pas à cause de la circulation.

Deux fois par semaine après les cours, ainsi que le samedi matin, les Jeunes Pionniers faisaient leurs exercices dans le parc. Ils défilaient en rang entre les buts du terrain de football, sans se soucier des joueurs. S'il y avait un match en cours, il devait s'arrêter le temps de laisser passer la troupe.

François Crampon et Martine Percale ouvraient la marche en braillant des couplets que leurs compagnons reprenaient en chœur.

— Je n'veux plus de chocolat, entonnaient-ils.

— On n'veut plus de chocolat ! répondaient les Pionniers en balançant les bras et en levant les genoux comme des pistons.

> *Oui, les caries, c'est fini !*
> *Oui, les caries, c'est fini !*
> *Le sucre, plus jamais d'la vie !*
> *Le sucre, plus jamais d'la vie !*

On aime mieux le céleri !
On aime mieux le céleri !

On n'veut plus de chocolat !
On n'veut plus de chocolat !
À la poubelle, les sodas !
À la poubelle, les sodas !
Et celui qui n' s'y plie pas,
Et celui qui n' s'y plie pas,
Au Parti, on l'dénoncera !
Au Parti, on l'dénoncera !

L'Parti est notre gardien,
L'Parti est notre gardien,
L'Parti Qui Vous Veut du Bien !
L'Parti Qui Vous Veut du Bien !

Justement, ce jour-là, les Pionniers arpentaient le stade, sous le regard résigné des joueurs qui attendaient, la balle au pied, le moment de reprendre la partie. Sébastien et Arthur entendaient leurs chants depuis la route.

Une voiture passa. Arthur remarqua un autocollant, sur la vitre arrière : *Je n'y suis pour rien, je n'ai pas voté pour eux.* Les deux garçons savaient ce que cela signifiait : aux dernières élections, ce conducteur avait voté pour le 3V, le parti « Vivez comme Vous Voulez ». Mais il faisait partie de la minorité. Une large majorité d'électeurs avait choisi le Parti Qui Vous Veut du Bien, convaincus que son seul but était d'assainir la planète et de la rendre plus agréable à vivre.

D'autres, comme Roger Moreau, le père de Sébastien, ne s'étaient même pas déplacés pour voter.

— Ces candidats, tous des médiocres ! avait-il pesté. Il n'y en a pas un pour rattraper l'autre !

Ce en quoi, peut-être, il se trompait.

Sébastien avait entendu ses parents se disputer, après les élections, quand le Parti Qui Vous Veut du Bien avait pris le pouvoir. Sa mère vitupérait :

— La faute aux gens comme toi, Roger ! C'est vous qui les avez laissés passer en vous abstenant. Tu connais le dicton : « Le mal grandit quand les gens de bien ne font rien. » Rien, c'est précisément ce que tu as fait !

Ne sachant que répondre, son père s'était réfugié dans sa boulangerie, bougonnant et remuant à grand bruit ses moules à gâteaux.

Sa colère monta encore d'un cran lorsqu'il reçut une lettre du Parti lui annonçant qu'il devrait bientôt supprimer le sucre dans ses pâtisseries. La circulaire préconisait également l'emploi de la farine complète, car la blanche manquait de fibres et d'éléments essentiels. Tout cela lui déplaisait au plus haut point :

— Si on interdit le sucre, c'est la mort des pâtissiers. Comment préparer un gâteau de mariage sans sucre ni farine blanche ? Je suis censé leur proposer quoi, aux jeunes mariés, à présent ? Un petit pain aux céréales ? Une tourte à la purée de pommes de terre, fourrée à la viande hachée, avec une bouse de vache sur le dessus, pour faire joli ?

Une fois de plus, il avait passé son énervement sur ses ustensiles, jetant à ses coupes, ses médailles et ses diplômes un regard lourd de tristesse. Celle d'un homme que l'on prive d'une tâche qu'il aime. Et dans laquelle il excelle.

Sébastien et Arthur continuèrent leur promenade.

L'heure fatidique approchant, les boutiques étaient vidées de leurs dernières marchandises. Des hommes et des femmes en uniformes enfournaient dans des camionnettes des cartons de cacao et de chocolat, tous destinés à la destruction.

— Pourquoi ont-ils décidé ça ? maugréa Arthur. Je ne comprends pas. Je sais bien que l'excès de sucreries est mauvais pour les dents. Mais un bonbon ou un carré de chocolat de temps en temps n'ont jamais fait de mal à personne. Pourquoi les interdire complètement ?

— T'as raison. De toute manière, tu peux toujours te brosser les dents, si tu as peur des caries.

— Exactement. Ou prendre un chewing-gum sans sucre, comme le font certains.

— Comme le faisaient…, rectifia Sébastien.

Car le chewing-gum était également prohibé.

— Et que vont devenir les dentistes s'ils n'ont plus de dents à soigner ? continua Sébastien.

— Ils vont se retrouver au chômage, c'est clair.

— Ouais. Après, ils ne sauront même plus faire les plombages. Quand tu en auras besoin, tu devras chercher un maçon ou un plâtrier, qui te comblera les trous à la truelle. Ou bien, tu les boucheras toi-même avec de la pâte à modeler ou de la colle forte.

Les deux amis arrivèrent au croisement où leurs chemins se séparaient habituellement.

— Le pire, reprit Sébastien, c'est que, sans chocolat ni bonbons, je ne sais pas comment je vais dépenser mon argent de poche. Bien sûr, je pourrais économiser pour m'acheter des CD. Mais ce n'est pas pareil. J'aime bien les disques. Sauf que ça ne se mange pas. On les écoute, c'est tout. Alors qu'une plaquette de chocolat, tu peux à la fois la manger et l'écouter, si tu vois ce que je veux dire. La moitié du plaisir, c'est le bruit qu'on fait quand on la croque et qu'on la mâche.

— Mmm… Et flâner dans la boutique de Mme Robin à la sortie du collège, pour voir ce qu'elle a en réserve ? Et le crissement de l'emballage et du petit papier d'argent quand on les déchire ? On dirait de la musique ! commenta Arthur, dont l'estomac gargouillait rien que d'y penser.

— *C'est* de la musique ! s'exclama son ami. Le chocolat est une symphonie pour les oreilles, les yeux et plus encore pour les papilles !

Les deux garçons se regardèrent. L'espace d'un instant, ils faillirent fondre en larmes.

— À quoi bon ? lâcha tristement Arthur. Arrêtons de ruminer, on se fait du mal. Autant se résigner.

— Peut-être, acquiesça Sébastien, amer. Pourtant, si je pouvais mettre la main sur les responsables... Si seulement je les tenais en face de moi deux minutes dans un coin sombre, je leur ferais voir...

Un homme les croisa. Son visage arborait la satisfaction béate de ceux qui aiment enseigner aux autres ce qui est bon pour eux. Au revers de son veston, il portait un badge frappé des lettres *PQVVB*, orné du logo du Parti Qui Vous Veut du Bien. Il les aborda d'un ton paternel :

— Alors, les garçons ? Finies les bêtises ? Vous êtes sages, à présent ? Dites-moi, avez-vous accompli votre Bonne Action, aujourd'hui ?

Bien que n'ayant rien fait de ce genre, Arthur et Sébastien acquiescèrent en silence. Ils ne savaient d'ailleurs pas exactement en quoi consistaient ces Bonnes Actions. Sébastien avait entendu son père pester à ce sujet : ce n'était encore qu'une façon de se mêler de la vie des gens et de leur forcer la main.

— C'est bien, les félicita l'homme au badge. Et avez-vous aussi honoré votre Serment de Politesse ?

— Oui, monsieur, lui assurèrent les garçons, de leur ton le plus respectueux.

Le Serment de Politesse était une autre trouvaille du Parti Qui Vous Veut du Bien. Passé l'âge de cinq ans, tous les enfants étaient invités (ou plutôt contraints) à se soumettre à ce Pacte et accomplir au moins une Bonne Action chaque jour.

Cependant, à l'instant de prêter serment, Sébastien et Arthur, sans s'être concertés, avaient croisé les doigts derrière leur dos pour conjurer le sort.

— Ce n'est pas que je sois contre la politesse, avait commenté Sébastien. Mais je n'aime pas faire des promesses que je ne suis pas certain de tenir. Même si j'essaie de me montrer bien élevé, il m'arrive d'être grossier sans le faire exprès.

On n'aurait su parler avec plus de franchise !

Les deux amis étaient sur le point de se séparer lorsqu'une chose insolite attira leur attention : un engin des plus bizarres descendait la rue.

2

Chocolat détecté

L'imposant véhicule roulait lentement ; il évoquait un de ces gros camions de nettoyage qui balaient les caniveaux avec leurs brosses rotatives. Pourtant, cela n'avait rien à voir.

À cause de ses vitres teintées, brillantes comme des miroirs, on ne voyait pas l'intérieur. On ne discernait que des masses sombres, les silhouettes du chauffeur et de quelques passagers, sinistres et menaçantes.

— Regarde, fit Sébastien. Là-haut, sur le toit...

Fixé à une tourelle, un large disque incurvé, semblable à une antenne parabolique, pivotait lentement sur son axe. Tel l'œil d'un rapace cherchant sa proie, il semblait pénétrer les pensées les plus intimes. Même si on n'avait rien à se reprocher, sa seule présence faisait naître un sentiment de culpabilité.

L'engin blindé glissait comme une sorte de scarabée géant. Il arrivait à la hauteur des garçons, sa tête chercheuse pointée droit sur eux, quand il s'immobilisa brusquement. Des gyrophares se mirent à tourner. Le hurlement d'une sirène déchira le silence, et les portes du fourgon s'ouvrirent à la volée, vomissant un peloton d'hommes en uniforme. Abrités derrière leurs carapaces anti-émeutes et leurs casques à visière protectrice, ils brandissaient chacun une matraque.

Des ordres claquèrent dans un haut-parleur :

— Plus un geste ! Restez où vous êtes ! Ne tentez pas de fuir ! Reculez contre le mur, puis tournez-vous ! Jambes écartées, bras appuyés contre la paroi. Exécution !

Tout en reculant, Arthur détailla le véhicule et reconnut le nouveau modèle des forces de l'ordre, réservé à la Milice du Parti Qui Vous Veut du Bien. Sur son flanc, en lettres fluorescentes, on lisait : *Patrouille Anti-Chocolat, Unité 19*. Tandis que les mots *Chocolat détecté... Chocolat détecté...* défilaient interminablement sur un panneau lumineux, placé au-dessous du radar.

Les deux amis échangèrent un regard furtif, où se mêlaient la peur et la confusion. Obéissants, ils levèrent les mains et firent face au mur, le nez si près des briques qu'ils pouvaient en déceler toutes les petites imperfections : craquelures, fissures, fines coulées de mortier.

— Parfait ! tonna la voix dans leur dos. Pas de gestes brusques ! Vous allez vous retourner et vider vos poches. Compris ? Exécution !

Les garçons respectèrent la consigne à la lettre, craignant à tout instant de recevoir la violente décharge du nouveau pistolet électrique des Patrouilleurs. C'était comme toucher une clôture électrifiée ou se faire piquer par une méduse, à ce qu'on disait. Mais en cent fois pire.

Lentement, ils sortirent ce qu'ils avaient dans leurs poches.

— Posez tout par terre !

Ils obéirent. Un des miliciens s'agenouilla pour examiner leurs biens, les remuant avec le canon de son arme. Sous son gilet pare-balles, il portait un uniforme sombre, d'un brun terne. Ses yeux, derrière la visière du casque anti-émeute, étaient noyés dans l'ombre. Sur sa manche, on distinguait un écusson officiel en forme de bouclier sur lequel étaient brodés au fil d'or les mots *Patrouille Anti-Chocolat*. Sur l'autre bras, l'homme portait son insigne réglementaire, où on lisait : *Commissaire-inspecteur, matricule 171*.

— La milice du Parti…, souffla Arthur.

Le commissaire se redressa et releva la visière de son casque, découvrant un visage dur et antipathique. Ses yeux couleur écaille de poisson émettaient une lueur métallique.

Entre ses doigts, il tenait un morceau de papier d'alu, qui jeta, lui aussi, un bref éclat argenté.

— Et ça ? C'est à qui ?

Les deux garçons le fixèrent, médusés. Il désignait l'emballage de Sébastien, qui contenait encore, entre ses plis, de minuscules résidus de chocolat.

— Alors ? J'attends…

Sébastien tenta de déglutir. Sa gorge était sèche comme du carton.

— À moi, lâcha-t-il d'une voix mourante. C'est à moi.

Son ami aurait bien voulu lui glisser un regard signifiant : « T'inquiète pas. On est ensemble et tu peux compter sur moi. » Mais ses yeux n'émettaient qu'un seul message : « Au secours, j'ai peur ! »

— C'est bien un papier de chocolat ? demanda le commissaire.

Il connaissait la réponse, évidemment. Il voulait juste l'entendre de la bouche de Sébastien.

— Ou… oui, bégaya ce dernier, malgré ses efforts désespérés pour contrôler le chevrotement de sa voix. Je… Je suppose que oui.

Le chef se tourna vers les autres miliciens.

— Il suppose que oui, se moqua-t-il. Il suppose…

Les hommes s'esclaffèrent bruyamment, pour marquer à quel point ils appréciaient les blagues du chef. Revenant vers Sébastien, l'officier poursuivit :

— Alors, si nous avons ici l'emballage, où se trouve le chocolat ?

Le garçon le regarda, les yeux exorbités :

— Je crois que…

— Tu crois que quoi ?

— Je crois… que je l'ai… mangé…

Le commissaire se tourna de nouveau vers son peloton :

— Il croit, railla-t-il. Il croit avoir mangé le chocolat ! Voyez-vous ça ! Il s'agit probablement du délit le plus grave que puisse commettre un garçon de cet âge. Est-ce que ça le tracasse ? Non ! Pas le moins du monde ! Il croit que…

— Oui, mais…, commença Sébastien.

— Silence ! rugit le Patrouilleur.

La panique s'empara du garçon. Sa lèvre inférieure se mit à trembler ; il était à deux doigts d'éclater en sanglots. Mais la crainte de pleurer en public l'effrayait davantage que le commissaire lui-même. Pas question de craquer ! Ce type n'était qu'une brute ; il ne voulait pas lui donner ce plaisir.

À présent, c'était au tour d'Arthur. L'officier lui montrait l'emballage qui avait enveloppé sa dernière friandise.

— C'est un papier de chewing-gum, expliqua le garçon, aussi calmement et poliment qu'il put.

— Un papier de chewing-gum. Cette saleté collante et répugnante ! Une marchandise à vous pourrir les dents ! déclara-t-il en brandissant l'objet du délit face à un petit groupe de badauds, qui observaient à distance respectueuse.

Ce n'était qu'un bout de papier. Pourquoi en faire toute une histoire ?

— Ouvrez la bouche, aboya-t-il. Tous les deux !

Perplexes et méfiants, les garçons obtempérèrent.

— Plus grand ! commanda le commissaire. Et qu'on me passe un miroir !

Un subordonné lui tendit un de ces instruments dont se servent les dentistes. Il le fourra dans la bouche de Sébastien, à la recherche de la moindre carie. Puis, après avoir nettoyé l'objet avec un antiseptique, il inspecta tout aussi méticuleusement la dentition d'Arthur.

— Bon, conclut-il. Pas de signe de carie. Pour cette fois, on n'aura pas besoin d'appeler le dentiste de la police.

Les gratifiant d'un sourire sadique, il ajouta :

— Vous connaissez le dentiste de la police, j'imagine. Non ? C'est un excellent praticien. Sauf qu'il n'a jamais beaucoup d'anesthésique. Alors, il s'en passe. Et il fore directement dans le nerf…

Sébastien frissonna. Il détestait les dentistes. Arthur, lui, était bien décidé à mettre un terme à cette situation :

— Nous n'avons rien fait de mal, plaida-t-il. La loi n'entre en vigueur qu'à cinq heures.

— La loi entre en vigueur quand je le décide ! coupa le commissaire. C'est un flagrant délit. Vous êtes en possession de substances illicites. J'ai trouvé sur vous des emballages portant des traces de sucre et de chocolat. Vous savez ce que vous risquez ?

— Non, on…

— Je pourrais vous envoyer en camp de rééducation !

— On s'est contentés de finir ce qu'on avait, lâcha Arthur d'un trait.

— On n'a rien acheté, ajouta Sébastien. C'était juste pour s'en débarrasser. On pensait qu'on avait le droit de manger ce qui nous restait. On ne savait pas qu'il était interdit de conserver les emballages.

— C'étaient des souvenirs, renchérit Arthur.

Le commissaire les dévisageait de son regard d'acier. À l'évidence, le chocolat n'exerçait aucun attrait sur lui. On sentait l'homme ennemi des douceurs, l'individu plein d'aigreur et d'amertume, qui prenait du plaisir à gâcher celui des autres.

— C'est bon, conclut-il. Vous n'êtes que du menu fretin. Mon gibier à moi, ce sont les trafiquants et les dealers. La fraude, le marché noir, la contrebande, appelez ça comme vous voulez. Car ils sont là, comme des termites dans une charpente, prêts à ramper tôt ou tard hors de leur trou. Et moi, le jour venu, je serai là pour les écraser. Quant à vous, simple avertissement pour cette fois ! Mais je vous préviens, si jamais je trouve sur vous ne serait-ce qu'une miette de chocolat, un résidu de berlingot ou un soupçon de guimauve, je vous colle au trou et je jette la clef. Compris ?

— Oui, monsieur, acquiesça Arthur.

— Et toi ? demanda l'officier en se tournant vers Sébastien. Tu t'es bien fourré ça dans le crâne ?

— Oui, oui, j'ai entendu, marmonna Sébastien.

— Parfait. Alors, circulez ! Et que je ne vous retrouve plus sur mon chemin !...

Le commissaire remonta dans le fourgon, suivi de ses hommes. L'engin démarra, et le disque sur le toit reprit son lent pivotement.

Les deux amis le regardèrent s'éloigner.

— Alors, c'est ça, la Patrouille Anti-Chocolat ! fit Arthur.

— Oui. Des gens charmants, hein ? J'espère ne plus jamais avoir affaire à eux.

Or, les choses allaient tourner tout autrement.

3

Mme Robin

Pour se remettre de ce pénible incident, Sébastien décida de faire un bout de chemin en compagnie de son ami. En arrivant près du centre commercial, ils aperçurent d'autres véhicules de la PAC, garés devant les boutiques et les supermarchés. Des brigades d'hommes et de femmes, tous revêtus de l'uniforme brun foncé du Parti Qui Vous Veut du Bien (section Patrouille Anti-Chocolat), chargeaient dans leurs véhicules blindés des cartons portant des noms familiers.

— Et voilà les N&N qui s'en vont, soupira Sébastien. Le détecteur a encore frappé !

Arthur acquiesça :

— Et, là, les Racambars aussi...

— Et les bonbons Haripos ! Moi qui les adorais...

— Et là-bas on dirait des piles de caramels. À moins que ce ne soient des pâtes de fruit ?

— Regarde, s'exclama Arthur en désignant une femme qui sortait du Bonoprix, ployée sous le poids de sa charge. Ils font aussi main basse sur le Mesquick...

— Et les crèmes dessert ! Les sirops de fruit, les sodas !

Sébastien en sanglotait presque. Il poursuivit, avec un pauvre filet de voix :

— Je n'aurais jamais cru qu'ils interdiraient aussi les sodas. C'est dingue !

L'incessante procession des miliciens rappelait à Sébastien ces colonies de fourmis qu'il avait observées à l'exposition Science et Nature. Elles œuvraient sans relâche, en une file ininterrompue, chacune transportant son petit morceau de feuille jusqu'à la fourmilière. Les miliciens étaient à leur image, gros insectes en uniformes bruns accomplissant leur tâche sans jamais se remettre en question ni s'arrêter un instant pour réfléchir.

Quittant la zone commerciale, les deux amis arrivèrent devant la boutique de Mme Robin. Sur le trottoir, une violente altercation avait éclaté entre la commerçante et le Patrouilleur chargé de réquisitionner ses marchandises.

— Et comment je vais faire pour vivre, si vous me prenez tout mon stock ? hurlait-elle. Rendez-moi ce carton !

Insensible à ses protestations, l'agent le déposa dans sa camionnette.

— Qu'est-ce que je vais devenir maintenant ? se lamentait la vieille dame. C'est ça, leur idée, à ces gens « Qui Me Veulent du Bien » ? Me retirer le pain de la bouche ? Moi, mon métier, c'est de vendre des bonbons et des douceurs aux enfants sur le chemin de l'école ! Si on m'enlève les friandises, qu'est-ce qui me reste ?

— Vous vendrez ça désormais, répondit le milicien en montrant un carton estampillé *Les Bons Goûters Diététiques*. Et, pour nourrir l'esprit de vos bambins, nous avons aussi un nouveau magazine, la *BD du Parti*. Voilà qui remplacera avantageusement toute la clique des super-héros, des mangas et autres bêtises, avec tous ces personnages peu reluisants, qui n'ont pas leur place dans une société saine et moderne.

L'homme posa une liasse d'illustrés sur son carton.

— Vous voyez, madame ? Nous n'avons rien contre l'humour. Nous souhaitons simplement qu'il soit de qualité.

— De l'humour qui ne fait rire personne ? ironisa Mme Robin, tandis que le milicien chargeait les derniers sacs de sucreries à l'arrière de son fourgon.

Il claqua la porte, grimpa à côté du chauffeur et lança :

— Allez ! Au suivant.

Sébastien et Arthur s'approchèrent pour aider Mme Robin, qui tentait vainement de soulever l'énorme carton de Bons Goûters. En les voyant, elle eut un sourire mélancolique :

— Oh, mes meilleurs clients, fit-elle. Entrez, les garçons ! Venez constater ! Ils m'ont dévalisée.

Effectivement, on aurait dit qu'un vol de sauterelles s'était abattu sur la boutique. Les étagères étaient dévastées, le comptoir, vide de tous ses présentoirs.

— Mes pauvres enfants ! soupira-t-elle. Je n'ai plus rien à vous proposer. Même à ces moments creux, quand tout le monde a commencé à se préoccuper de sa silhouette et s'est mis au régime, je savais pouvoir compter sur vous deux pour m'acheter un petit quelque chose. Que vais-je devenir à présent ? La décision de ce gouvernement signe l'arrêt de mort de mon commerce. S'il vous plaît, entrez et posez tout ça derrière, dans la réserve !

Mme Robin sortit un mouchoir en papier de sa manche et se moucha.

Sébastien tenta de la réconforter :

— Ne vous inquiétez pas ! Un jour ou l'autre, les choses changeront et tout redeviendra normal. Le Parti Qui Vous Veut du Bien ne va quand même pas gouverner ce pays éternellement, non ?

Cependant, sa voix était mal assurée, comme s'il

craignait que le Parti puisse *réellement* durer jusqu'à la fin des temps.

— Regardez le bon côté des choses, madame Robin, reprit-il en posant le carton à terre. Vous avez encore tous ces Bons Goûters Diététiques à vendre. Ce n'est peut-être pas si mauvais...

Les deux amis examinaient la réserve. Ses étagères métalliques étaient surchargées de paquets, de cartons, de conserves, de boîtes mystérieuses, de bocaux pleins de fruits exotiques et de condiments.

Mme Robin roula son mouchoir en boule et, malgré son arthrite et son âge avancé, l'expédia habilement dans la poubelle.

— Les produits de substitution ? Le Bon Chocolat Diététique et les Néo-Biscuits Alternatifs ? Oui, peut-être... Accordons-leur au moins le bénéfice du doute. Allez ! On va ouvrir ça pour voir.

Prenant un couteau, elle s'attaqua à l'emballage d'un des cartons.

— « Confiseries officielles », lut Arthur sur l'étiquette. Agréées et autorisées pour la consommation publique par le Parti Qui Vous Veut du Bien. Assortiment de six douzaines de goûters, garantis sans sucre, sans sel et sans chocolat. Exigez toujours les produits de substitution élaborés par l'Agence Sanitaire du Parti. Les aliments Qui Vous Veulent du Bien ! » Bon, on y goûte ?

Après avoir déballé une barre de Néo-Choco, Mme Robin mordit dedans. Son visage demeura impassible.

— Alors ? À quoi ça ressemble ? voulut savoir Sébastien.

— Donnez-moi d'abord votre avis, les enfants. Deux opinions valent mieux qu'une.

Elle leur tendit deux barres et observa leurs réactions.

— Ça n'a pas l'air mauvais, nota Sébastien.

— Oui, reconnut Mme Robin. C'est aussi ce que j'ai pensé.

— Et ça ressemble à du chocolat...

— C'est vrai, renchérit Arthur, qui reprenait espoir. Ça y ressemble...

— Et..., ajouta Sébastien en reniflant la friandise, ça sent même le chocolat.

Mme Robin regarda les enfants avec tristesse :

— Allez-y, croquez-en petit bout !

— Un petit bout ? fanfaronna Sébastien. Ça a l'air si bon que je vais en avaler une énorme bouchée, oui !

Les garçons mordirent avidement dans leur Néo-Choco. Et leurs papilles firent la triste expérience d'un substitut ayant l'aspect du chocolat, l'odeur du chocolat, mais qui ne contenait ni sucres, ni graisses, ni cacao !

— Beuh..., grommela Sébastien.

— Beuh..., fit Arthur en écho.

— C'est ce que je vous disais, fit Mme Robin.

— Beerk ! éructa Sébastien, cherchant vainement un endroit où recracher ce qu'il avait dans la bouche.

— C'est dégoûtant, râla Arthur. C'est infect ! Immonde ! On dirait... Pouah !

— Bon, conclut calmement Mme Robin. Ce n'est donc pas mon imagination. Les toilettes sont par là.

Sébastien s'y précipita, suivi de près par Arthur.

— Alors ? demanda la commerçante lorsque les deux garçons réapparurent. Votre argent de poche va-t-il passer là-dedans ? Vous comptez acheter du Bon Néo-Choco ?

— Sûrement pas, répliqua Sébastien. Plutôt avaler de l'arsenic !

— C'est bien mon sentiment, approuva Mme Robin. Elle se saisit alors d'un exemplaire de la *BD du Parti*.

— Et ceci ? Qu'en pensez-vous ?

Arthur lut à haute voix :

— « Les Épatantes Aventures diététiques de Jeannot et Jeannette Grandcœur, Jeunes Pionniers. Aujourd'hui, Jeannot et Jeannette se rendent chez le dentiste pour tout savoir sur le fil dentaire. »

— J'ai bien peur qu'on ne vous achète pas ça non plus, grogna-t-il. Ce n'est pas vraiment notre truc. Si les deux héros étranglaient quelqu'un avec leur fil dentaire, à la rigueur... Mais...

— Je ne peux pas vous en vouloir, les enfants, déclara Mme Robin. En tout cas, je vous remercie de votre fidélité durant toutes ces années. J'imagine que je ne vous verrai plus beaucoup, désormais.

— Ne vous inquiétez pas, madame Robin. On passera quand même prendre de vos nouvelles, promit Arthur.

— Merci, les garçons. Alors, à bientôt !

La clochette pendue au-dessus de la porte signala la sortie des deux amis. Restée seule, Mme Robin s'installa sur son tabouret, derrière le comptoir, prête à attendre longtemps, très longtemps, son prochain client.

4

Dans les mâchoires du broyeur

Alors que Sébastien et Arthur rentraient chez eux, les sections des Patrouilles Anti-Chocolat, sorties en force, passaient de maison en maison. Chaque fois, les miliciens exigeaient qu'on leur remette toutes les denrées sucrées. Certaines familles retardaient le plus possible le moment d'ouvrir leur porte. Attablées dans la cuisine, elles engouffraient à la hâte leurs ultimes friandises. Boîtes de biscuits et bonbonnières étaient ouvertes, et les parents avaient renoncé à leurs rituels « Attention, juste un seul » ou « Arrête de te gaver, tu vas te rendre malade ! ». Au contraire, de-ci de-là, on entendait : « Vas-y, mon chéri ! Prends tout. C'est le moment ou jamais. » Bref, les gens se comportaient comme des goinfres.

En arrivant au coin de sa rue, Sébastien aperçut deux Patrouilleurs qui tambourinaient à la porte d'un voisin.

Il s'arrêta un instant pour observer le spectacle. Un des miliciens criait dans la fente de la boîte aux lettres :

— Inutile de vous cacher, nous savons que vous êtes là ! L'heure limite est dépassée. Ouvrez et remettez-nous tous vos chocolats ! Obéissez, ou nous enfonçons cette porte !

L'homme se tourna vers son collègue et, d'un geste, lui signifia de se tenir prêt.

— Je compte jusqu'à dix. Après quoi, nous ferons usage de la force. Un, deux, trois...

Il était arrivé à neuf lorsqu'une main invisible expulsa une petite plaquette de chocolat par la fente de la boîte aux lettres. Le Patrouilleur s'en saisit, l'air sceptique. Il se pencha de nouveau vers l'orifice et, apercevant deux yeux effrayés qui le fixaient, il demanda :

— Et les biscuits ?

— Quels biscuits ? répondit une voix tremblotante. Qu'est-ce qui vous fait croire que j'ai des biscuits ?

Sébastien en avait assez vu ; il continua son chemin.

En rentrant chez lui, Arthur passa près d'un Point de Collecte, où les citoyens les plus vertueux venaient docilement apporter leurs dernières réserves. Ils les remettaient à une femme de la milice qui avait pour mission de les jeter dans un broyeur. La machine grinçait puis ronronnait, tandis que les aliments étaient réduits en purée, avant d'être éjectés dans un sac-poubelle.

Il s'était formé une petite file d'attente.

Le spectacle de tous ces gens respectueux des consignes stupéfia le garçon. Ces individus acceptaient de bonne grâce de renoncer aux plaisirs simples de la vie, au nom de la rigueur et de la supériorité morale ! Pourtant, ils n'étaient sûrement pas tous adhérents du Parti. Il devait s'agir plutôt de citoyens zélés, préférant respecter les nouvelles lois plutôt que s'attirer des ennuis.

Une femme à l'air prétentieux tendit quelques paquets de Smarpies à la préposée au broyeur.

— Jetez-moi ça et détruisez tout ! lança-t-elle avec une moue de dégoût.

Puis, très satisfaite d'elle-même, elle ajouta :

— Moi, je ne veux même plus y toucher. Adieu et bon débarras ! Que cela nous épargne les caries, le diabète et toutes ces horreurs qu'engendre l'abus de sucre. Allez ! Délivrez-nous de la tentation !

— Merci, madame, répondit l'agent. Votre attitude vous honore. C'est bien l'esprit de cette loi. Au suivant !

Avec une fascination morose, Arthur observa la famille qui s'avança ensuite, un couple accompagné de ses deux enfants, un garçon et une fille. Ces derniers semblaient très nerveux.

« Comment est-ce possible ? se demandait-il. Peut-on renoncer ainsi à ce qu'on aime ? Sans même chercher à résister ? » Telle était pourtant la scène qui se jouait sous ses yeux.

— Bonnes pommes croquantes, camarades ! fit la milicienne.

— Bonsoir et... bonnes oranges juteuses, lieutenant, répondit le père en souriant. Nous vous apportons un petit gâteau au chocolat. Ainsi qu'un sachet de dragées.

Les produits furent engloutis dans le broyeur. On entendit grincer les engrenages, et le déchet final fut expulsé dans la corbeille.

— Les enfants vous ont eux aussi apporté quelque chose, poursuivit la mère. Allez, Kevin et Pamela, rappelez-vous ce que je vous ai dit ! Donnez vos sacs à la gentille dame en uniforme ! Je vous ai bien expliqué, n'est-ce pas ?

Pamela tendit le sachet qu'elle serrait contre elle.

— Ce sont mes chocolats, commenta-t-elle. C'est Mémé qui me les a donnés. Mais...

Avec un gros soupir, elle ajouta :

— J'en veux plus maintenant. Parce que c'est caca.

Derrière elle, son petit frère se cramponnait à un gros sachet.

— Allez, Kevin ! l'encouragea sa mère. Souviens-toi de ce que tu dois dire.

— S'il vous plaît, prenez mes bonbons, car... car j'irai mieux si je m'en passe, bégaya le gamin avant de jeter brusquement son paquet à l'agent.

La femme lui posa la main sur l'épaule :

— Bravo, mon garçon.

Puis, se tournant vers les parents, elle ajouta :

— Vous pouvez être fiers de vos enfants.

À peine avait-elle lancé le sac dans le broyeur que Kevin se mit à pleurnicher :

— Mes bonbons… Je veux mes bonbons…

Sa grande sœur le serra dans ses bras :

— Pleure pas, Kevin. Faut être courageux.

— Je suis confuse, s'excusa la mère, rougissante et embarrassée. Ils ne comprennent pas encore bien. Ils sont si jeunes…

— Ne vous inquiétez pas, madame. Plus tard, ils apprendront. Il faut du temps pour inculquer les bonnes habitudes aux bambins. Croyez-moi, il y aura d'autres larmes d'ici ce soir ! Mais un grand bien passe parfois par une petite douleur…

Arthur en avait assez vu. Il se détourna et reprit son chemin. Décidément, il fallait qu'on lui explique ce que signifiait le « Bien » que vous voulait le Parti !

Le plus bizarre, cependant, était que la majorité des citoyens n'avait pas souhaité son élection.

— Je ne comprends pas, maman, lança Arthur, une fois rentré chez lui. Comment se fait-il que certains candidats aient pu être élus et se retrouver au gouvernement, alors que tant de gens ne voulaient pas d'eux ?

— À cause de l'apathie, Arthur, répondit-elle après un silence de réflexion.

Arthur ne connaissait pas le sens du mot « apathie ».

— De la paresse, expliqua sa mère. De la fainéantise. De nombreux électeurs n'ont pas pris la peine de se déplacer pour mettre leur bulletin dans l'urne. Chacun se disait : « La majorité va voter contre eux. À quoi bon m'en faire ? » Malheureusement trop de monde s'est dit la même chose. Tu comprends ?

— Vaguement, répondit Arthur. Pourquoi organiser des élections, alors ?

— Ça s'appelle la démocratie, Arthur. Et, qu'on le veuille ou non, le Parti Qui Vous Veut du Bien est désormais au pouvoir, et l'opposition est muselée. Donc, si le gouvernement déclare que le chocolat est mauvais, eh bien, il devient mauvais. Et, s'il décrète qu'il faut bannir le sucre, le sucre sera banni. C'est la loi ! Les manifestations ou les protestations n'y changeront rien.

— Mais, maman, quel mal y a-t-il à déguster un peu de chocolat ?

— Je l'ignore. Je sais seulement que beaucoup de gens, sur Terre, prétendent savoir ce qui est bon pour les autres. Ils se sont forgé une opinion, sans jamais se remettre en cause, et pensent que tout le monde doit se soumettre à leurs directives.

Les hommes de la Patrouille Anti-Chocolat s'étaient à présent arrêtés devant le domicile des Malavoine, à quelques pas seulement de chez Sébastien. Progressant comme une armée en territoire conquis, ils frapperaient bientôt à sa porte. Ce qui n'avait guère d'importance, puisque ses parents n'avaient plus rien à leur donner. Tout avait été mangé jusqu'à la dernière miette.

Soudain, Sébastien eut un doute. Tout mangé ? Et le gros Poblerone ! De retour de son séjour à la montagne, l'oncle Michel avait rapporté un bloc de chocolat, qu'il avait acheté à la boutique de l'aéroport. Le plus gros Poblerone que le garçon ait jamais vu !

— Pour toute la famille, avait-il précisé. Vous n'aurez qu'à vous le partager équitablement.

Sa mère s'était alors emparée de cette barre géante et l'avait remisée tout en haut du placard, hors d'atteinte et loin des regards. « Pour t'éviter les tentations, mon garçon. Tu as déjà suffisamment de chocolat pour l'instant », avait-elle ajouté.

Les jours suivants, Sébastien n'avait cessé de convoiter la formidable friandise. Dès qu'il se trouvait seul dans la cuisine, il grimpait sur une chaise pour la regarder. Cependant, au bout d'une semaine ou deux — aussi incroyable que cela paraisse à présent — il l'avait oubliée. Comme toute la maisonnée.

Or, voici que les miliciens de la PAC approchaient, inspectant chaque maison avec leurs détecteurs individuels ! L'énorme et sûrement succulent Poblerone n'avait aucune chance de leur échapper. Il allait finir dans le broyeur, chocolat et emballage, haché menu et à jamais perdu.

À moins que…

Sébastien s'élança, son cœur battant la chamade. « Faut que j'y arrive ! Faut que j'y arrive avant eux ! » Il brûla le pavé, sprinta entre les voitures garées au bord du trottoir. Il arrivait à la hauteur du fourgon de ramassage, lorsqu'un milicien le héla :

— Hé là ! Y a le feu quelque part ?

Le garçon freina devant chez lui, franchit l'allée d'un bond et, ayant ouvert la porte à la volée, fit irruption dans la cuisine, tel un ouragan. Roger, son père, était attablé, occupé à vérifier ses commandes de pain du lendemain. Sa mère s'affairait autour de la machine à laver. Et Cathie, sa petite sœur, s'était attelée à une de ces œuvres d'art dont elle seule avait le secret.

— Sébastien ! gronda sa mère. Enlève tes chaussures crottées !

Il se tenait là, haletant, peinant à retrouver son souffle. D'un doigt, il montra la rue :

— Les miliciens ! La Patrouille Anti-Chocolat. Ils arrivent…

Son père lâcha un soupir :

— Je sais. Ça fait déjà une bonne heure qu'ils tournent dans le coin.

— On… On a oublié le… le…

Sébastien désigna le haut du placard :

– Le... le Po... le Poblerone !

Ses parents échangèrent un coup d'œil angoissé. Levant à peine le nez de sa peinture, Cathie se contenta de demander :

– C'est quoi, un pauvre rome ?

– Un Poblerone, corrigea Sébastien. C'est du chocolat.

À peine avait-il prononcé ce dernier mot que la sonnette retentit, tandis que des coups violents faisaient trembler la porte.

– Les voilà !

En un instant, M. Moreau avait déjà tiré une chaise et descendu le volumineux chocolat oublié :

– Mangeons-le ! Vite !

– Mais, Roger, ils sont là. À notre porte ! protesta sa femme.

– Qu'ils aillent au diable ! Allez, Thérèse, on en profite !

Sébastien craignit que sa mère refuse en prétextant que c'était trop dangereux, qu'il valait mieux ouvrir aux Patrouilleurs pour s'éviter les ennuis.

Mais non.

– D'accord, dit-elle. En vitesse !

Tel un colosse de cirque ployant ses barres d'acier, Roger rompit le chocolat en deux, puis en quatre parts.

– Allez, un quart chacun !

Ils croquaient et mâchaient aussi vite que possible, essayant malgré tout de savourer chaque bouchée. Les coups frappés à la porte redoublaient de violence. La sonnette retentit une deuxième fois, une troisième.

Pendant ce temps, la famille engloutissait son ultime friandise. Les coups et les sonneries cessèrent ; on entendit des éclats de voix et des bruits de pas qui remontaient le long de la maison.

« Ils vont passer par derrière », pensa Sébastien. Il lui restait encore trois beaux morceaux.

— C'est la villa où le gosse est entré, prononça une voix d'homme. Il y a donc quelqu'un à l'intérieur. Mettez le détecteur en marche !

Sébastien engouffra d'un coup une énorme bouchée. Son père avait presque fini. Sa mère avait encore deux portions, et sa sœur, trois. Non, plus que deux... Si petite qu'elle soit, Cathie savait déjà faire honneur au chocolat.

Un grésillement leur parvint de l'extérieur : le détecteur venait d'entrer en action. L'engin crépitait tel un compteur Geiger soumis aux radiations.

— C'est plein de chocolat, là-dedans ! lança un milicien. Ça vient de l'arrière de la maison.

Tout en enfournant son avant-dernier morceau, Sébastien courut fermer le loquet de la cuisine.

— Vite ! les pressait son père. Dépêchez-vous !

La famille croquait, mâchait, déglutissait.

— Ouvrez ! ordonna une voix impérieuse, tandis qu'un poing ébranlait le carreau de la porte. On sait que vous possédez du chocolat. L'heure est passée. Ouvrez immédiatement !

Plus qu'un morceau... Celui de la petite Cathie.

— Emporte-le, ma chérie, lui enjoignit sa mère. File dans ta chambre !

La fillette quitta la pièce en trombe. Sa mère jeta l'emballage à la poubelle.

— Dernière sommation ! hurla la voix, à présent enragée. Nous allons enfoncer la porte.

— Voilà, voilà, répondit le père. J'arrive !... Pourquoi cette panique ?

Il fit glisser le verrou, ouvrit la porte et salua l'équipe d'inspecteurs :

— Bonsoir, messieurs. Que puis-je pour vous ?

Une poignée de grands gaillards furibonds envahit la cuisine, qui parut soudain minuscule. L'un d'eux beugla :

— C'est l'heure ! On réquisitionne votre chocolat. On sait que vous en avez. Notre détecteur est infaillible.

Le père de Sébastien fit face résolument :

— Nous n'avons plus rien. Vous devez faire erreur.

— Nous ne faisons jamais d'erreur ! trancha le milicien.

— Eh bien, si vous en trouvez, prenez-le !

L'un des hommes mit le détecteur en marche. L'appareil resta muet. Il pouvait déceler sa proie où qu'elle soit, à deux exceptions près : si elle était confinée derrière une enceinte de plomb ou si elle reposait au sein des entrailles humaines.

— On dirait qu'il n'y a rien, reconnut le milicien. Il y a peut-être eu une erreur de lecture.

La machine reprit faiblement vie lorsque l'agent passa près de la poubelle. Il souleva le couvercle, farfouilla à l'intérieur et en ressortit triomphalement l'emballage du Poblerone.

— Et ça ? Qu'est-ce que c'est ?

Son père regarda, l'air innocent :

— Un vieil emballage vide.

Comprenant qu'ils n'avaient plus rien à faire là, les Patrouilleurs s'apprêtaient à se retirer, lorsque parut Cathie, qui descendait l'escalier. Elle les gratifia d'un large sourire maculé de chocolat.

Là non plus, impossible d'agir. Ils n'allaient quand même pas s'emparer de la fillette pour la fourrer dans le broyeur ! Le Parti Qui Vous Veut du Bien n'avait pas encore atteint ce stade de cruauté. Après tout, il ne voulait que le bien de ses administrés, même si, comme le disait souvent le père de Sébastien, l'enfer est pavé de bonnes intentions.

5

Un déjeuner frugal

Quelques jours plus tard, Arthur et sa mère étaient attablés devant leur petit déjeuner. Caroline Bertin devait partir tôt pour un problème de garde en chirurgie. Elle finissait son café en vérifiant ses rendez-vous de l'après-midi.

À table, la mère et le fils n'évoquaient plus guère le père d'Arthur. Les premiers temps, ils parlaient de lui presque quotidiennement. Maintenant, faute d'être présent dans la conversation, il demeurait dans leur cœur et dans leurs souvenirs.

Arthur en avait d'abord violemment voulu à sa mère. Il piquait des colères effrayantes, contre elle et contre le monde entier :

— Tu es docteur, et tu n'as pas su le guérir ! Pourquoi n'as-tu pas soigné papa ? Il aurait pu s'en sortir…

Avec l'âge, Arthur avait compris que certaines maladies laissaient les meilleurs médecins impuissants.

Ainsi, bien que son père occupât ses pensées en permanence, il avait cessé de parler de lui. Et, lorsqu'il se trouvait confronté à une situation délicate, il se posait inlassablement les mêmes questions :

« Qu'aurait fait papa ? Qu'aurait-il pensé et dit ? »

Son père demeurait sa référence. La norme pour juger de tout.

« Qu'aurait-il pensé du Parti Qui Vous Veut du Bien ? »

Là, la réponse était facile.

Son père n'aurait pas apprécié.

Arthur touillait le contenu de son bol sans entrain. Son regard erra sur le paquet posé à côté de lui : « Céréales Sanitaires. Approuvées par le Gouvernement. Garanties sans sucres, sans sel et sans graisses ».

« Et sans goût ! » songea-t-il.

Quelques flocons baignaient dans un pauvre lait écrémé, la seule variété désormais disponible.

— Désolé, mon chéri, soupira sa mère, il n'y a rien d'autre en boutique. Ils ont retiré tous les produits chocolatés, tu le sais.

Ayant jeté un coup d'œil sur la pendule, elle se leva brusquement :

— Oh, il faut que je prépare ton déjeuner. De quoi as-tu envie ?

— Tu n'as rien de sucré ?

La jeune femme s'empara d'une brochure qui traînait sur la table. *Directives pour le Déjeuner à l'usage des parents*, annonçait le titre. Un exemplaire de cette publication avait été distribué dans chaque foyer.

Elle lut à voix haute :

— « Pour apporter une note de douceur au repas des enfants, nous recommandons quelques pruneaux secs. »

Des pruneaux ! L'estomac d'Arthur lui envoya un douloureux message de refus.

— Merci bien ! Je préfère m'en passer.

Sa mère se dirigea alors vers le buffet pour y chercher quelque chose, lorsqu'elle découvrit un bocal dont elle avait oublié l'existence.

— Hé ! Arthur, regarde ce que je retrouve !

Elle brandissait triomphalement un pot de miel, où il restait de quoi tartiner un petit pain.

— Du miel ! Super !

— Tu en veux ?

— Y a intérêt ! affirma le garçon.

Puis il reprit, dubitatif :

— Ils ne vont pas me faire d'ennuis au collège, hein, maman ? Ce n'est pas du chocolat, mais…

— Du calme, Arthur. Ce n'est pas un crime. Qu'est-ce que tu crois ? Qu'ils vont fouiller ta gamelle ?

Sa mère avait raison. Il se sentit un peu ridicule.

— Bon. Alors, un petit pain au miel.

Arthur était pourtant mal à l'aise.

« Et toi, papa, qu'aurais-tu fait ? »

La voix, dans sa tête, resta muette. Sans doute devrait-il résoudre seul ce dilemme, car son père n'avait jamais été confronté à de tels événements. Comment aurait-il seulement pu imaginer une absurdité comme le Parti Qui Vous Veut du Bien ?

Finalement, le garçon crut entendre la réponse. Son père ne le laissait pas tomber :

« Tiens-toi sur tes gardes, mon fils. Et veille aussi sur ta mère. »

— Oui, papa, marmonna-t-il. Je n'y manquerai pas.

— Tu m'as parlé, Arthur ?

— Non, maman. Ce n'est rien.

Sa mère rangea le petit pain dans une boîte en plastique. Elle y ajouta des fruits et un sachet d'amandes. Le garçon rassembla ses affaires et boucla son sac.

Ils quittèrent la maison ensemble. Sa mère n'avait pas le temps de le déposer devant l'école ; elle l'embrassa donc avant qu'ils se séparent. Même s'il se prétendait parfois trop grand pour ce genre d'effusion, Arthur en fut heureux.

Sébastien, qui l'attendait dans la cour de récréation, le héla, pressé de lui raconter l'épisode du Poblerone. Il vit alors François Crampon rôder non loin d'eux. Il ne portait pas en classe son uniforme de Jeune Pionnier. Toutefois, le revers de son veston s'ornait d'un emblème doré étincelant, à croire qu'il avait passé la nuit à le polir. Dessus, on lisait les initiales *J.-P.*

Les deux amis s'éloignèrent des oreilles indiscrètes. François Crampon chercha à surprendre d'autres conversations. Mais, ce matin-là, les élèves faisaient grise mine et parlaient peu. Tous ceux qui avaient l'habitude de s'offrir une barre de chocolat ou un gâteau avant la classe n'avaient rien pu acheter dans les boutiques. Le Néo-Choco n'avait convaincu personne.

La cloche sonna, et la matinée traîna en longueur. Les élèves étaient tristes, amorphes et distraits.

— Sébastien Moreau, appela Mlle Rose en rendant les exercices de math. Que se passe-t-il ? Cela ne te ressemble pas. La moitié de tes réponses sont fausses. C'est d'ailleurs le cas de la plupart d'entre vous. Qu'y a-t-il, les enfants ? Vous n'arrivez pas à vous concentrer, ce matin ?

— Je manque de sucre. Je me sens faible, expliqua Sébastien. Ce nouveau régime sans chocolat me rend malade.

La classe éclata de rire. À l'exception de Martine Percale et de François Crampon, bien sûr. Sagement assis à sa place, ce dernier caressa le badge accroché à son revers en se donnant un air supérieur. Mlle Rose lui rendit son devoir :

— Bravo, François. 20 sur 20.

— C'est parce que je me nourris de manière diététique, mademoiselle, répondit-il avec un sourire en coin. Je me suis régalé ce matin avec un petit déjeuner préparé selon les directives du Parti : des flocons d'avoine sans sucre, avec un bon sirop de seigle et de radis noir.

Mlle Rose eut une grimace vite réprimée :

— Très bien, François. Tu nous raconteras tout cela en détail…

Le Jeune Pionnier ouvrait la bouche, déjà prêt à enchaîner, lorsque tomba la fin de la phrase :

— … une autre fois.

À l'heure du déjeuner, les écoliers s'alignèrent devant la porte du réfectoire ; Arthur et Sébastien prirent place à la même table.

Partout les rumeurs sur les nouvelles mesures que préparait le Parti Qui Vous Veut du Bien allaient bon train. David Cheng, le voisin d'Arthur, était le plus loquace. Il sema la panique :

— C'est pas des salades, Arthur ! S'ils te chopent avec n'importe quoi de sucré ou de chocolaté, ils t'envoient en camp de rééducation. Et, là, ils te font subir plein de trucs terribles pour t'en dégoûter. Si bien qu'au bout d'une semaine t'as horreur du chocolat. Tu supplies même qu'on ne t'en donne plus ! J'te jure…

— Arrête ! le coupa Arthur. Elles sont nulles, tes blagues !

David allait répliquer lorsque la porte s'ouvrit, laissant passer le proviseur, M. Prévôt, suivi d'une petite procession de quatre miliciens portant l'uniforme de la Patrouille Anti-Chocolat. Derrière eux venait un dernier personnage qu'Arthur et Sébastien reconnurent immédiatement.

Qu'il soit en civil n'y changeait rien. On ne pouvait pas oublier son regard glacial, couleur d'acier : le commissaire ! L'officier qui les avait interpellés la veille quand ils avaient croisé le fourgon détecteur.

Vêtu cette fois d'un élégant costume gris, il aurait pu passer pour un notable, un politicien ou un honorable homme d'affaires, sans l'éclat métallique de ses yeux.

Une épingle de cravate aux couleurs du Parti brillait telle une goutte d'or sur tout ce gris. À part cette petite tache mordorée, sa personne évoquait un nuage dans un ciel d'hiver, une pierre tombale dans un cimetière.

À l'arrivée de cet individu antipathique, le bruit des bavardages baissa d'un ton. Il émanait de lui une forte impression d'autorité.

M. Prévôt se racla la gorge :

— Hum, hum...

Ce qui n'eut aucun effet sur les chuchotements.

— Silence ! tonna le commissaire.

Aussitôt, on n'entendit plus un son.

— Merci, déclara M. Prévôt. Un instant d'attention, les enfants, s'il vous plaît ! Nous allons procéder à une inspection de vos paniers-repas, afin de vérifier si vous vous alimentez correctement. Vous pouvez continuer à manger. Si M. le Commissaire vous le demande, tenez-vous prêts à lui montrer vos gamelles.

— Parfait, fit celui-ci. Boîtes ouvertes sur les tables !

Chacun souleva son couvercle. L'officier commença à arpenter lentement les rangées, félicitant l'un, donnant un conseil à l'autre, manifestant à l'occasion sa désapprobation. Il s'arrêta devant Michel Harcourt :

— Dis-moi, mon garçon. Où sont tes deux fruits ? Je n'en vois qu'un seul.

Michel montra un trognon de pomme.

— J'ai déjà fini le premier, monsieur.

— Sont-ce vraiment les empreintes de *tes* dents, que je vois là ?

— Oui, monsieur.

— C'est bien. Continue.

Arthur sentit qu'on le tirait par la manche. C'était Sébastien, apparemment pris de panique.

— Je ne savais pas qu'on devait apporter deux fruits, souffla-t-il. Je n'en ai qu'un…

— T'as pas lu la brochure des Directives ?

Le commissaire s'intéressait maintenant à Jennifer :

— Où sont vos deux fruits, jeune demoiselle ?

Jennifer montra deux grains de raisin qui restaient sur une grappe.

— Vous vous croyez drôle ? rugit-il. Sachez qu'une grappe constitue *une* portion. Tâchez de faire mieux demain !

Chaque pas rapprochait le commissaire de Sébastien.

— Je te passe mon orange, murmura Arthur. Et, dès qu'il l'a vue, tu me la refiles.

À peine l'orange avait-elle changé de main que l'officier s'arrêtait devant Sébastien :

— Où sont tes… ? Attends. Je te connais, toi ?

— Je ne crois pas, monsieur, tenta-t-il de nier.

— Mais si. Le garçon à l'emballage de chocolat ! J'espère que je ne vais pas te prendre de nouveau en faute.

— Non, monsieur.

— Et où sont tes deux fruits ? Je ne vois qu'une banane.

Sébastien brandit l'orange, qu'il tenait cachée sous la table :

— Voici, monsieur. Je m'apprêtais à la peler.

— Parfait. Continue.

Le commissaire poursuivit son inspection, et Sébastien repassa discrètement le fruit à son ami. Arrivé en bout de table, l'officier revenait par l'autre côté, quand il s'arrêta devant Arthur.

— Qu'est-ce ?

— Un petit pain, monsieur.

Pourquoi ne s'était-il pas dépêché de le manger ?

— Un petit pain à quoi ?

— À… à la purée de légumes.

— Ça ? Des légumes ?

L'homme s'empara du sandwich et l'ouvrit :

— C'est du miel !

— Vous croyez, monsieur ?

Toujours plus gris, toujours plus glacial, le regard du commissaire se posa sur le garçon :

— Le miel contient du sucre ! Le chocolat, les bonbons et toutes les denrées contenant du sucre sont prohibés. Tu l'ignorais, peut-être ? Ôte-moi d'un doute. Tu n'as pas vécu la tête dans un trou, ces dernières semaines ?

— N... non, monsieur.

— Le simple fait de posséder un produit sucré constitue un délit. Tu n'es pas au courant ?

— S... Si, monsieur.

— Donc, tu le savais.

— O... oui, monsieur. Je crois que... je le savais. Seulement, je pensais que l'interdiction ne s'appliquait pas au miel. Parce que... euh... parce que le miel est naturel, n'est-ce pas ? Ce sont les abeilles qui le fabriquent.

Une étincelle ironique s'alluma dans les yeux d'acier :

— Eh bien, il serait temps que les abeilles se préoccupent un peu plus du bien-être de notre société, et qu'elles apprennent à fabriquer autre chose...

— Des frites, par exemple ! lança une voix.

La salle s'esclaffa.

— Qui a dit ça ?

La réponse était évidente. Quentin Lemoine affichait une mine goguenarde au milieu de ses copains qui pouffaient.

— Toi ! Oui, toi. Va m'attendre dehors !

Le sourire s'effaça aussitôt du visage du gamin.

— Mais…, monsieur, c'était juste une blague.

— On verra dans un quart d'heure si tu as encore envie de plaisanter. Attends-moi près de la porte et ne t'éloigne pas !

Abasourdi, Quentin paraissait incapable de se lever de son siège. Il tituba enfin jusqu'à la porte et resta à l'extérieur pour attendre, vert de trouille. Or, comme il le découvrit plus tard, c'était en cela que constituait sa punition. Car rien d'autre ne lui arriva. La peur du châtiment suffisait. Une tactique que l'officier maîtrisait à la perfection.

Reportant son attention sur Arthur, il écrabouilla le petit pain dans sa main.

— Ça, c'est « Bon pour Vous », dit-il en désignant l'insigne du Parti qui ornait son épingle de cravate.

Puis, jetant les débris de pain sur la table, il ajouta avec dédain :

— Et ça, c'est « Mauvais pour Vous ». Tâche de te rappeler la différence !

— Oui, monsieur, marmonna Arthur.

« Un bon petit pain au miel, songea-t-il avec dépit. Quel gâchis ! »

L'inspection s'achevait, lorsque le commissaire s'arrêta et revint sur ses pas. Il se planta devant David Cheng.

— Toi, lança-t-il. Montre-moi ta gamelle !

David était très fier de sa boîte, qu'il avait fabriquée en cours de travaux pratiques. Il avait découpé lui-même tous les éléments avant de les assembler.

— Elle est en bois ?

— Oui, monsieur. C'est moi qui l'ai fabriquée.

Le commissaire examina l'objet, le tournant dans tous les sens.

— Tu sembles doué pour l'ébénisterie.

Soudain, il y eut un déclic, et un panneau coulissa.

— Tiens, tiens... Peut-être même un peu trop doué... Il y a un tiroir secret. Et qu'y trouve-t-on caché ? Voyez-moi ça : une tablette de chocolat !

Le silence s'abattit sur le réfectoire.

Tous les yeux étaient fixés sur l'homme qui brandissait l'objet du délit. Le visage de David devint gris de terreur. Des gouttes de sueur perlèrent sur son front, et l'on aurait presque pu entendre défiler dans sa tête le chapelet d'excuses, fort peu convaincantes, qui lui venaient à l'esprit. David n'avait aucune excuse, il le savait.

En dernier recours, il hasarda :

— C'est une vieille tablette, monsieur. Elle doit être là depuis longtemps. Je l'avais oubliée.

— Oubliée ? s'exclama le commissaire. Petit menteur ! Tu es lamentable, mon garçon ! Ne me fais pas rire. Tu l'as achetée illégalement, je suppose ? Au marché noir ?

— Non, non, pas du tout !

Le chef se tourna vers son escouade :

— Embarquez-le !

— Non ! supplia David. C'est une erreur ! Quelqu'un a dû la cacher là. Ce n'est pas moi.

Il pleurait, comme pleurent tous les enfants pris en faute depuis la nuit des temps. Le commissaire ne se laissa pas attendrir.

— Embarquez-le ! répéta-t-il. Puisque le raisonnement ne marche pas, on va passer à la rééducation...

Les miliciens avaient saisi David par les bras et le traînaient hors de la salle.

— Ce n'est pas ma faute, plaida-t-il une dernière fois. Non ! Laissez-moi ! Sébastien, Arthur, à moi !... À l'aide !

Mais que faire ? Les jeunes témoins étaient impuissants, et David fut emmené.

Avant de quitter les lieux à son tour, le commissaire s'arrêta sur le seuil :

— Vous voyez ce qui arrive, les enfants, quand on enfreint la Loi ? Que cela vous serve d'avertissement. Et bonnes pommes croquantes à tous !

— Bonnes oranges juteuses, monsieur, répondit tout le réfectoire en chœur.

— Gardez la banane ! conclut-il. Et ne jetez pas la peau n'importe où après l'avoir finie !... Au revoir.

Sur ces mots, la porte se referma.

On ne devait pas revoir David Cheng avant bien longtemps.

6

Le marché noir

Après le déjeuner, un petit groupe d'élèves entama une partie de foot, sans enthousiasme. Arthur abandonna rapidement le jeu quand il remarqua Sébastien, qui lui faisait signe du bord du terrain.

— Écoute, Arthur. J'ai quelque chose à te dire…, commença-t-il en jetant autour de lui des regards soupçonneux.

Et, comme l'horripilant François Crampon rôdait de nouveau à portée de voix, il entraîna son ami vers la haie qui séparait l'aire de jeux de la route. Dès qu'il fut sûr qu'on ne pouvait plus l'entendre, il continua :

— Les murs ont des oreilles. Maintenant, il y a des espions un peu partout, qui n'attendent que l'occasion de nous dénoncer.

— Que se passe-t-il ? demanda Arthur.

— Voilà. Avec des copains, on s'est mis d'accord. On pense qu'on devrait prendre certains risques. Tu me suis ?

— Dis toujours.

— Il y en a, dans cette cour, qui ont peur de leur ombre ! Mais toi, moi et quelques potes, on n'est pas de ceux-là, pas vrai ? En ce qui me concerne, tant que je conserve une bonne chance de m'en tirer, je suis prêt à braver les interdits.

— De quoi tu parles ?

— Bon, on n'a encore jamais enfreint la loi, hein ?

— Pas que je sache.

— Du moins jusqu'à maintenant...

C'était une blague ? Arthur dévisagea son copain. Non. Il avait l'air sérieux.

— Si une loi te paraissait injuste, poursuivit Sébastien, accepterais-tu de la transgresser ?

Le regard d'Arthur se perdit dans le vague. Il lui sembla entendre la voix de son père. Il avait souvent évoqué des idées comme la justice naturelle ou le simple bon sens. Selon lui, on devait avant tout écouter sa conscience, pour combattre la cruauté, l'abus de pouvoir et l'injustice. « Mieux vaut agir en fonction de ses convictions, ajoutait-il, que d'obéir aveuglément aux ordres. »

— Quand une loi est mauvaise, insista Sébastien, ne doit-on pas s'y opposer pour tenter de rétablir le droit ?

— Si tu parles du décret prohibant le chocolat et les sucreries, oui, peut-être. Pourquoi tu dis ça ?

— Parce que je sais où on peut se procurer du chocolat.

— Quoi ?

— Écoute. Il y a une rumeur qui circule : ce n'est pas parce que le Parti a banni les bonbons et le chocolat que ceux-ci ont disparu. Tu te souviens des paroles du commissaire ? Quand il a parlé du marché noir...

— Ouais.

— Eh bien, on dit qu'avant l'interdiction certaines personnes ont amassé d'énormes stocks de chocolat. À l'insu du gouvernement, bien sûr. À présent, ça se vend au marché noir. Et moi, je sais où m'en procurer.

Arthur le regarda bouche bée :

— Tu sais où trouver du chocolat ? Du vrai ?

— Ouais, monsieur !

— Et comment tu le sais ?

— C'est David Cheng qui me l'a dit, ce matin.

Arthur considéra Sébastien d'un air réprobateur :

— Ah, bravo ! Et tu as vu où ça l'a mené : en camp de rééducation...

— Ce n'est pas en l'achetant qu'il s'est fait pincer, mais parce qu'il a été assez stupide pour en apporter en classe, caché dans sa boîte-repas. De plus, ils n'ont pas mis la main sur le vendeur. Le gars est toujours là. On a plein d'argent de poche qu'on n'arrive pas à dépenser. Et moi, je sais où le joindre. Alors, si tu veux, on y passe cet après-midi, après la classe.

Arthur tourna l'idée dans sa tête avant de répliquer :

— Réfléchis un peu, Sébastien. C'est hyper risqué. Tu connais le châtiment qui nous attend pour possession illégale de chocolat ? Je n'ai pas envie de me retrouver en cellule en compagnie de David Cheng !

— Pourquoi ? Il ronfle ?

— Ha, ha ! Très drôle ! Non, mais il s'agit d'un truc dangereux. Laisse-moi y penser un peu.

Arthur alla s'asseoir sur un petit muret caché derrière la haie, observant les pigeons qui allaient et venaient, à la recherche de miettes à picorer sur le trottoir. C'est la vue de ces volatiles qui le décida.

Car telle était bien la situation : soit il se comportait en pigeon et passait sa vie à attendre un croûton de pain lancé par d'éventuels passants, soit il prenait exemple sur d'autres oiseaux. Il choisissait l'épervier ou l'hirondelle, un de ces maîtres du ciel qui parcourent d'incroyables distances et s'élèvent dans les hauteurs comme s'ils tutoyaient les étoiles ; il choisissait une vie d'aventure et de liberté. Une vraie vie.

À quoi bon végéter tel un oiseau en cage ?

— Je suis partant, fit-il.

Sébastien leva la main et la claqua joyeusement dans celle de son ami :

— Cet après-midi ?

— Oui. Après les cours.

— T'as de l'argent ?

— Un peu. Et toi ?

— Un peu aussi.

Chacun montra à l'autre ce dont il disposait.

— Combien ça coûte, le chocolat au marché noir ? demanda Arthur.

— Sûrement cher. On verra bien.

La cloche retentit, signalant la fin de la pause.

— Où faut-il aller ?

— À Mirchamps. Dans la zone commerciale. Au premier virage, entre le marchand de voitures d'occasion et la centrale électrique. Le type y sera à quatre heures précises.

Dès que la cloche sonna, les deux amis rassemblèrent leurs affaires et gagnèrent la sortie à la hâte. Ils quittèrent le quartier, traversèrent le parc et les terrains de football au pas de course, avant d'emprunter un raccourci en direction de la zone de Mirchamps. Ils croisèrent au passage la troupe des Jeunes Pionniers qui se rendait à l'exercice.

— Regarde-les ! s'exclama Sébastien. La brigade des andouilles !

On entendait au loin la voix de François Crampon.

— Les Jeunes Pionniers sont épatants, lançait-il.

Et la troupe reprenait :

— Les Jeunes Pionniers sont épatants,

— Ils se brossent bien les dents...

— Ils se brossent bien les dents...

Le chant s'estompa peu à peu.

Le week-end, la zone de Mirchamps était appréciée des enfants. Ils venaient y faire du vélo, de la planche à roulettes ou y jouer au football. Pour l'heure, l'endroit presque désert avait quelque chose de sinistre avec ses usines, ses grues géantes et ses immenses silos.

La centrale se trouvait là, au-delà du virage, juste après la teinturerie industrielle qui déversait des nuages de vapeur dans le ciel. On y nettoyait les uniformes des Patrouilleurs. Tout au bout, il y avait un vaste terrain vague où se tenait chaque semaine une vente de véhicules d'occasion.

En pénétrant dans la zone, les deux amis furent un instant désappointés. Aucun individu susceptible de se livrer au marché noir en vue. Pas de longue limousine aux vitres fumées, pas de M. Gros-Bonnet, du style mafioso, avec un manteau sombre et des lunettes noires. Il n'y avait qu'un ouvrier en bleu de travail qui s'affairait, la tête sous le capot d'une vieille camionnette déglinguée. Quand les deux garçons arrivèrent à sa hauteur, l'homme essuyait la jauge à huile sur sa manche.

Ils le dépassèrent et déambulèrent un peu plus loin, mimant des passes de foot avec une bouteille en plastique, espérant que le type s'en irait rapidement. Impossible de faire du marché noir en sa présence ! C'était peut-être un agent en civil.

— Alors, les gosses, on aime le foot ? leur lança-t-il soudain.

— Ouais, répondit Sébastien.

Que dire d'autre ? N'était-ce pas évident ?

— Seulement l'exercice, ça donne faim, continua l'ouvrier. Moi, je me rappelle, après une bonne partie, j'avais toujours envie de planter mes dents dans quelque chose de revigorant.

Les deux amis échangèrent un regard perplexe.

— Oui, poursuivit le bonhomme. Le foot, même avec une bouteille en guise de ballon, ça brûle des calories. Ensuite, on a bien besoin d'un petit complément nutritif. Pour survivre sans ça, il faudrait être un vrai *malabar*. Moi, à votre âge, j'étais friand de *chocolat*. Et vous savez ce que les *friands disent* ? Ils disent toujours : « *Bon ! bon !* »

Après ce curieux discours, l'homme alla s'appuyer contre le hayon de la camionnette, la tête en arrière, observant le ciel.

Sébastien et Arthur s'interrogeaient des yeux.

Était-ce lui ? L'homme du marché noir ? Ils ne l'avaient pas imaginé comme ça. Il semblait si banal…

Les deux amis revinrent vers la fourgonnette, l'air aussi décontracté que possible. En les voyant approcher, l'homme pivota sans rien dire, baissa la poignée et ouvrit en grand la porte, pour permettre aux garçons d'examiner l'intérieur :

— Faites votre choix, les enfants !

Arthur et Sébastien restèrent bouche bée, les yeux écarquillés de surprise. L'homme ne put s'empêcher de rire.

Il y avait de tout, là-dedans ! Tout ce dont on pouvait rêver. Des Racambars, des Haripos, des Smarpies, des PitPat. Et des barres chocolatées, des Muts, des Nars, des Poblerone. De tout !

— Allez, dépêchez-vous, fit le revendeur en scrutant les environs d'un œil inquiet. Vaut mieux ne pas traîner, hein ?

Sébastien désigna du doigt les Nars :

— C'est combien ?

Le marchand le lui dit.

— Quoi ! s'exclama le garçon. Mais c'est cinq fois plus cher qu'avant !

— Avant, c'était avant. Si vous trouvez mieux ailleurs, allez-y. Moi, j'établis mes prix en fonction du risque. Vous savez ce qui m'arriverait si je me faisais pincer ? Pour vous, les gamins, ce serait tout au plus le camp de rééducation. Tandis que, moi, ils me mettraient au trou. Et je ne serais pas près d'en sortir !

Sébastien examina le type. Malgré son bleu de travail maculé de taches, il n'avait pas l'allure d'un ouvrier. À son regard dur, on devinait qu'il ne marchanderait pas ; c'était à prendre ou à laisser.

— OK, fit Sébastien. J'en prends un. Ainsi que deux Pinder-Surprise.

L'homme ramassa la monnaie et lui donna sa marchandise.

— Et ton copain ? Il veut quelque chose ?

— Je prendrais bien du chocolat.

— Lequel ? Celui aux noisettes ?

— Oui. Et aussi deux Pwix.

Arthur n'avait pas assez sur lui.

— Il te manque vingt centimes. Allez, ça ira pour cette fois. Ma générosité me perdra, gloussa le bonhomme.

Nerveusement, il ajouta :

— C'est bon, les enfants ? Alors, déguerpissez, parce que je ferme la boutique. Parlez de moi à vos copains si ça les intéresse. Qu'ils en profitent tant qu'il me reste du stock. Entre-temps, pas un mot à vos parents. Pas plus qu'à vos maîtres ou à...

Il n'eut pas le temps d'achever sa phrase, un véhicule venait d'entrer dans la zone commerciale. Un énorme fourgon, massif et un peu pataud, qui roulait très lentement. Pourtant, il semblait que rien n'aurait pu l'arrêter. Ce blindé était conçu pour vous mettre le grappin dessus. C'est du moins l'impression qu'il donnait.

Un fourgon détecteur !

— Les Patrouilleurs ! hurla l'homme. Disparaissez, les mômes !

Arthur et Sébastien détalèrent à toutes jambes à travers les terrains vagues qui bordaient la zone commerciale.

Ils auraient dû s'en douter. C'était tellement évident ! À l'heure qu'il était, David Cheng avait craché le morceau. C'était du suicide de s'être risqué en ce lieu. Mais il était trop tard pour y penser. Beaucoup trop tard.

Derrière eux, le faux ouvrier claqua le hayon de sa camionnette et se précipita au volant. Il mit le contact, lança le démarreur. Mais le moteur refusa de tourner. L'homme essaya encore. Rien à faire.

Pendant ce temps, le fourgon détecteur accélérait. Son pare-brise reflétait le soleil, et, sur le toit, le radar tournait, tandis que l'alarme émettait son lugubre *bip, bip, bip*. Le délit de contrebande venait d'être constaté. À l'intérieur du blindé, les Patrouilleurs rabattaient leurs visières, ajustaient leurs gilets pare-balles, empoignaient leurs matraques et leurs pistolets paralysants.

Arthur et Sébastien avaient atteint le pied d'un talus herbeux qui formait une sorte de démarcation entre la zone commerciale et la vieille ville. Une voie de chemin de fer passait là, autrefois, avant qu'on ne démantèle les rails pour les remplacer par une piste cyclable. Se frayant un chemin à travers les ronces et les orties, ils grimpèrent vers le sommet. Les épines leur griffèrent les jambes. Mais dans leur précipitation ils n'y prirent pas garde.

Le fourgon des miliciens était presque arrivé à la hauteur du revendeur. Plus que quelques mètres... Ce dernier continuait à actionner son démarreur avec l'énergie du désespoir. Soudain, le moteur ronfla. Aussitôt, le conducteur desserra le frein à main, écrasa l'accélérateur, et le véhicule bondit en avant.

Arthur et Sébastien entendirent crisser les pneus. Quand ils se retournèrent, ils aperçurent de longues marques noires sur le sol et sentirent l'odeur de la gomme brûlée.

— C'est bon, jugea Sébastien. Il roule plus vite que les Patrouilleurs. Il s'en tirera.

Mais, alors que la camionnette fonçait dans le virage, l'homme pila pour éviter un cycliste qui sortait d'une des allées de l'usine. Sous le choc, la porte arrière mal fermée s'ouvrit brusquement, et la cargaison se déversa en cascade sur la route.

— Regarde ! souffla Arthur, hors d'haleine.

La marchandise était éparpillée sur la chaussée. Les gros pneus du fourgon détecteur traçaient deux larges sillons sur ce tapis de confiseries, réduisant tout en purée sur son passage. Puis l'engin s'immobilisa et fit marche arrière. Ayant à l'évidence renoncé à mettre la main sur le trafiquant, les miliciens se vengeaient sur l'objet du délit. Méticuleusement, le fourgon passa et repassa, jusqu'à ce qu'il ne subsiste sur le bitume qu'un affreux magma de sucreries et d'emballages, dont même un charognard n'aurait pas voulu.

Cet acte de destruction sauvage aida Sébastien et Arthur à reprendre pied dans la réalité. La monstruosité des roues destructrices était à l'image de la puissance du Parti. Voilà ce qui risquait d'arriver aux opposants !

Ils seraient écrabouillés, anéantis, abandonnés en bouillie sur le bord de la route.

— Vite, Sébastien ! Cachons-nous ! T'as toujours tes chocolats ?

Sébastien fouilla ses poches, craignant de les avoir perdus dans sa course. Mais non, son butin était toujours là.

— Je les ai.

— Bon. Viens. Je connais un endroit sûr.

Ils dévalèrent l'autre côté du talus, et Arthur mena son ami jusqu'à l'ancien tunnel de chemin de fer. C'était un long boyau sombre et lugubre, l'endroit idéal pour jouer à se faire peur. Mais, sur ce point, les deux garçons avaient eu leur dose. À présent, ils avaient besoin du réconfort d'une bonne sucrerie.

Leurs yeux commençaient à s'habituer à l'obscurité. Ils s'assirent sur une traverse de bois et se partagèrent la barre de Nars ainsi que la tablette de chocolat aux noisettes.

— Tu crois que les Patrouilleurs nous cherchent ? demanda Sébastien.

— Non. S'ils sont après quelqu'un, c'est sûrement le revendeur.

— Ils ont dû relever son numéro d'immatriculation…

— Sans doute. Mais il avait sûrement de fausses plaques.

— Ouais. Dis donc, il est super bon, celui-là.

— Mmm… Excellent !

Ils étaient là, cachés dans l'ombre, savourant le goût des douceurs retrouvées. De loin en loin, de l'eau ruisselait de la voûte et détrempait la terre du tunnel. Sébastien désigna une petite excroissance qui poussait au plafond.

— Regarde, fit-il. Il y a une stalactite qui démarre là-haut.

— Oui, je la vois.

— Tu crois qu'elle sera encore là dans cent ans ?

— C'est probable, mais plus grosse et plus longue.

— Un petit peu seulement. Les stalactites sont formées par les minéraux et les sels contenus dans l'eau. Chaque goutte dépose un atome au passage. C'est pour ça qu'elles mettent des siècles à se développer.

— Je me demande à quoi ressemblera le monde dans autant d'années..., soupira Arthur. Si le Parti est toujours au pouvoir, il n'y aura plus un seul enfant qui connaisse le chocolat. Et encore moins son goût.

— Nous sommes les derniers, commenta Sébastien avec tristesse. Les derniers à savoir ce qu'était le vrai chocolat.

— On devrait laisser un message. Pour les générations futures.

— Oui, approuva Sébastien en continuant à mâcher avec application. T'as raison. Faisons-le tout de suite.

Ils ramassèrent quelques éclats de pierres sur le sol. Sans doute des vestiges de l'ancien ballast. Puis ils s'approchèrent du mur, là où la paroi commençait à s'incurver. Ils hésitèrent, ne sachant quoi écrire.

D'autres visiteurs les avaient précédés. On y voyait quantité de cœurs et de noms. L'amour, l'amitié, la haine, tout était gravé, au milieu de dates parfois très anciennes, sur cette paroi recouverte par la suie des locomotives à vapeur d'antan.

Pierre en main, Sébastien commença à écrire :

Sébastien et Arthur se sont rendus ici, à l'époque des grands troubles

Arthur grava la suite dans la suie et la brique :

Nous étions des soldats de la guerre du chocolat. Nous avons combattu pour que les enfants soient libres. Pensez à nous ! Et si un jour le chocolat revient, croquez-en un morceau en notre mémoire.

— C'est bien comme ça ?

— Impeccable.

Les deux garçons prirent du recul pour admirer leur œuvre.

— Tu sais, lança Arthur, un jour, un gosse viendra peut-être ici dans le futur. Il verra ce que nous avons écrit et il demandera : « Le chocolat ? C'est quoi ? »

La pire horreur imaginable serait qu'on en vienne à oublier le chocolat. Peut-être devaient-ils laisser un échantillon en témoignage ? Arthur en fit la suggestion à Sébastien, qui accepta. C'était un gros sacrifice, mais il en valait la peine. Ils enveloppèrent une des barres chèrement acquises dans un petit sac en plastique et la coincèrent derrière une brique descellée.

— Eh bien, voilà, conclut Sébastien. On ne trouvera plus jamais de chocolat nulle part. Car on n'est sûrement pas près de revoir l'homme à la camionnette. Et je ne connais aucun autre vendeur au marché noir. Le chocolat, c'est fini pour nous. Fini.

Ils se dirigèrent vers la sortie du tunnel pour rentrer chez eux. Ils avaient leurs devoirs à faire.

7

Le Néo-Choco

— Que puis-je pour vous, Jeune Pionnière ?

La boulangerie embaumait le pain chaud. Roger, le père de Sébastien, s'essuya les mains sur son grand tablier blanc. D'habitude, c'était Thérèse, son épouse, qui l'aidait au magasin, s'occupant des clients pendant qu'il préparait ses fournées. Mais cet après-midi-là elle avait dû conduire Cathie à la piscine pour sa leçon de natation, et Roger était seul.

— Je voudrais commander un gâteau.

Roger dévisagea la jeune fille. Il était sûr de la connaître. N'était-ce pas une copine de classe de son fils ? Marthe quelque chose. Non, Martine ! Martine Praline, c'était ça. Non, pas Praline. Percale. Oui, cette fois, il y était. Martine Percale, la grande copine de l'autre idiot. Comment s'appelait-il déjà ? Crampon ! François Crampon. Plus connu sous le sobriquet de « Crampon le Crapoteux ».

Roger avait tout de suite repéré le badge accroché au revers de la veste de la dénommée Martine : *J.-P.* Elle faisait donc partie de la brigade des Jeunes Pionniers. Une sacrée sainte nitouche, pour sûr !

— Un gâteau ? répéta le boulanger. Volontiers.

— C'est pour notre brigade de Jeunes Pionniers, afin de fêter nos douze premiers mois de glorieuse activité.

De dessous son comptoir, Roger tira une brochure intitulée *Directives pour les Boulangers.*

— Le problème, jeune fille, c'est qu'il ne me reste plus beaucoup de choix. Je consulte la liste des ingrédients agréés. Voilà. Oui. Bon, je peux vous préparer un Gâteau d'Anniversaire aux Carottes, un Gâteau d'Anniversaire aux Fruits et aux Noix — qui peut même comporter de vraies noix — ou bien le classique Quatre-Quarts, tout cela sans sucre, sans beurre et sans graisses, évidemment.

— Je prendrai le Quatre-Quarts, s'il vous plaît, répondit Martine. Avec un glaçage et une garniture.

— Glaçage et garniture faits avec quoi ? ironisa le pâtissier. Un peu de plâtre ? Souvenez-vous que je n'ai plus de sucre glace. C'est prohibé.

« Grâce à vous ! » faillit-il ajouter, avant de sagement se raviser.

Martine fouilla dans son cartable et en sortit un gros pot en plastique.

— Camarade boulanger, nous voudrions qu'il soit fourré et décoré avec ceci, s'il vous plaît. C'est un délicieux substitut diététique. Rien que de le voir, j'en ai l'eau à la bouche. Voici un kilo de Néo-Choco au Sucre Alternatif Qui Vous Fait du Bien.

Roger regarda le pot d'un air dubitatif :

— C'est un honneur d'avoir été choisi par vous, les Jeunes Pionniers, pour confectionner ce gâteau. Pour quand le désirez-vous ?

— Pour la fin de la semaine, ce sera parfait, répondit Martine.

Elle se dirigea vers la porte :

— Bonnes pommes croquantes, camarade boulanger !

— Et bonnes oranges juteuses, Jeune Pionnière.

— Gardez la banane !

Et, sur ces mots, elle disparut.

Roger contempla le substitut d'un air dégoûté. Il fit sauter le couvercle et jeta un œil à cette mélasse.

— Quelle odeur épouvantable ! s'écria-t-il. Et l'aspect est tout aussi répugnant.

Il plongea un doigt dans la mixture pour la tester :

— Pouah ! Le goût est assorti : c'est absolument immonde !

François Crampon patientait en espérant qu'on finirait par s'occuper de lui.

La salle était nue, sans aucun ornement. Un milicien de la Patrouille Anti-Chocolat, visiblement mort d'ennui, était en faction près de la porte, plus pour le décorum que pour garder quoi que ce soit. Question de symbole, en quelque sorte.

Le quartier général de la PAC ressemblait à une forteresse imprenable. Franchir la porte principale relevait déjà de l'exploit. Au-delà, c'était un dédale de pièces et de couloirs, d'étages et de paliers, qui abritait les bureaux de cette administration, ainsi que ses sinistres salles d'interrogatoire. David Cheng était sûrement passé par ici, avant d'être enfermé dans un camp de rééducation, le temps de corriger son attirance illicite pour le chocolat.

Ce QG n'était donc pas un endroit dans lequel on avait envie de s'attarder. À moins évidemment de s'appeler François Crampon et de désirer s'entretenir d'affaires importantes.

À moins d'être un délateur.

L'homme aux yeux d'acier leva enfin la tête du dossier qu'il était en train de parcourir :

— Alors, Jeune Pionnier. Que m'apportez-vous ?

Un bout de la langue de François se hasarda hors de sa bouche pour humecter ses lèvres. On aurait dit une petite souris sortant de son trou.

— Des suspects, répondit-il. Deux garçons de ma classe. Je les soupçonne d'acheter du chocolat au marché noir.

— Que savez-vous exactement ?

— Cela fait déjà un moment qu'ils se comportent de façon louche. À vrai dire, ils n'ont jamais eu une bonne attitude. Ils ne respectent rien, ni le Parti, ni ses idéaux. Et cela, depuis le début.

— Avez-vous des faits, Jeune Pionnier ?

Le commissaire échangea un rapide regard avec le milicien qui montait la garde. François ne sut l'interpréter. N'y avait-il pas lu une lueur de moquerie ?

Il poursuivit laborieusement :

— Je pense qu'ils devraient être surveillés. Chaque fois qu'ils nous voient à la manœuvre, nous les Jeunes Pionniers, ils n'arrêtent pas de ricaner. Et, à ce que je sais, ils ne font jamais leurs Bonnes Actions. Aux réunions, ils ne chantent pas l'hymne du Parti. Ils remuent juste les lèvres, ou bien ils changent les paroles. Au lieu de dire : « Le Parti Qui Vous Veut du Bien est mon parti », ils disent : « Le Parti Qui Vous Veut du Bien est mal parti. »

L'officier esquissa une grimace, vite réprimée.

— Alors, ce matin, à l'heure de la récréation, pendant qu'ils jouaient au foot, je suis retourné en classe pour fouiller dans leurs affaires. Et j'ai trouvé ceci.

François exhiba deux emballages de barres chocolatées, qu'il posa sur le bureau. Le commissaire les fit délicatement tourner du bout de son crayon.

— Peut-être les conservent-ils depuis longtemps, avant la mise en application de la loi ?

— C'est possible, concéda François. Mais je ne pense pas. J'ai découvert le premier papier dans le bureau d'Arthur, l'autre dans le sac de sport de Sébastien. Ce matin même. Or j'avais déjà fouillé leurs affaires hier. Et il n'y avait rien. Donc, s'ils n'étaient pas en possession des chocolats mardi et qu'ils en avaient mercredi, où se les sont-ils procurés ?

Le commissaire se tourna vers le Patrouilleur :

— Cela semble logique, n'est-ce pas ?

— Affirmatif, chef ! approuva l'homme. Ça vient peut-être de cet individu qui faisait du marché noir dans la zone commerciale. Il a réussi à s'enfuir. Mais on a vu deux gosses qui partaient en courant.

Le commissaire revint à François :

— Très bien, Jeune Pionnier. Du bon travail. Je vous remercie de vos informations.

— Est-ce que je vais obtenir des points, monsieur ?

— Certainement, répliqua-t-il, laconique.

— Et vous allez les arrêter, monsieur ? insista François. Les mettre en détention et les interroger ?

— Je ne pense pas, Jeune Pionnier. Pas encore. Je ne crois pas qu'ils aient des renseignements très utiles à nous fournir. On verra. Il faut suivre l'affaire. On va continuer à observer, et attendre.

— Très bien, monsieur. Je les maintiens sous surveillance.

— Parfait.

Comprenant qu'il était temps de se retirer, François se leva :

— Monsieur, dit-il en s'arrêtant sur le chemin de la porte, vendredi soir, nous fêtons le premier anniversaire des Jeunes Pionniers. Nous feriez-vous l'honneur d'être des nôtres ?

L'officier ne prit même pas la peine de consulter son emploi du temps :

— Désolé, Jeune Pionnier. J'aurais adoré venir. Malheureusement j'ai déjà un autre engagement. Mais tous mes vœux vous accompagnent.

François se renfrogna. Il avait affirmé à ses camarades que le commissaire, son ami personnel, serait présent pour trancher la première part du gâteau.

— Nous avons commandé un gâteau pour l'occasion, monsieur, se permit-il d'insister. Un bon Quatre-Quarts sans sucre, fourré au Néo-Choco.

— Voilà qui a l'air délicieux. Je vous souhaite de vous régaler.

Puis il rouvrit le dossier posé sur son bureau et en sortit quelques feuilles. L'entretien était terminé.

Après avoir été reconduit à la sortie, François se dirigea vers le local des Jeunes Pionniers. Il aurait dû se sentir fier de lui. Il savait qu'il avait accompli une bonne action pour le compte du Parti et qu'un jour ses mérites seraient reconnus et récompensés. Il sentait toutefois confusément qu'on ne l'appréciait pas à sa juste valeur.

— Qu'est-ce que c'est, papa ? demanda Sébastien.

— Où étais-tu encore à traîner, toi ? répliqua son père, oubliant le nombre de fois où il avait repris son fils, en lui expliquant qu'il était grossier de répondre à une question par une autre.

— Tu prépares un gâteau ?

— Bravo ! Finement observé !

— Allons, papa, dis-moi ! C'est pour qui ? Pour nous ?

Sébastien adorait la boulangerie familiale. Ça sentait toujours bon. L'endroit était chaud et accueillant. Dans l'odeur des levures et du pain en train de cuire, on se sentait plus fort pour aborder le présent, et plus optimiste face à l'avenir.

— Ce que c'est ? Un quatre-quarts sans sucre, sans graisses et sans goût, si tu veux savoir. Que je vais ensuite recouvrir d'un délicieux Néo-Choco pour la fête anniversaire des Jeunes Pionniers, qu'on devrait plutôt appeler les Jeunes Mabouls, si tu veux mon avis.

— C'est quand, cette fête ?

— Vendredi soir.

La cloche de la porte retentit.

— Un client. J'y vais. Sébastien, garde un œil sur le four !

Roger sortit pour aller servir. Puis un deuxième client entra, suivi d'un troisième. Car les acheteurs sont un peu comme les autobus. On les attend pendant des heures et, brusquement, ils arrivent tous d'affilée.

Sébastien regarda autour de lui.

« Un gâteau d'anniversaire, se dit-il. Et pour les Jeunes Pionniers ! Il faut que je m'en occupe. »

Il leva les yeux vers le mur. Il y avait là une petite armoire blanche ornée d'une croix rouge.

Dans une boulangerie, le fournil est un endroit dangereux. Il arrivait parfois à son père de se couper ou de se brûler.

Sébastien ouvrit la pharmacie. Elle était pleine de flacons et de pansements, de crèmes et de pommades. Pourtant, il ne trouvait pas ce qu'il cherchait. Où était-ce ? Il était sûr de l'avoir vu là. Et il savait que personne ne l'avait utilisé depuis ce jour où il avait demandé à son père :

— C'est quoi, ce sirop de figue ? Tu t'en sers pour la pâtisserie ?

— Sûrement pas ! C'est un médicament à prendre en cas de constipation. Et attention, pas plus d'une cuillerée à café, sinon tu es assuré de passer ton week-end aux toilettes.

Sébastien finit par dénicher le petit flacon brun derrière des rouleaux de bande Velpeau. Il s'en empara et revint rapidement vers le plan de travail où le Néo-Choco attendait d'agrémenter le gâteau des Jeunes Pionniers.

Il ôta le couvercle du pot, et vida intégralement le sirop dedans. Voilà qui mettrait une touche finale aux célébrations !

Puis, muni d'une longue spatule en bois, il brassa le Néo-Choco et le sirop jusqu'à ce qu'ils forment une belle pâte élastique. Enfin, après avoir nettoyé la cuillère, il remplit le petit flacon vide d'eau du robinet, referma le bouchon et alla le remettre à sa place, dans l'armoire à pharmacie.

Juste à temps. Son père faillit le surprendre :

— Qu'est-ce que tu fabriques ?

— Moi ? Rien. Je cherchais un sparadrap.

— Je te l'ai déjà dit cent fois, c'est dangereux ici. Tu t'es blessé ?

— Rassure-toi, papa. Je n'ai rien. C'est juste une petite coupure que je me suis faite à l'école avec une feuille de papier.

Pour sauver les apparences, Sébastien colla un pansement sur son doigt. Cela parut satisfaire son père :

— Parfait. Il faut que je sorte ce gâteau du four à présent et que je m'occupe de la garniture. Je ne voudrais pas décevoir ces aimables Jeunes Pionniers.

— T'as raison, papa. Il ne faut pas qu'ils soient déçus.

— Toi, tu ne serais pas en train de préparer un mauvais coup ?...

— Moi ? Pas du tout.

— Alors, file à la maison et va faire tes devoirs.

— Oui, papa.

Une fois Sébastien parti, son père sortit le gâteau du four et le posa sur une grille. « Ce garçon a une idée derrière la tête », songeait-il. Mais il chassa vite cette pensée de son esprit.

Quand le gâteau eut refroidi, il entreprit de le fourrer, avant d'y apporter la dernière touche en le nappant de Néo-Choco.

Arthur et Sébastien cherchèrent à retrouver l'homme de la zone commerciale. Malgré le danger, ils se sentaient mus par une force invisible, en l'occurrence leur puissant désir de sucreries. Ils avaient beau deviner que le vendeur clandestin n'y serait pas, ils effectuèrent à plusieurs reprises le détour jusqu'à Mirchamps à la sortie du collège.

Il ne subsistait plus de l'incident que des traces de pneus et des macules de friandises écrasées sur le sol. « Il n'était quand même pas le seul à vendre du chocolat au marché noir, se répétait Sébastien. Il doit y avoir d'autres dealers quelque part. »

Mais où ? Et, surtout, comment payer un prix aussi exorbitant ? D'autant que le tarif du chocolat au marché noir ne pouvait qu'augmenter. Avec leur argent de poche, les deux écoliers ne pourraient prétendre rivaliser avec des clients adultes, dotés d'un véritable pouvoir d'achat.

Ils commençaient à se résigner à la perspective d'une vie fade et triste.

Ils avaient raison.

Et ils avaient tort...

Le vendredi, en fin de journée, les élèves avaient le droit de faire ce qu'ils voulaient en classe, à condition de garder le silence. Mlle Rose, assise à son bureau, corrigeait des copies, tandis que chacun lisait, dessinait, écrivait, réfléchissait ou rêvassait.

François Crampon et Martine Percale, eux, songeaient à la fête des Jeunes Pionniers, prévue pour le soir même, dans le local baptisé « Quartier Général des Jeunes Pionniers » — anciennement connu sous le nom de « cabane des scouts ».

C'était au tour de Sébastien d'utiliser l'ordinateur de la classe. Il s'installa devant l'écran en pensant à son sabotage : le gâteau au sirop de figue. Cela entraînerait-il l'effet souhaité ? Il s'inquiéta un instant, craignant que son père ait des ennuis. Mais non. On incriminerait le Néo-Choco. Après tout, c'était une denrée nouvelle aux propriétés encore inconnues.

Sébastien savait que toute recherche sur Internet d'un mot en relation avec le chocolat serait vaine. Soit le système se bloquerait, soit apparaîtrait le fatidique message : *Site web indisponible.*

De plus, les centres serveurs, tous inféodés au gouvernement, envoyaient un bug dès que l'on tentait ce genre de demande. Ce mouchard s'inscrivait alors sur votre disque dur, et ils n'avaient plus qu'à vous pister en se servant du numéro de l'ordinateur. Peu après, grâce à votre fournisseur d'accès, quelqu'un venait frapper à votre porte...

Par hasard, il trouva dans la boîte où l'on rangeait les logiciels une vieille encyclopédie sur CD. Il l'introduisit dans la fente.

Parcourant rapidement l'index, il surligna le mot *chocolat* et double-cliqua. Un texte apparut immédiatement sur l'écran :

Chocolat : Aliment préparé à partir de la fève de cacao. Le chocolat est utilisé en pâtisserie, ainsi que dans de très nombreuses boissons et confiseries. Cette denrée a été introduite en Europe par les Espagnols, qui la tenaient eux-mêmes des Aztèques, depuis l'invasion du Mexique en 1519. Les premières importations en Europe datent des alentours de 1615.

Sébastien fit une grimace ; ça ne l'aidait pas beaucoup.

Il poussa le curseur jusqu'aux mots *Domaines Associés* et cliqua ensuite sur *chocolat, fabriques de*. Une image légendée apparut. Intéressant. Mais ce n'était toujours pas ce qu'il cherchait.

Il revint à l'index principal. Il cliqua sur *Chercher* et, dans la boîte de dialogue, tapa *prohibition*.

L'ordinateur ronronna et, une seconde plus tard, un nouveau texte apparut à l'écran :

Prohibition : Embargo légal sur la fabrication et la vente de toutes les boissons alcoolisées aux États-Unis, à une époque où l'alcoolisme était considéré comme un fléau social. La Prohibition débuta le 16 janvier 1920, à minuit. Cependant, ce « régime sec » tenait plus de l'idéal que de la réalité. Très vite, on trouva des moyens de contourner la loi, grâce à la contrebande et aux distilleries clandestines. Il s'ensuivit une vague d'activités criminelles qui donna naissance aux célèbres « bootleggers », ces trafiquants qui fabriquaient ou vendaient l'alcool illégalement. À la suite d'un retournement général de l'opinion, les lois concernant la Prohibition furent abolies en 1933.

Sébastien demeura pensif face à l'écran. Puis il cliqua sur le mot *bootlegger*. Il lut :

Bootlegger : Terme anglo-saxon appliqué à la personne qui transporte ou vend illégalement des boissons alcoolisées. Le mot « bootlegger » est apparu aux États-Unis à l'époque de la Guerre de Sécession, lorsque les trafiquants d'alcool dissimulaient les bouteilles de whisky dans leurs « boots », c'est-à-dire leurs bottes de cow-boy.

« Intéressant, pensa-t-il. Très intéressant. On gagne toujours à se cultiver en lisant les encyclopédies. »

Mlle Rose vint regarder par-dessus son épaule ce qu'il faisait.

— Désolée, Sébastien, lui dit-elle. Tu n'as pas le droit

d'utiliser cette vieille encyclopédie. Elle aurait dû être retirée.

Elle ajouta que, désormais, il devrait faire ses recherches sur le site éducatif du Parti Qui Vous Veut du Bien, qui « donne à tous les enfants une version correcte de la vérité ».

Plus tard, Sébastien répéta ces mots dans sa tête.

« Une version correcte de la vérité. »

À l'évidence, il ne pouvait y avoir qu'une seule version de la vérité : la vérité elle-même. Comment imaginer différentes versions ? Il s'agissait alors de semi-vérités ou même de mensonges ! Et si le Parti Qui Vous Veut du Bien prétendait détenir sa propre version, alors, ce n'était sûrement pas la vérité.

— Que cherchais-tu dans cette encyclopédie ? lui demanda Arthur, à la sortie.

À la veille du week-end, un air de liberté flottait dans l'atmosphère.

— J'essayais de trouver une recette, répondit Sébastien d'un ton de conspirateur.

— Une recette de quoi ?

— De chocolat, évidemment ! Quoi d'autre ?

— Et alors ?

— Ben, rien. Mais j'ai découvert l'existence des bootleggers.

— Des bouts de quoi ?

Sébastien lui expliqua tout ce qu'il venait d'apprendre.

— Ils se réunissaient dans des clubs clandestins, ajouta-t-il. Les gens venaient s'y détendre en buvant une bière ou un whisky sans qu'on leur demande rien en échange. Ouais. Mais le drame, c'est que je n'ai pas trouvé une seule recette de chocolat. Je pensais qu'on pourrait s'en fabriquer rien que pour nous.

— Tu oublies un détail : même si tu trouvais une recette, à quoi bon ? On n'a ni sucre ni cacao.

— C'est vrai.

— En plus, on est trop jeunes. Tu nous vois nous transformer en bootleggers ? Il faut être organisé, posséder un cerveau criminel ou quelque chose de ce genre.

— Si seulement on pouvait se procurer les ingrédients..., soupira Sébastien.

— Mais où ? Impossible d'en acheter, ces produits sont introuvables. Tous les stocks ont dû être confisqués et détruits.

— Tu crois qu'on n'a aucune chance ?

— Aucune, répondit Arthur. Allez, n'y pense plus ! Tu n'as pas envie de finir comme David Cheng, hein ? En camp de rééducation, avec lavage de cerveau et bourrage de crâne ? Crois-moi, c'est sans espoir. Pas plus de sucre et de chocolat que de beurre en broche !

Sébastien, l'air absent, s'apprêtait à shooter dans un pavé. Soudain, il retint son geste et s'immobilisa.

Arthur le regarda, surpris :

— Qu'est-ce qu'il se passe ? Tu ne te sens pas bien ?

— Si, si. Je viens d'avoir une idée !

— Quel genre d'idée ?

— On va aller voir une vieille amie, déclara Sébastien. Suis-moi...

8

Un sachet de sucre
et un paquet de cacao

Le gâteau était superbe. C'était toujours le cas avec les créations de Roger, car il était excellent pâtissier. Même s'il s'agissait de confectionner un quatre-quarts sans sucre et sans graisse, l'artiste en lui reprenait le dessus. Une fois de plus, il avait réalisé un chef-d'œuvre.

Martine l'emporta jusqu'à la salle de réunion des Jeunes Pionniers, où elle le déposa fièrement sur la table.

Le boulanger avait modelé son gâteau en forme de badge des Jeunes Pionniers. Ensuite, en mélangeant le Néo-Choco et d'autres ingrédients, il avait sculpté deux petits sujets, un garçon et une fille, qui trônaient, bien droits, au sommet de l'édifice. Il avait calligraphié autour : *Joyeux Anniversaire aux Jeunes Pionniers.*

La pâtisserie était si réussie que Martine fut saluée par une salve d'applaudissements quand elle ouvrit le carton.

— Waouh ! Ça a l'air fameux !

— Extra, Martine ! Tu t'es débrouillée comme un chef...

François Crampon observait ce spectacle avec un brin de jalousie. D'ordinaire, c'était à lui que revenaient les marques d'appréciation et les honneurs.

— C'est bien la preuve, déclara Martine d'un ton docte, que, pour nous régaler, nous n'avons pas besoin de chocolat, de mauvais sucre et de tous ces aliments infects. Aujourd'hui, nous allons déguster un concentré de santé, de diététique et de saveur. Et tout cela, grâce au merveilleux Néo-Choco. Alors, remplissons nos verres et chantons tous ensemble l'hymne des Jeunes Pionniers.

Les enfants se servirent de jus de pruneaux. Et ils entonnèrent à pleine voix leur chant officiel, dont la fin avait été agrémentée de quelques vers supplémentaires pour l'occasion :

> *Nous fêtons notre anniversaire,*
> *Un an de conduite exemplaire !*
> *Car nous sommes les joyeux Pionniers.*
> *Hourra ! Hourra pour les Pionniers !*

Chacun vida son verre d'un trait. Puis les regards impatients se portèrent sur Martine. Elle saisit un couteau et découpa le gâteau en tranches, qu'elle disposa dans chaque assiette :

— À vos cuillères, Jeunes Pionniers ! Montrons au monde entier que nous aussi, nous savons nous amuser, tout en respectant l'hygiène et la diététique !

Et, pour montrer la voie de la sagesse et de la santé, Martine mordit à belles dents dans sa part.

Quelque chose clochait. Martine ne pouvait prétendre qu'elle appréciait ce goût. Elle ne s'attendait pas tout à fait à ça... Mais que faire ? Le Néo-Choco avait été officiellement approuvé par le Parti. Impossible de déclarer qu'on ne l'aimait pas.

— Mmm, fit-elle. Délicieux ! N'est-ce pas, camarades Pionniers ?

La salle s'emplit de murmures approbateurs :

— Et puis, c'est nourrissant !

— Très ! Je ne crois pas que je me resservirai.

— Moi, je me demande si je vais terminer mon morceau...

François fronça les sourcils et jeta un regard courroucé au Jeune Pionnier qui venait de parler :

— En ce qui me concerne, je pense qu'il serait grossier de ne pas finir sa part. D'ailleurs, je vote pour une seconde tournée. Celui qui refuse d'en reprendre n'est ni un vrai Pionnier ni un fidèle du Parti.

Martine coupa donc de nouvelles tranches et, par chance, il y en eut pour tout le monde.

La Jeune Pionnière engouffra bravement sa seconde portion, qu'elle fit passer avec une gorgée de jus de pruneau.

— Très bien ! annonça François Crampon. Maintenant que nous avons fait honneur à ce délicieux goûter, asseyons-nous et entamons une partie de questions-réponses pour tester nos connaissances du *Recueil des Règlements des Jeunes Pionniers*.

C'est alors qu'un premier gargouillis résonna, provenant, semble-t-il, des intestins de Martine. François entendit un grondement identique, venu cette fois de ses propres entrailles, et qui fut bientôt repris en écho par tous les participants.

Ce fut le signal de la débandade.

— Excusez-moi, minauda Martine. Il faut que j'aille... euh... au petit coin. Excusez-moi.

Elle tourna les talons, s'efforçant de marcher d'un pas digne. Mais son allure se transforma en trot, puis en galop. L'ensemble des Jeunes Pionniers lui emboîta le pas.

Tel un troupeau de zèbres pourchassés par un lion affamé, la troupe fit irruption dans le couloir. Hélas, elle se heurta à un véritable goulet d'étranglement à l'approche des toilettes, car les Pionniers cherchaient à y pénétrer à deux, à trois et même à quatre à la fois.

Mais peut-être est-il temps de faire descendre un voile pudique sur la suite de ces événements et de les laisser à l'imagination de chacun. Personne ne soupçonna que le Néo-Choco avait été copieusement agrémenté de sirop de figue par Sébastien. Tout le monde pensa que c'était l'effet normal du substitut. À l'avenir, se dirent-ils, il conviendrait d'en user à de rares occasions et avec la plus grande modération.

Mme Robin était ravie de revoir ses deux jeunes amis. Elle aimait les gens, et plus encore les enfants.

Depuis la promulgation de la Prohibition, les clients, jeunes ou vieux, se faisaient rares. Or, sa boutique représentait pour elle beaucoup plus qu'un simple commerce. C'était le centre de sa vie sociale, une plaque tournante où affluaient toutes les nouvelles du quartier. C'était ce souffle-là qui la maintenait en vie.

Hélas, elle n'avait plus grand-chose à proposer, désormais. Quelques journaux et illustrés, du lait, des denrées de base et des Bons Goûters Diététiques. Sa boutique ne s'emplissait donc qu'un court moment, tôt le matin, lorsque les gens se rendaient au travail. Une fois passé l'heure des journaux, Mme Robin restait parfois très longtemps sans voir âme qui vive. Elle se tenait assise à son comptoir et trompait son ennui par la lecture de quotidiens et de magazines, prenant toujours grand soin de tourner les pages sans les corner. Ainsi, dès qu'elle les avait lus, elle les remettait à l'étalage.

Le temps s'écoulait lentement jusqu'en début d'après-midi, quand arrivait la première édition du journal local. Mais, que ce soit pour le courrier du cœur ou pour les petites annonces, seuls quelques habitués venaient encore chercher leur exemplaire.

Mme Robin fut donc très agréablement surprise quand elle entendit sonner la cloche et vit entrer Sébastien et Arthur.

— Bonjour, les garçons, fit-elle. Je ne m'attendais pas à votre visite. Vous savez, je n'ai rien à vous vendre. À moins que vous ne désiriez acheter un Bon Goûter Diététique. Mais ça m'étonnerait...

Sébastien reconnut en grimaçant que ce n'était pas leur intention.

— Je devrais peut-être en donner à mon chat, déclara Mme Robin. Pas pour qu'il le mange, pour qu'il joue avec. Voyons, que puis-je pour vous, mes chéris ?

Un silence un peu gêné s'installa, car Sébastien et Arthur hésitaient. Ils auraient aimé aller droit au but, mais ils ne savaient pas comment s'y prendre.

— Voilà, c'est un peu particulier, lâcha finalement Arthur. Sébastien et moi, nous ne voudrions pas...
— euh, comment dire ? — créer des ennuis ou des choses comme ça... ni à vous, ni à personne...

— Surtout pas, enchérit Sébastien. Alors, vous pouvez refuser. Et vous pouvez réfléchir.

— Réfléchir à quoi ? s'enquit la vieille dame. Et refuser quoi ? Il faudrait peut-être m'exposer d'abord votre affaire.

— Eh bien, madame Robin, continua Arthur, lorsque nous sommes venus vous rendre visite la dernière fois — vous vous souvenez, le jour de la Prohibition du chocolat —, nous étions dans votre arrière-boutique, Sébastien et moi, ou plutôt Sébastien, car, pour être honnête, moi, je n'avais rien remarqué...

— Remarqué quoi ? le coupa-t-elle.

— Eh bien, ce que Sébastien a vu. Ou tout au moins ce qu'il croit avoir vu, sur les étagères où vous stockez des cartons et des boîtes de conserve.

— C'est un vrai bric-à-brac, derrière ! expliqua-t-elle. Ici, c'était une épicerie, autrefois, une sorte de supérette, avant que je reprenne l'affaire pour vendre des journaux et de la confiserie. J'ai encore presque tout l'ancien stock. Je me suis contentée de vider les périssables et j'ai gardé le reste, tout ce qui était en conserve ou en boîte. On ne sait jamais de quoi on peut avoir besoin un jour ! D'ailleurs, quand j'y pense, les miliciens ne sont même pas allés y fourrer leur nez, le jour où ils ont tout vidé... Faut reconnaître qu'ils ne sont pas trop finauds, ces Patrouilleurs ! La plupart n'ont que de l'eau dans le crâne en guise de cervelle.

— Eh bien, nous y voilà, madame Robin. Le jour où ce stock se révélera utile est peut-être arrivé. Sébastien croit que vous possédez là certains ingrédients très intéressants, et même de grande valeur.

— Vraiment ? Lesquels ? Mes sardines à l'huile ? Mes pois cassés ?

— Non, le cacao en boîte, répondit Sébastien. Et quelques paquets de sucre ainsi que des cartons qui, à mon avis, contiennent du beurre de cacao.

Mme Robin le regarda, dubitative. Avait-elle bien entendu ? Il n'y avait qu'une façon d'en avoir le cœur net : elle retourna la pancarte du côté *Fermé* et entraîna les garçons dans la réserve.

Tout était là, en effet. Sur une étagère, il y avait de nombreux cartons bruns marqués : *Cacao de qualité supérieure, six douzaines.*

Les garçons entreprirent de les sortir pour les compter. Il y en avait douze. Mais, en les déplaçant, ils en découvrirent douze autres cachés derrière.

— Chaque carton contient six douzaines, soit soixante-douze sachets, calcula Sébastien. Et comme nous avons au total vingt-quatre cartons...

Mme Robin prit un crayon et posa la multiplication sur un emballage :

— Cela fait exactement mille sept cent vingt-huit sachets de poudre de cacao !

Sébastien émit un long sifflement admiratif. Il y avait là un vrai trésor !

— Madame Robin, dit Arthur. Avez-vous idée de ce que vous possédez là ? Savez-vous combien ça vaut au marché noir ?

— Non, pas la moindre idée. J'imagine plutôt ce que ça me coûterait si la Patrouille Anti-Chocolat mettait la main dessus. Dix ans derrière les barreaux, au minimum ! Le jour où j'en sortirais, je serais si fripée qu'il faudrait me donner un coup de fer à repasser...

— Je ne comprends pas comment ils ne l'ont pas découvert, reprit Sébastien. D'accord, les Patrouilleurs ne sont pas entrés ici. Mais leurs détecteurs ? Pourquoi n'ont-ils pas réagi ? Ils fonctionnent même à travers les murs.

— La rumeur serait donc exacte ? Il paraît que ces engins sont insensibles aux matières premières. Le signal n'apparaîtrait sur les écrans que lorsqu'on les mélange pour fabriquer du chocolat. Un peu comme de la poudre à canon, qui ne devient explosive que lorsqu'on réunit tous les composants.

Sébastien et Arthur se regardèrent. C'était une information capitale. Si c'était vrai, cela diminuerait considérablement les risques auxquels ils allaient s'exposer.

— Comment se fait-il que vous possédiez autant de cacao ? demanda Arthur en soulevant un des lourds cartons.

Les caisses provenaient d'Amérique du Sud, et le nom du producteur avait l'air d'être espagnol.

— Les anciens propriétaires vendaient en gros à des pâtissiers.

— Et le sucre ? intervint Sébastien. On peut regarder combien vous en avez ?

Le sucre était remisé sur l'étagère du bas, dans des cartons encore plus volumineux et plus lourds que ceux du cacao. Tous ensemble, ils les alignèrent par terre.

— Attention ! Ne laissons rien tomber ! recommanda Sébastien. Il ne faudrait pas que les sachets éclatent et que leur contenu se disperse. Pas question d'en perdre un seul milligramme !

Chaque carton contenait un assortiment de quarante paquets de sucre ordinaire et de gros sucre brun, utilisé pour confectionner les crêpes et les desserts au chocolat.

— On doit en avoir huit cents, calcula Arthur.

Sébastien approuva. Il avait trouvé le même total. De son côté, Mme Robin paraissait soucieuse :

— Mieux vaut en ouvrir un pour vérifier la qualité. J'ai souvent eu des problèmes de souris dans cette réserve. J'espère qu'elles n'y ont pas touché.

Les garçons examinèrent les boîtes. On n'y voyait aucune trace de rongeur. Pour en avoir le cœur net, Mme Robin prit son couteau, éventra un ou deux cartons et vérifia quelques sachets.

— Tout paraît en ordre, constata Sébastien. Pas une trace de dent, pas la moindre crotte. Pour en être vraiment sûr, je suggère qu'on goûte un peu.

Mme Robin le regarda en souriant :

— Je n'y vois aucun inconvénient.

Sébastien ouvrit avec précaution un sachet de sucre brun.

— Excusez-moi, je me sers avec les doigts, dit-il.

Et, joignant le geste à la parole, il plongea l'index dans le paquet. Il porta le doigt à sa bouche et le lécha avec délice.

— Pour moi, le goût est parfait. Qu'en pensez-vous, madame Robin ?

— Ton ami d'abord, répondit la commerçante, qui avait vu briller dans les yeux du garçon une lueur d'angoisse : celle du gourmand qui voit passer l'objet de sa convoitise et craint de manquer son tour.

Sébastien tendit donc le sachet à Arthur. Puis ce fut au tour de Mme Robin. Tous furent unanimes : il s'agissait là d'un sucre d'excellente qualité. Peut-être même un des meilleurs qu'ils aient jamais goûtés. On se repassa alors le paquet à la ronde jusqu'à ce que, de dégustation en dégustation, il n'en reste plus un seul grain.

— Mmm, conclut Sébastien. Ce sucre était succulent.

— Je suis d'accord, approuva Arthur. Au début, j'ai eu un doute. Mais j'avais tort. Nous pouvons déclarer ce produit consommable. Qu'en pensez-vous, madame Robin ?

— Je pense surtout que vous feriez bien de vous nettoyer ! Si vous sortez comme ça dans la rue, le visage tout poisseux, le premier Patrouilleur venu aura vite fait de vous mettre le grappin dessus !

Arthur se sentit un peu confus. Il s'était juré de ne plus jamais perdre son contrôle pour un bout de sucre ou un morceau de chocolat. Cela pouvait vous mener tout droit en camp de rééducation.

Une fois débarbouillés, les deux amis revinrent dans l'arrière-boutique.

— Alors, les garçons ? Qu'est-ce qu'on fait, maintenant ? Vous me mettez dans le secret ou je dois deviner toute seule ?

Même s'il était évident que la commerçante avait déjà compris, Sébastien lui expliqua :

— Très bien, madame Robin. Nous avons une affaire à vous proposer. Voici comment nous voyons la chose : vous êtes assise sur une mine d'or. Ou, plutôt, sur une mine de chocolat. Vous possédez tous les ingrédients : le sucre, le cacao et le beurre de cacao. Mais, pour transformer tout ça en chocolat de qualité, il faudra du temps, du travail et du savoir-faire. Avant tout, nous devons nous procurer une recette, ce qui ne sera pas facile. Tous les livres sur le chocolat ont été retirés des librairies et des bibliothèques, et jetés au feu. On ne trouve plus rien sur Internet. À moins que... Vous ne sauriez pas préparer le chocolat par hasard ?

— Eh non, mon chou, soupira la vieille dame. J'aime-rais bien, mais...

— Bon. On se débrouillera. Ensuite, quand on l'aura fabriqué, il faudra le vendre, ce chocolat. Ce sera votre rôle, car vous avez une position idéale. Sauf que ce sera du marché noir, du commerce clandestin, comme les bootleggers.

— Les bootleggers ?

— Oui, ceux qui distribuaient l'alcool aux États-Unis, à l'époque de la Prohibition.

— Ah, je vois...

— Vous pourriez vendre ce chocolat clandestin ici, dans votre boutique. Vous en gardez un peu sous le comptoir. Et, quand les gens entrent pour acheter un journal ou un magazine, vous leur faites un signe, un clin d'œil, par exemple, en disant : « Est-ce que ce sera tout, madame ? » ou bien : « Désirez-vous autre chose, mon-sieur ? Une petite douceur peut-être ? » Vous voyez, une phrase dans ce genre.

— De notre côté, continua Sébastien, on a les contacts. On pourrait créer un mot de passe réservé aux amis, des copains d'école dont on est sûrs. Voilà ce qu'on vous propose, madame Robin. Arthur et moi, on transforme le sucre et le cacao en chocolat. Vous, vous le vendez et vous gardez l'argent...

— Et vous ? s'exclama la commerçante. Où est votre intérêt ? Vous n'allez pas travailler pour rien ?

— Non. On prendra du chocolat pour notre consommation personnelle. Pas beaucoup. On n'est pas si gourmands ! Juste quelques tablettes en échange de notre temps, des soucis et des risques.

— Moi, je n'y vois aucune objection. Tout cela me paraît correct. Très correct. Cependant, j'insiste. Je veux que vous ayez votre part des bénéfices, sinon j'aurais l'impression de vous exploiter.

— Eh bien, c'est gentil à vous. D'accord. Mais on ne fait pas ça pour l'argent, juste pour garder l'espoir. Pour ne pas se laisser abattre.

Mme Robin fixa longuement les deux amis d'un air grave :

— Vous me rappelez M. Robin quand il était encore de ce monde. C'était un rebelle, comme vous aujourd'hui. Il ne cessait de guerroyer au nom de la justice et de la liberté. Il écrivait des lettres aux journaux et aux autorités pour protester. Voilà le genre d'homme qu'il était. Toujours prêt à se battre pour défendre les droits des citoyens ordinaires. C'est pour ça que j'accepte votre proposition. Parce que vous me faites penser à lui. Bon. On est d'accord ?

Ils l'étaient. Sébastien et Arthur serrèrent tour à tour la main de la commerçante.

— Nous allons devenir des bootleggers, lança Sébastien, en se levant pour partir. Mais ce sera pour une juste cause. Pas pour l'argent. Ce n'est pas parce qu'on est jeunes qu'on n'a pas aussi des droits. On ne nous privera pas comme ça de notre chocolat ! Nous allons nous battre !

Sur cette parole de défi, Sébastien et Arthur quittèrent la boutique de Mme Robin et rentrèrent chez eux.

— Et maintenant ? Qu'est-ce qu'on fait ? demanda Arthur.

— On se met en quête. Dès demain matin, on ira farfouiller partout. Il faut qu'on déniche un bouquin de cuisine avec la recette du chocolat.

9

M. Bothorel

Sébastien n'était pas un fan de lecture. Il se passionnait plutôt pour les événements, les chiffres ou les résultats du football. Il trouvait donc son bonheur dans les magazines ou sur Internet.

Néanmoins les livres, ces petits objets faciles à transporter, qui n'avaient nul besoin d'être branchés sur le courant pour fonctionner, vous donnaient parfois des informations très intéressantes. Comme la recette du chocolat.

Mais où dénicher l'oiseau rare ? Certainement pas en bibliothèque !

Le samedi matin, les deux garçons grimpèrent donc dans le 47 pour descendre dans la vieille ville, là où on faisait les meilleures affaires. Petites échoppes et vendeurs de rues se succédaient dans une vaste zone piétonne. Au centre, de grandes verrières abritaient un marché.

Le quartier recelait des ruelles étroites, des passages mystérieux et des cours où l'on pénétrait par des entrées cachées. On y trouvait des antiquaires et des vendeurs de bric-à-brac : porcelaines dépareillées, archets de violon, collections de timbres, disques d'occasion. Il y avait aussi des fripiers, des marchands de fruits secs et d'épices, et même un torréfacteur, dont les fours répandaient une délicieuse odeur de grains de café en train de griller.

Les garçons traversèrent le marché. Dans la section des fruits et légumes, les vendeurs vantaient leurs produits à grands cris :

— Elles sont belles, mes pommes, elles sont belles !

— Demandez mes raisins. Du blanc, du noir...

— La tomate ! Par ici, la tomate !

Sébastien s'arrêta, le temps d'acheter deux pommes. Il en tendit une à Arthur, qui la frotta sur sa manche pour la faire briller avant de mordre dedans.

— Je n'ai rien contre les fruits, commenta Sébastien. J'adore les bonnes pommes croquantes. Mais j'aime *aussi* le chocolat.

— Tout à fait d'accord, approuva son ami. Seulement, ne parle pas si fort...

Ils débouchèrent sur une courette pavée, bordée de maisons anciennes qui abritaient quelques brocanteurs et bouquinistes. On y voyait des cartons de livres, empilés à même la chaussée tandis que les étagères croulaient sous le poids des reliures dépareillées. Des pancartes annonçaient : *2 Euros pièce* ou : *3 livres pour 5 Euros.*

Tandis que Sébastien et Arthur, arrêtés devant un de ces éventaires, farfouillaient dans des piles de magazines, deux silhouettes en uniforme arpentaient le marché. Ces deux-là avaient les joues pâles et la démarche mal assurée.

— Je me demande ce qui a pu me retourner ainsi l'estomac, hier soir, mentit avec aplomb Martine Percale.

Elle connaissait parfaitement la cause de son dérangement. Mais l'admettre aurait été le comble de l'hérésie et de la trahison.

— Moi aussi, renchérit François. Notre organisme subit sans doute le contrecoup de l'époque où nous nous gavions de sucre et de chocolat.

— Probablement, approuva Martine.

Contemplant les étalages, elle s'extasia :

— Oh, ces fruits ! Ces légumes ! Il faut appartenir aux Jeunes Pionniers pour remarquer combien ils sont beaux.

— Oui. Ça nous ouvre les yeux sur les bonnes choses de la vie.

François aurait volontiers continué sur ce sujet, mais il venait de remarquer deux silhouettes familières qui disparaissaient sous un porche : Sébastien et Arthur !

« Qu'est-ce qu'ils manigancent encore ? Je ferais bien d'aller voir ça de plus près... », se dit-il.

— On se retrouve au local des Pionniers, lança-t-il à sa camarade. J'ai envie de me promener un peu seul.

Elle lui jeta un regard étonné. En même temps, elle ressentit un certain soulagement. À n'en pas douter, François était un authentique Pionnier, loyal et droit, mais leurs postes de coanimateurs de la troupe les obligeaient à passer beaucoup de temps ensemble. À l'occasion, une petite balade en solitaire n'était donc pas désagréable.

— D'accord, François. On fera nos exercices ensemble.

— Ça marche. À plus tard !

Et chacun partit de son côté.

Pendant que Sébastien et Arthur fouillaient dans une caisse de livres, le bouquiniste, assis au bord du trottoir sur un tabouret, les observait du coin de l'œil sous son chapeau de paille.

— Je peux vous aider, les garçons ?

— On regarde, c'est tout.

— Vous cherchez quelque chose en particulier ?

Effrayé à l'idée de prononcer le mot *chocolat*, Sébastien hasarda :

— Vous n'avez rien sur la cuisine ou des trucs de ce genre ?

— La cuisine ? répéta l'homme, en repoussant son couvre-chef. Vous vous intéressez à la cuisine ?

— Ouais. Les recettes, ces choses-là.

— Mais encore ? Plats de résistance ?

— Non, pas forcément..., répondit Arthur.

Il remarqua alors un éclat argenté sur la veste de l'homme : le papier alu d'une barre de chocolat dépassait de sa poche de poitrine. Le bouquiniste était un accro au chocolat ! Comme eux !

— Regarde, chuchota le garçon à son copain. C'est un des nôtres...

— Pas pour longtemps, souffla Sébastien, s'il n'est pas plus prudent et s'il continue d'afficher ainsi ses opinions.

Ils s'approchèrent du libraire, dont le visage rubicond et les joues rebondies trahissaient le bon vivant.

Du coin des lèvres, Sébastien lui glissa furtivement :

— On voit votre chocolat...

L'homme le dévisagea, un éclair de panique dans le regard. Il baissa les yeux vers sa poitrine. L'emballage était là, brillant et bien visible. Il déglutit, mit la main à sa poche de pantalon et, tel un magicien, en sortit un grand mouchoir à pois rouges. Il le fourra dans sa poche de veste, dissimulant l'objet du délit.

— Merci, les gamins, murmura-t-il. Je vous dois une fière chandelle. Mais, dites-moi, que cherchez-vous exactement ? À moins que je ne devine...

— Comme je vous l'ai dit, reprit Sébastien, un livre de recettes.

— Un ouvrage un peu particulier, précisa Arthur. Qui traite surtout des... euh... des desserts... et de ces sortes de... euh... de sucreries.

—Je pense avoir ce que vous cherchez, répondit le bouquiniste.

Baissant la voix, il ajouta :

—Je passe en premier. Attendez une minute et rejoignez-moi en haut. Au premier étage, dans mon bureau.

Il eut quelque peine à quitter son tabouret, à cause de sa corpulence.

— On se retrouve dans une minute, souffla-t-il. Ayez l'air naturel.

L'homme entra dans sa boutique. Sur la porte, on lisait : *Librairie Louis Bothorel, Livres anciens et d'occasion.*

Au rez-de-chaussée, le bouquiniste tomba sur un autre client : un garçon en uniforme, qu'il n'avait pas vu entrer.

—Je peux vous aider, Jeune Pionnier ? lui demanda M. Bothorel.

—Non, merci, je regarde, répondit François Crampon.

—Appelez-moi si vous avez besoin d'aide, proposa le libraire, avant de s'engager dans un escalier étroit, aux marches grinçantes.

Il haletait et soufflait comme un phoque.

François se dissimula derrière une bibliothèque au moment où Sébastien et Arthur entraient et montaient à leur tour. Il hésitait... Il aurait voulu les suivre, mais les marches craquaient trop. Il n'osa pas. Il resta tapi dans un coin, au pied de l'escalier, écoutant de toutes ses oreilles, à l'affût comme un chien d'arrêt.

M. Bothorel attendait les garçons dans son bureau, une minuscule pièce sans fenêtre, chichement éclairée par une maigre ampoule. S'étant assuré que personne ne les avait suivis, il ferma la porte.

À l'étage en dessous, au pied de l'escalier, François Crampon retenait son souffle. Quand il entendit la porte se refermer, il gravit quelques marches sur la pointe des pieds, en s'appuyant sur les bords, là où elles risquaient le moins de craquer. Puis il s'immobilisa, l'oreille tendue. Il n'entendait néanmoins qu'un faible murmure.

— Alors, quel genre d'ouvrage cherchez-vous, les garçons ? Voici une pile spéciale. Ce sont tous mes livres qui ont échappé au feu, expliqua le libraire.

Il tapota son gros nez rouge, l'air de dire : « Nous sommes de connivence et nous savons garder un secret, n'est-ce pas ? »

La pièce était envahie par les livres, à croire qu'ils surgissaient du sol et dégoulinaient des murs, telle de l'eau jaillissant d'une conduite éclatée. Comment le libraire s'y retrouvait-il dans un tel amoncellement ? Pourtant, il ne lui fallut que quelques secondes pour mettre la main sur l'ouvrage recherché. C'était un vieil exemplaire écorné ; l'illustration de couverture représentait d'appétissants chocolats. Il manipula le livre avec le plus grand respect, comme s'il s'agissait du Saint Graal.

— *L'art du chocolat*, par Daniel Riche, lut-il.

Puis il ajouta :

— Le meilleur aliment du monde… aujourd'hui malheureusement disparu.

Il ôta son chapeau en signe de respect, puis le rajusta vivement sur son crâne, comme s'il craignait de prendre froid.

— Je ne peux pas vous le vendre, dit-il. C'est mon unique exemplaire, et d'autres clients pourraient en avoir besoin. Mais je peux vous donner de quoi écrire pour que vous recopiiez les recettes. J'ai bien une photocopieuse, mais elle ne fonctionne plus.

La brochure s'ouvrit d'elle-même à la page espérée, comme par un signe du destin. M. Bothorel la tendit à Sébastien :

— « Recette de base pour la fabrication de chocolat »… C'est ce que vous voulez ?

— Oui, merci.

Arthur épia par-dessus l'épaule de son ami pour découvrir la page.

— « Tout pour fabriquer le chocolat chez soi », lut-il.

— Je vais vous chercher un papier et un crayon.

— Merci, monsieur. On vous doit combien ?

Le libraire tapota sa poitrine à l'emplacement de la tablette à présent à l'abri :

— Rien du tout ! Nous sommes quittes, les enfants. Aujourd'hui, vous m'avez peut-être sauvé des miliciens. Alors, c'est gratuit.

Leur ayant donné de quoi écrire, il plaisanta :

— J'espère que vous savez encore écrire à la main.

Puis il leur fit signe :

— Chut ! Attendez... Il me semble avoir entendu du bruit en bas.

Il ouvrit la porte et jeta un œil dans l'escalier. Personne en vue. François Crampon avait battu en retraite au bas des marches.

— Merci, monsieur Bothorel ! lança Sébastien en sortant de la boutique. Merci pour ces informations sur... euh... l'histoire locale, ajouta-t-il pour donner le change à d'éventuelles oreilles indiscrètes.

— C'était un plaisir, les enfants, répondit le libraire, avant de rentrer dans sa boutique.

Il y découvrit François Crampon, qui faisait toujours mine de fouiller dans les rayonnages.

— Alors, Jeune Pionnier, vous trouvez votre bonheur ? Avez-vous besoin d'aide ?

Une lueur sournoise brilla dans les yeux du garçon :

— Auriez-vous des livres sur l'histoire locale ? À l'étage, peut-être ?

— Non, désolé. Je n'ai pas ça en rayon. Essayez donc chez Mathieu, à l'angle. C'est notre spécialiste.

— Pourtant, je viens d'entendre quelqu'un vous remercier pour vos renseignements à ce sujet.

M. Bothorel lui sourit :

— Ah, je vois ! En fait, j'évoquais pour deux jeunes clients mes souvenirs personnels : l'âge d'or du quartier, à l'époque où j'ai ouvert ma boutique ; les personnalités que j'ai connues... Montez donc dans mon bureau, Jeune Pionnier ; je vous raconterai ça.

— Non, non, je vous remercie, se hâta de répondre François.

— Ça ne me dérange pas, insista le libraire. Je pourrais en parler pendant des heures.

— Je n'en doute pas. Mais j'ai un rendez-vous assez urgent. Merci quand même.

Et il quitta vivement les lieux.

M. Bothorel, songeur, le regarda partir, se demandant qui avait bluffé qui. Puis il remonta dans son bureau et ferma la porte à clé. Il se saisit d'un livre évidé — un ouvrage dont toutes les pages avaient été découpées — et en sortit une tablette de chocolat.

10

La recette du chocolat

Sébastien et Arthur rentrèrent chez eux pleins d'entrain. Malgré tout, ils se méfiaient des agents de la Patrouille Anti-Chocolat. Pour vérifier s'ils n'étaient pas filés, ils s'arrêtaient régulièrement sous un porche et attendaient un bref instant ; ou bien ils scrutaient le reflet des passants dans les vitrines. Ne remarquant ni mouchard ni milicien, ils relâchèrent leur vigilance en approchant de l'arrêt d'autobus.

À tort. S'ils étaient restés attentifs, ils auraient aperçu une silhouette furtive passant d'une encoignure de porte à l'autre.

Les deux garçons jubilaient : ils tenaient leur recette ! Or, au moment où ils croyaient avoir trompé l'ennemi, ils venaient de déclencher la machine infernale qui allait les avaler. Les mâchoires d'un gigantesque piège commençaient, lentement – mais inexorablement – à se refermer sur eux.

L'après-midi tirait à sa fin quand ils descendirent du bus. Il passèrent tout de même chez Mme Robin pour la mettre au courant. Par sécurité, Sébastien confia la recette à la vieille dame, qui la cacha dans son arrière-boutique, au fond d'une vieille boîte de conserve. Ils décidèrent de se retrouver le lendemain, dimanche, pour procéder à leurs premières expériences de chocolatiers.

Le dimanche matin, ils frappèrent à la porte de Mme Robin, selon un code convenu d'avance. La vieille dame vint leur ouvrir.

Dès qu'ils furent entrés, elle referma la porte à clef et se dirigea vers l'arrière-boutique, où elle avait déjà disposé ses bols et ses casseroles.

Il fallait traverser la réserve pour accéder à la cuisine. C'était une pièce minuscule, encombrée par une gazinière à l'ancienne, perchée sur des jambes de fonte arquées.

— Il n'y a pas beaucoup de place, mais ça fera l'affaire, déclara-t-elle. Il faudra prévoir plusieurs fournées, car je suis mal équipée pour une production à grande échelle. Voilà des pots, des casseroles et des spatules en bois. J'ai aussi des moules à gâteaux où vous pourrez verser le chocolat. Pour l'aider à prendre, on le mettra dans mon réfrigérateur. C'est un frigo professionnel de grande contenance, un modèle récent. Si je ne suis pas à la dernière mode, je vis tout de même avec mon temps.

— Ça me paraît parfait, madame Robin, la remercia Sébastien. Auriez-vous du lait ?

— J'ai tout prévu, répondit la vieille dame. Ne vous inquiétez pas, j'en ai plusieurs litres au frais. Si on m'en réclame, je déclarerai être en rupture de stock.

— Bien, acquiesça Arthur, qui relisait la recette. Une dernière chose : avez-vous un thermomètre ?

La commerçante n'avait qu'un thermomètre médical. Tant pis, ils s'en contenteraient !

— Il faudra porter le mélange à la bonne température, expliqua Arthur. Sinon, il ne prendra pas. Ça se joue à quelques degrés près. Bon, on s'y met !

— Un instant ! l'arrêta Mme Robin. Et l'odeur ?

— Oh ! s'exclama Arthur, les sourcils froncés. Je n'avais pas pensé à ça.

— Le chocolat exhale un parfum très caractéristique, souligna Mme Robin. J'ai un moyen de le masquer : je vais brancher mon grille-pain dans la boutique, et je laisserai un toast carboniser de temps en temps. Si un client s'inquiète de l'odeur, je répondrai que la tartine de mon petit déjeuner a brûlé.

— Vous ne pouvez pas prétendre que vous préparez votre petit déjeuner du matin au soir ! objecta Sébastien. Et si l'un de vos clients revient dans l'après-midi ?

— Bah ! On a bien le droit de manger du pain grillé pour le goûter !

Son grille-pain sous le bras, Mme Robin laissa les garçons à leur ouvrage. Elle ouvrit sa boutique et disposa les journaux du dimanche sur leur éventaire. Peu après, Arthur et Sébastien entendirent la clochette signalant l'entrée d'une cliente, qui bavarda un moment en réglant son achat.

— On dirait que vous avez oublié quelque chose sur le feu, madame Robin, dit-elle soudain.

La vieille dame fit mine de humer l'air :

— Oh, c'est mon grille-pain ! Je m'en occupe tout de suite.

Mais, lorsque la cliente eut quitté les lieux, Mme Robin ne s'occupa de rien du tout. Elle étala un journal sur son comptoir et lut l'énorme manchette : *Le Parti Qui Vous Veut du Bien au plus haut des sondages. Des scores jamais atteints. La côte de popularité la plus élevée depuis un demi-siècle !*

La commerçante grimaça de dégoût :

— Ça m'étonnerait ! Ils ont truqué les chiffres. Comme le reste.

Dans l'arrière-boutique, la fabrication du chocolat était en cours.

— Encore un peu de lait ! dit Sébastien. Ajoute une noix de beurre et une cuillerée de sucre. Et un soupçon de cacao.

Arthur versait les ingrédients, tandis que son copain les remuait avec une spatule en bois. Puis il mit l'index dans le mélange pour le goûter.

— T'as les mains propres ? s'inquiéta Arthur.

— Évidemment ! C'est comme ça qu'on fait, je te signale. Les grands chefs trempent toujours un doigt pour tester leurs plats. Tu devrais le savoir.

Sûr de son fait, il recommença, aussitôt imité par Arthur.

— Qu'en penses-tu ?

— C'est bon, fit Arthur. Pas génial, mais bon.

— Passe-moi le thermomètre !

Sébastien le plongea dans la mixture pour en mesurer la température.

— Pas assez chaud, déclara-t-il en montant légèrement le gaz.

— Continue de remuer, lui conseilla Arthur.

Il déposa un moule à rebords plats sur la table et revint vérifier le thermomètre :

— On est à la bonne température. Enfin, je crois. Pas facile de se rendre compte avec ce truc.

— Bon, je tente un essai, décida Sébastien.

Le garçon préleva une grosse cuillerée de mélange fumant et la versa dans un bol rempli d'eau froide. Le chocolat en fusion fit une sorte de *plop* en touchant le liquide et se figea en une multitude de petites billes. Sébastien en repêcha une, qu'il porta à sa bouche.

— C'est bon ?

— Ouais...

— Alors, on verse tout dans le moule.

Tenant soigneusement la casserole chaude avec des gants de cuisson, Arthur laissa couler lentement le mélange. Après quoi, ils se précipitèrent sur le récipient pour le racler avec leurs cuillères, qu'ils léchèrent avec soin. Pendant que le chocolat refroidissait, ils nettoyèrent leurs ustensiles dans l'évier.

Dès que la température fut retombée, ils mirent le plat au réfrigérateur. Et ils attendirent.

C'était peut-être ça le plus difficile : attendre que le chocolat refroidisse. Comment résister à la tentation d'ouvrir le frigo toutes les deux minutes pour voir ce qu'il advenait de leur préparation ?

De temps à autre, Mme Robin se glissait dans la réserve pour s'assurer que tout se passait bien. Elle aurait aimé leur proposer une bonne limonade. Hélas, la vraie, pétillante et sucrée, avait subi le même triste sort que le chocolat et les bonbons.

« Les bulles, c'est très mauvais, avait expliqué un soir un porte-parole du Parti à la télévision. Les boissons gazeuses contiennent une forte concentration d'acide phosphorique. Absorbé en trop grande quantité, celui-ci entraîne une érosion de l'émail dentaire. Sans parler des déplorables conséquences sociales causées par les flatulences dues aux excès de gaz ! Le gouvernement a décidé de remédier à ce problème. En conséquence, toutes les boissons gazeuses seront prohibées à partir de demain minuit. Si vous détenez des bouteilles ou des canettes dans vos réfrigérateurs, nous vous conseillons de les vider immédiatement dans l'évier. »

Mme Robin n'avait donc rien d'autre à leur offrir que du lait, du jus de pruneau ou de l'eau du robinet avec du Bon Frutti-Mix (un ersatz diététique). L'ennui, c'était que la moindre goutte de Bon Frutti-Mix suffisait à gâcher un excellent verre d'eau fraîche. Les garçons choisirent donc le lait.

Quand ils ouvrirent le réfrigérateur après cette pause, Arthur et Sébastien eurent une déception : le mélange n'avait pas durci. Il formait une sorte de mousse. Ce n'était pas mauvais, mais ce n'était pas du chocolat.

— Je n'y comprends rien, grommela Arthur, dépité. On a suivi la recette à la lettre : on a mélangé les ingrédients, on a chauffé la pâte à la bonne température, on l'a laissée refroidir, on a fait le test du bol d'eau, tout !

Le trio fixait le plat comme si la seule force de leur regard allait persuader le chocolat de prendre. Mais la préparation refusait obstinément de coopérer.

Tous trois étaient préoccupés : leurs stocks de sucre et de cacao étaient limités. Ils ne pouvaient pas se permettre d'en gâcher avec des expériences ratées.

— Il faut réessayer, déclara finalement Sébastien. En utilisant de plus petites quantités, afin d'éviter le gaspillage.

— Et qu'est-ce qu'on fait de ça ? demanda Arthur, qui contemplait d'un œil consterné la flaque molle étalée sur le plat.

Mme Robin échangea un regard avec Sébastien.

— On le mange ? suggéra le garçon.

— Je ne vois pas d'autre solution, approuva la vieille dame. Ce serait dommage de le jeter, et c'est bientôt l'heure de déjeuner. Je vais chercher du pain.

Avec un couteau, Mme Robin étala la pâte chocolatée sur de grandes tartines.

— Hé ! Mais c'est fameux ! s'exclama Arthur. On n'est pas loin du but, en fait. Au lieu de chocolat dur, on a fabriqué du chocolat à tartiner.

— Passe-moi le couteau, que j'en remette une couche sur mon toast, dit Sébastien. Il faut qu'on prenne des forces si on veut cuisiner encore cet après-midi. Et tout le monde sait que le chocolat est hautement énergétique.

— C'est sûr, marmonna Arthur, la bouche pleine.

Les garçons se concentrèrent sur leur dégustation, jusqu'à ce que le plat soit vide.

— Ça, c'est ce que j'appelle un déjeuner ! commenta Arthur.

— Moi aussi, approuva Sébastien.

Pensif, il ajouta :

— Je me demande ce qu'on va manger au goûter…

À une heure trente, la vieille dame ferma sa boutique.

— J'ai besoin d'une pause, expliqua-t-elle. Le dimanche après-midi, c'est mon moment de liberté, le seul où je peux faire ce qui me plaît.

— Et que faites-vous, le dimanche après-midi, madame Robin ? s'enquit Arthur.

— Je dors.

Elle laissa donc les deux garçons dans la cuisine et se retira au salon, le temps d'une petite sieste sur son canapé, son chat roulé en boule à côté d'elle.

La petite sieste se transforma en grande sieste, puis en très longue sieste. De la cuisine, on n'entendait guère les légers ronflements de Mme Robin, car le tintamarre des casseroles, les bruits d'ébullition et le claquement des cuillères ne cessèrent pas de tout l'après-midi.

Sébastien et Arthur tentèrent une deuxième fournée, puis une troisième. La deuxième était aussi coulante que celle du matin, et la troisième, encore plus liquide. Cependant, pas une miette de chocolat ne fut perdue. Prêts à se sacrifier au nom du devoir et de la liberté, les deux garçons avaient tout avalé.

— À mon avis, déclara Sébastien, le problème vient de notre thermomètre. Il nous faudrait un instrument de professionnel, sinon nous n'arriverons à rien.

— Peut-être. Mais où va-t-on en dénicher un ? Tu crois qu'on peut encore en acheter dans le commerce ?

Le regard de Sébastien erra sur l'amoncellement de bols et de casseroles.

— Mais quel crétin ! s'exclama-t-il soudain. Ne bouge pas. Je reviens dans dix minutes avec un vrai thermomètre à sucre.

— Où vas-tu ? demanda Arthur, alors que son ami se précipitait vers la porte.

— À la boulangerie !

Comment n'y avaient-ils pas pensé plus tôt ?

Sébastien enfourcha son vieux vélo et pédala vers la boutique paternelle. Il rêvait de posséder un nouveau VTT, avec des suspensions et tout l'équipement. Mais il n'avait pas assez d'argent pour se l'offrir. Et Noël ou son anniversaire étaient encore loin.

Comme il l'espérait, la boulangerie était ouverte. Son père y venait souvent le dimanche après-midi afin de s'assurer que tout était en ordre pour la semaine suivante.

Mais comment s'emparer du thermomètre sans se faire remarquer ?

Sébastien poussa la porte de la boutique et, en même temps, il leva le bras et neutralisa la clochette. Son père était dans la courette, occupé à nettoyer sa camionnette de livraison

Le garçon se glissa dans l'arrière-boutique et alla droit aux tiroirs où étaient rangés les instruments de pâtisserie. Il venait à peine d'entrouvrir le premier, lorsqu'une voix retentit :

— Sébastien !

Son sang ne fit qu'un tour.

— Cathie ! fit-il en découvrant sa petite sœur dissimulée sous une table, en train de jouer avec de la pâte à beignets. Qu'est-ce que tu fiches là ?

— Maman est partie chez Tante Irène, expliqua-t-elle. Et papa te cherche. Il se demande où tu es passé.

Ils entendirent alors un bruit en provenance de la cour : leur père revenait. Sébastien ouvrit rapidement un autre tiroir. Le thermomètre à sucre était là ! Il s'en saisit et le dissimula dans sa poche.

— C'est quoi ? fit Cathie.

— Rien.

— Où tu l'emportes ?

— Nulle part.

— Qu'est-ce que tu vas en faire ?

— Aucune idée.

— Tu sais pas grand-chose, toi !

— Non. Écoute-moi bien, Cathie. Si papa te questionne, tu ne m'as pas vu, tu as même oublié que j'existe. Je prépare un truc exceptionnel. Et, si tu sais garder un secret, je te rapporterai une surprise. Quelque chose de très bon.

La petite fille le regarda, l'air interrogateur :

— Bon comme quoi ?

— Comme du chocolat…

Et Sébastien sortit en vitesse.

Au même moment, le boulanger entra dans l'arrière-boutique. En allant se laver les mains à l'évier, il lança :

— Tu n'as toujours pas vu ton frère ?

— Je ne l'ai pas vu et il n'existe même pas, rétorqua Cathy.

Ainsi que l'avaient prévu les garçons, le thermomètre à sucre faisait toute la différence. Ils purent porter le mélange à la bonne température. Une fois versé dans le récipient, le chocolat liquide durcissait presque immédiatement. Il n'était même pas nécessaire de le mettre au frigo. Tout en ventilant doucement la pâte à l'aide d'un carton, les deux amis observaient ce prodige d'un œil émerveillé.

— On a réussi, constata Arthur. Regarde un peu le résultat !

Le mélange, à la fois dur et onctueux, prenait sa forme définitive.

— Tu as bien noté les proportions ? s'inquiéta Sébastien.

Arthur lui tendit une feuille de papier :

— Tiens ! C'est écrit là. Tu avais raison, c'était une question de température.

— Et le temps de cuisson ?

— Tout y est.

— Parfait, conclut Sébastien. Voilà une affaire qui roule.

Soudain, il courut dans la réserve. Quand il en revint, il tenait un sachet de raisins secs et une boîte de noisettes.

— Qu'est-ce que tu veux faire de ça ?

— Que dirais-tu d'un bon chocolat aux fruits pour notre prochaine fournée ?

Le visage d'Arthur s'illumina :

— On s'y met tout de suite !

11

Le mélange idéal

Lorsque Mme Robin se releva de sa sieste, elle trouva dans sa cuisine trois plateaux pleins de chocolat. L'un aux fruits et aux noisettes, les deux autres nature. Ils avaient assez refroidi pour être débités et enveloppés.

Après avoir manifesté son admiration (et accepté de goûter un échantillon de chaque sorte), la vieille dame alla chercher un couteau bien aiguisé, un rouleau de papier d'aluminium et sa balance de cuisine :

— Bon, moi, je découpe. Vous, vous pesez et vous enveloppez. On va préparer des plaques de 125 grammes. C'est le poids habituel. Vous emballerez le chocolat nature dans la feuille d'alu, le côté brillant à l'extérieur. Pour celui aux fruits, ce sera le contraire. Comme ça, on les reconnaîtra au premier coup d'œil.

Le chocolat fut pesé, empaqueté et soigneusement rangé dans de petites boîtes en carton.

— Cela fait cent vingt tablettes, compta Sébastien. Quatre-vingts plaques nature et quarante aux fruits. Et... Oh !

Son regard venait de tomber sur trois tablettes (côté brillant dessus) oubliées sur la table.

— Ah, ça ne va pas..., commenta Mme Robin. J'ai horreur des nombres impairs. Que faire ?

— Les donner à un pauvre ? suggéra Arthur.

— Ce n'est pas une mauvaise idée, mais c'est peut-être un peu risqué par les temps qui courent... Si on se les partageait ?

— Moi, je voudrais en apporter à ma petite sœur, déclara Sébastien.

— Et moi, en offrir un peu à ma mère, dit Arthur. Le chocolat doit lui manquer. Je dirai que c'est un ami qui me l'a donné.

— D'accord, les garçons ! Je suis sûre que vous pouvez faire confiance à vos proches. Méfiez-vous tout de même des petits frères ou petites sœurs. Ils ne savent pas toujours garder un secret.

— Ne vous inquiétez pas, lui assura Sébastien.

Il savait que Cathie n'aurait pas oublié sa promesse. Il ne pouvait pas rentrer chez lui les mains vides. Il glissa la tablette dans sa poche.

— C'est le prix du silence, expliqua-t-il. Je veux dire : le prix à payer pour l'emprunt du thermomètre.

— Bon, écoutez-moi, fit Mme Robin. Maintenant que nous sommes des bootleggers, nous devons agir avec la plus grande prudence. Convenons d'un mot de passe : si vous m'envoyez des clients, je saurai qu'ils viennent de votre part.

— Il faut choisir une phrase banale, qui n'éveille pas les soupçons, déclara Arthur. Par exemple : « Auriez-vous un petit fortifiant ? » Vous, vous demanderez : « Quel genre de fortifiant ? » Ils devront répondre : « Quelque chose qui remonte le moral. » Ainsi, vous saurez qu'ils sont dans le coup. D'accord ?

— Ça me paraît parfait.

— Eh bien, madame Robin, on n'a plus qu'à vous souhaiter bonne chance, conclut Sébastien. Nous passerons cette semaine pour vérifier si tout va bien.

— Et pour venir prendre vos propres tablettes, leur rappela la commerçante. Ainsi que votre part des recettes ! Un marché est un marché.

Les deux amis quittèrent la boutique, leur chocolat au fond de leur poche, et repartirent chez eux en empruntant ruelles et passages discrets. Car les fourgons détecteurs et les Patrouilleurs écumaient encore les rues, même le dimanche.

On entendait au loin le chant des Jeunes Pionniers qui rentraient de l'exercice :

— Les Jeunes Pionniers montrent la voie, clamait François.

— Les Jeunes Pionnier montrent la voie, répondait la troupe.

— Rejoignez-les ! Faites le bon choix !

— Rejoignez-les ! Faites le bon choix !

Cependant, les candidats ne semblaient pas se précipiter. La rumeur qui circulait à propos d'un certain gâteau et de ses effets secondaires y était sans doute pour quelque chose...

Lorsque Sébastien rentra chez lui, Cathie faisait du coloriage sur la table de la cuisine. Il lui glissa quelque chose au creux de sa main :

— Un bout de chocolat pour toi.

Une étincelle de plaisir brilla dans les yeux de la petite fille :

— Oh, merci ! Où tu l'as eu ?

— T'occupe ! Savoure-le discrètement, et pas un mot à papa ! À maman non plus. C'est un secret, d'accord ?

Cathie parut perplexe. Enfin, elle souffla :

— D'accord.

Avait-elle compris ? Assez, en tout cas, pour filer avec son chocolat dans un coin tranquille.

Sébastien aurait bien fait profiter son père et sa mère de la distribution. Mais il entendait déjà leurs questions : Où avait-il trouvé ça ? N'était-ce pas dangereux ? Il aurait dû mentir, et il ne le voulait pas. Mieux valait donc se taire.

— Ah, te voilà ! s'écria le boulanger, qui rentrait de la boutique. Où étais-tu fourré tout l'après-midi ?

— J'étais avec Arthur, papa, put répondre Sébastien en toute sincérité.

À cet instant, Caroline Bertin posait la même question à son fils.

— J'étais avec Sébastien, maman. On a passé l'après-midi ensemble.

Aucun des deux ne fit d'entorse à la vérité. Ils se contentèrent de passer sous silence la nature illicite de leurs activités.

12

Manigances...

Les premiers clients potentiels allaient et venaient comme des ombres sans oser entrer la boutique. Malgré les encouragements de Sébastien, la connaissance du mot de passe et la garantie d'obtenir une marchandise de qualité, ils remontaient et descendaient quatre ou cinq fois la rue avant de renoncer, par crainte du danger.

Ils apercevaient Mme Robin derrière sa vitrine. Tout semblait tranquille. Pourtant, ils étaient peut-être observés. N'y avait-il pas un Patrouilleur tapi dans cette camionnette en stationnement ? Ce promeneur nonchalant n'était-il pas un espion ? Aussi, ils s'éloignaient, déplorant leur manque de courage, mais soulagés de ne pas avoir enfreint la loi.

Finalement, une petite fille dont l'envie de chocolat était plus forte que la peur, poussa la porte et se présenta au comptoir :

— Auriez-vous un petit fortifiant ? souffla-t-elle.

Mme Robin la regarda. Elle était aussi angoissée que la gamine. Et si le mot de passe était tombé dans l'oreille d'un dénonciateur ? Et si un milicien de la Patrouille Anti-Chocolat envoyait sa fille vérifier, l'air de rien, si la vieille dame ne dissimulait pas des denrées interdites ? Et si le fourgon détecteur repassait ? Ces derniers temps, il circulait dans un autre quartier. Mais il pourrait revenir...

— Quelle genre de fortifiant, petite ? demanda Mme Robin.

En même temps, elle mesura d'un coup d'œil la distance qui la séparait de la réserve. Si des miliciens se présentaient à sa porte, aurait-elle le temps de s'enfuir par l'arrière ? Probablement pas.

La petite fille resta bouche bée. Elle avait oublié la formule. Puis cela lui revint :

— Quelque chose qui remonte le moral...

Mme Robin hocha la tête. Elle prit sous le comptoir deux barres de chocolat enveloppées de papier d'alu et les posa devant la fillette.

— Brillant dessus ou brillant dessous ? Autrement dit, nature ou raisins-noisettes ?

— Brillant dessus, s'il vous plaît.

Mme Robin annonça son prix. La petite posa son argent, puis toutes les deux eurent un temps d'hésitation.

La commerçante leva les yeux, à demi persuadée que des miliciens allaient faire irruption. La petite fille regarda nerveusement par-dessus son épaule, s'attendant à ce qu'une grande main invisible la saisisse en sifflant : « Je te tiens ! »

Mais rien. Juste le silence, la paix, une transaction ordinaire dans une boutique ordinaire. Elle ramassa sa tablette de chocolat. Mme Robin prit les pièces de monnaie.

— Merci, madame.

— De rien, petite. Cache-la bien, hein !

La jeune cliente sortit. C'était fait. Et, comme un déluge commence avec la première goutte, les clients se mirent à pleuvoir chez Mme Robin.

Même s'ils se gardaient bien de s'en vanter, Arthur et Sébastien se prirent bientôt pour de véritables bootleggers. Or, s'ils étaient les plus jeunes, ils n'étaient pas les seuls.

Les deux garçons, mus par un idéal, se rebellaient contre l'injustice. Mais quelques professionnels et de nombreux délinquants voyaient dans la prohibition un moyen rapide de s'enrichir.

Ceux-là vendaient une marchandise de piètre qualité, qui n'avait souvent rien à voir avec le vrai chocolat. Pour le fabriquer, ils n'hésitaient pas à faire bouillir de vieux glands ou à ajouter de la pâte de poisson dans leurs mixtures. Qu'un client vienne à se plaindre, ils répliquaient à coups de matraque.

On vit également apparaître de discrets cafés et snack-bars qui vendaient aussi du chocolat et d'autres friandises. Les tractations se passaient en sous-sol, dans des caves protégées par d'épaisses portes blindées. Quand on y frappait, une trogne antipathique surgissait derrière un judas. Grâce à une formule codée, on pouvait entrer. Sinon, le panneau se refermait, et un couple de malabars vous invitait à déguerpir si vous ne vouliez pas vous retrouver avec la tête au carré.

La Patrouille Anti-Chocolat débarquait à l'occasion. Parfois, des informateurs lui avaient donné le mot de passe. Sinon, elle venait avec des béliers pour enfoncer la porte. Clients et bootleggers tentaient alors de s'enfuir dans une énorme bousculade. La plupart n'avaient même pas le temps d'atteindre la sortie.

Certains trafiquants étaient de vrais escrocs et vous refilaient un bout de bois enveloppé dans du papier d'alu. On s'en apercevait trop tard, une fois la marchandise payée, quand le vendeur avait décampé depuis belle lurette.

Arthur et Sébastien étaient des garçons honnêtes. Ils étaient un peu plus chers, mais, avec eux, on en avait pour son argent.

De temps en temps, ils pensaient à David Cheng ; ils se demandaient ce qu'il était devenu et s'il reviendrait un jour à l'école. À d'autres moments, ils l'oubliaient, sûrs qu'ils ne connaîtraient jamais un tel sort.

Eux, ils ne travaillaient pas pour l'argent. Ils défendaient une juste cause : le droit de croquer un carré de chocolat de temps en temps.

Ils étaient devenus bootleggers comme Robin des Bois s'était fait hors-la-loi — parce qu'ils étaient du côté des faibles et des opprimés, qu'ils s'opposaient à la tyrannie et à l'arbitraire.

— Ça devrait figurer dans la Constitution, proclamait Sébastien. Liberté, Égalité et Chocolat pour tous !

Hélas, l'activité des deux amis ne passait pas inaperçue. Ils étaient constamment suivis et surveillés par quelqu'un qui se posait beaucoup de questions. Ce quelqu'un était François Crampon.

— Je me demande ce qu'ils manigancent..., confia-t-il un soir à Martine Percale.

Ils s'étaient retrouvés dans la salle de loisirs des Jeunes Pionniers, après l'exercice. Des exemplaires de la *BD du Parti* (contenant les dernières aventures de Jeannot et Jeannette Grandcœur) jonchaient les tables, et le jus de pruneau coulait à flots, car on pouvait se servir à volonté au distributeur.

— Tu soupçonnes quelque chose ? demanda Martine.

François se tapota le nez d'un air entendu :

— Ils font des messes basses dans la cour, ils parlent d'un mot de passe, des trucs comme ça. Et les gens qui sortent de la boutique de Mme Robin ont une mine beaucoup trop réjouie. Il y a un mystère là-dessous. Je veux le découvrir, et tu peux m'aider, Martine.

— Si j'en ai envie…, répliqua-t-elle.

Au sein des Jeunes Pionniers, François n'était pas plus gradé qu'elle. Pourtant, il se conduisait comme s'il était le chef. Et ça lui tapait sur les nerfs.

— Écoute, insista François, je pense que les clients achètent des marchandises interdites au moyen d'un mot de passe. J'ai un peu surveillé aujourd'hui…

— Espionné, tu veux dire, corrigea Martine, qui aimait appeler un chat, un chat.

François rougit.

— Un espionnage nécessaire, se défendit-il. Et j'ai découvert leur code.

— Ah ?

— Oui, c'est enfantin. J'en ai entendu la première moitié. L'acheteur doit dire : « Auriez-vous un petit fortifiant ? » On lui répond un truc du genre : « Lequel ? » ou : « Quoi exactement ? »

— Et après ?

— Je ne sais pas. Je n'ai pas compris la suite.

— Tu t'es fait surprendre, et ils se sont esquivés, railla Martine.

— Ça ne fait rien, car je pense avoir trouvé.

— Ah oui ?

— Réfléchis : la mère d'Arthur est médecin. La réponse doit être : « Celui que le docteur m'a recommandé. »

— Pourquoi ?

— Parce que c'est évident.

— Sébastien, lui, a un père boulanger, objecta Martine. Ça pourrait aussi bien être : « Celui que le boulanger m'a recommandé. »

— C'est idiot, Martine. Personne ne dirait ça.

— Moi, je viens de le dire.

— Non, c'est nul. Je sais que j'ai raison. Maintenant, j'ai besoin que quelqu'un aille dans la boutique de Mme Robin. Avec de l'argent et le mot de passe, pour voir ce qui se passera. Et ce pourrait être toi.

— Pourquoi tu n'y vas pas toi-même, puisque tu es si sûr de tes renseignements ? répliqua Martine.

— On se méfie moins d'une fille. Les adultes jugent les filles plus gentilles et plus honnêtes. Ce qui est faux, bien sûr.

— Moi, je le suis ! riposta-t-elle.

— Alors, tu vas le faire ?

Martine faillit refuser. Puis elle imagina la promotion qu'elle obtiendrait en faisant arrêter des trafiquants. Un acte aussi héroïque lui permettrait de devancer François. Ensuite, elle ne se gênerait pas pour lui donner des ordres. Elle l'obligerait à l'écouter, à la saluer. Il devrait même lui demander la permission d'aller aux toilettes et tout ça.

L'idée lui parut savoureuse.

— OK, dit-elle. Je vais t'aider, pour le Parti et l'honneur des Jeunes Pionniers.

— Épatant, Martine ! s'exclama François. Tu es une chic fille (il aimait les expressions vieillottes). Ça leur apprendra à nous regarder de haut ! Il est grand temps qu'on les remette à leur place, surtout ce Sébastien Moreau.

À cet instant, François Crampon était le cadet des soucis de Sébastien. Les quantités de sucre et de cacao qui restaient en réserve le préoccupaient bien davantage. Près de la moitié avait été utilisée.

— Il n'y en a plus pour longtemps, Arthur, commenta-t-il.

— Il va falloir rationner les gens à une barre par personne et par semaine.

— Même à ce rythme, on tiendra trois semaines, un mois au mieux. Dire qu'on vient juste de commencer !

— Sauf…, réfléchit tout haut Arthur. Sauf si…

— Sauf quoi, mon chou ? intervint Mme Robin.

Elle venait chercher un toast pour son grille-pain, afin de dissimuler l'odeur du chocolat en train de cuire.

— Sauf si on dégotte une autre source d'approvisionnement…

— Laquelle ? fit Sébastien.

— D'après toi, d'où proviennent le sucre et le cacao ?

— D'Amérique du Sud, des Caraïbes, des pays chauds.

— Tu connais Laurent, qui est en quatrième ? continua Arthur. Son père est importateur de fruits, non ? Bananes, oranges, citrons... Ça vaut peut-être le coup de lui poser la question.

— En tout cas, ça ne coûte rien d'essayer, approuva Sébastien en saisissant son blouson.

— Où tu vas ?

— Lui demander.

Il trouva Laurent sur le terrain de basket, s'entraînant à lancer son ballon dans le panier. Il alla droit au but.

— Du sucre ? Du cacao ? répliqua Laurent. Oublie ça, Sébastien, c'est illégal, tu le sais.

— Ton père n'a rien conservé dans ses entrepôts ? Quelques caisses d'avant l'interdiction, que personne n'aurait dénichées ? Les détecteurs ne fonctionnent pas sur les ingrédients. C'est possible, non ?

Laurent visa le panier, sans succès.

— Hum, fit-il. Peut-être. Pourquoi pas ?

— D'ailleurs, reprit Sébastien, revenant à son idée, tu en as peut-être déjà planqué un peu, sans que ton père le sache... Hein, Laurent ?

— Hum, ouais…, admit-il en ratant un nouveau panier.

— À quoi ça te sert d'en avoir, si tu ne sais pas comment les utiliser ? Pas vrai ?

— Peut-être, concéda Laurent, qui manqua son tir pour la troisième fois.

— En revanche, si tu nous fournis les ingrédients, on t'en donnera un bon prix. En plus, tu auras du chocolat pour toi.

— Faut voir... Seulement, en supposant que je mette la main sur ces ingrédients — je dis bien « en supposant »... —, je prends un risque énorme. Tu me suis ? Un risque avec un R majuscule. Alors, si tu te fais coincer, je ne te connais pas, et tu ne me connais pas non plus. Même s'ils t'enferment et jettent la clé, tu n'as jamais entendu parler de moi. Compris ?

— Ça roule.

— Sûr ?

— Sûr et définitif. Alors, marché conclu ?

— Je vais y réfléchir, dit Laurent.

La balle s'envola de ses mains et passa au centre du panier sans effleurer les bords. Le garçon la rattrapa avant qu'elle ne touche terre.

— D'accord. C'est tout réfléchi. On fait affaire. Mais on ne se connaît pas. Vu ?

Sébastien eut un large sourire :

— C'est quoi, ton nom, déjà ?

Le problème de l'approvisionnement était réglé.

13

Deux voyous

C'était un samedi matin. Deux jeunes surveillaient le magasin de Mme Robin depuis le trottoir d'en face, en faisant mine d'être occupés à tout autre chose.

Un de leurs vélos reposait en équilibre sur la selle et le guidon, sans sa roue avant. François collait une rustine sur le boyau. La quatrième en une demi-heure, sur un pneu tout neuf !

Martine s'impatienta :

— On ne peut pas rester là à réparer indéfiniment la même crevaison.

— Il faut d'abord reconnaître le terrain, insista François. C'est la règle de base de toute opération d'espionnage.

— On le connaît, le terrain. C'est une rue. Avec une chaussée au milieu et un trottoir de chaque côté. Ce n'est pas compliqué. On habite le quartier depuis des années. On va poireauter encore...

— Chut ! lança François. Regarde.

Une camionnette s'arrêta devant la boutique de Mme Robin. À l'avant, il y avait Laurent et son frère, Michel, un grand costaud, qui tenait le volant.

Laurent descendit avec un large fourre-tout et pénétra dans la boutique. Lorsqu'il réapparut, quelques instants plus tard, son sac semblait nettement plus léger. Vide, même. Alors qu'il regagnait son siège, il y eut un éclair blanc, comme si le soleil se reflétait sur une feuille d'argent. Il tendit quelque chose à son frère et la voiture démarra. Le tout n'avait pas duré deux minutes.

— T'as vu ça, Martine ? Qu'est-ce qu'il est venu fabriquer ici ?

— Je n'en sais rien. Mais j'ai des devoirs à finir et je ne vais pas poireauter là jusqu'à ce soir, à faire semblant d'avoir crevé.

— Attends, regarde qui arrive ! Émilie et Mélanie.

Leurs deux camarades de classe hésitèrent devant le magasin. Puis Émilie fit signe à Mélanie de l'attendre et entra.

— Qu'est-ce qui se traficote, là-dedans ? s'énerva François. Je devrais peut-être aller écouter ?

— Mais non. Tu ferais tout capoter.

François avait un gros soupçon, mais aucune preuve.

Pendant ce temps, Émilie se dirigeait vers le comptoir :

— Auriez-vous un petit fortifiant, madame Robin ?

— Certainement, ma petite. Quelle sorte de fortifiant ?

La fille regarda autour d'elle. Ne voyant personne, elle se détendit :

— Quelque chose qui remonte le moral.

— Brillant dessus ou brillant dessous ?

— Brillant dessous, s'il vous plaît.

Émilie préférait le chocolat aux fruits et aux noisettes. Elle paya et gagna la sortie.

— Merci beaucoup, lança-t-elle.

— De rien, petite, répondit Mme Robin en rangeant prestement le plateau sous le comptoir.

Comme Émilie sortait, deux jeunes voyous entrèrent. Le plus grand des deux était un baraqué, avec des tatouages sur les bras.

Ils se mirent à tourner dans la boutique, prenant toutes sortes d'objets en main avant de les reposer. À la fin, Mme Robin perdit patience :

— Avez-vous déjà entendu l'expression « Ne touchez pas à la marchandise » ?

Le plus mince des voyous reposa le magazine automobile qu'il feuilletait et s'approcha du comptoir avec un sourire déplaisant :

— En fait, m'dame, fit-il, mon pote Dany et moi on se demandait si on pouvait vous vendre quelque chose. Pas vrai, Dany ?

— Ouais, Tonio, répliqua le balèze. Exact.

Mme Robin aurait bien voulu que d'autres clients arrivent. Elle ne se sentait pas rassurée.

— Me vendre quelque chose ? Vous ? Les représentants que je reçois portent en général un costume-cravate. Pas des T-shirts crasseux, des piercings dans le nez et des tatouages de serpents sur les bras ! Vous n'avez pas l'air de vendeurs, à ce que je vois.

— Pardon, m'dame, au contraire, rétorqua Tonio. On est vachement vendeurs. Très commerciaux, hein, Dany ?

— Hautement commerciaux, renchérit Dany.

— Nous, nos articles, continua Tonio, c'est la sécurité et la tranquillité. Moi, je vends. Et mon pote Dany passe ramasser le fric en fin de semaine.

Mme Robin réfléchissait à toute allure. Elle n'aimait pas ces types. Vraiment pas. Pas plus le mielleux tout huileux que l'autre costaud avec ses yeux de cochon. Et encore, c'était une insulte envers les cochons. Que savaient-ils ? Un client imprudent l'avait-il trahie sans le vouloir ? Quelqu'un avait peut-être laissé entrevoir un éclat d'argent dépassant de sa poche. À moins qu'ils ne sachent rien et tentent leur chance au hasard.

— Je ne comprends pas ce que vous voulez et je ne veux même pas le savoir, aboya Mme Robin. Si vous n'achetez rien, barrez-vous !

Tonio se pencha au-dessus du comptoir et approcha son nez si près de la commerçante qu'il se voyait dans ses lunettes :

— Me *barrer* ? Comme dans *barre* de chocolat, c'est ça ?

Mme Robin sentit son sang se glacer. Elle fut sauvée par la clochette de sa porte, qui s'ouvrit. Un Patrouilleur entra. Aussitôt, Dany gagna la sortie en vitesse. Tonio mit un peu plus de temps à comprendre la situation.

— Que se passe-t-il ? demanda le milicien.

— La dame avait une poussière dans l'œil et je regardais, bredouilla Tonio. Vous voyez, je faisais ma Bonne Action du jour.

S'adressant à la commerçante, il ajouta :

— Bon, on se reverra un de ces jours.

— Pas si je peux l'éviter, répliqua calmement Mme Robin.

— Bonnes pommes croquantes à vous, camarades, salua Tonio en prenant la poudre d'escampette.

— C'est ça ! Et étouffe-toi avec les pépins ! grommela la vieille dame.

Élevant la voix, elle s'adressa au Patrouilleur :

— Que puis-je vous proposer, camarade ? Un Bon Goûter Diététique ? Une bouteille de délicieux jus de pruneau ?

— Je voudrais le *Quotidien Qui Vous Veut du Bien*, s'il vous plaît, dit-il en désignant une pile de journaux.

Il paya et souhaita à Mme Robin des pommes qui croquent. Elle le salua avec des oranges bien juteuses. Et il ne manqua pas de lui conseiller une banane en sortant.

Mme Robin fut aussi contente de le voir partir qu'elle avait été soulagée de le voir arriver. Comment se serait-elle débarrassée toute seule de Tonio et Dany ? Elle décida néanmoins de ne pas en parler à Sébastien et Arthur. Ils avaient déjà assez de soucis avec la fabrication du chocolat. De toute manière, ils n'y pourraient pas grand-chose.

C'était l'ennui quand on ne respectait pas la loi, même une loi injuste. On perdait toute protection. En d'autres temps, elle n'aurait pas hésité à dénoncer les deux délinquants au milicien. Là, si elle avait parlé, ils lui auraient rendu la monnaie de sa pièce en la balançant sur-le-champ.

Martine était à bout de patience.

— Bon, on vérifie ta théorie, oui ou non ? Vite, avant qu'un nouveau client se présente. Je ne veux pas y passer la journée !

— D'accord, soupira François. Il n'y a personne aux environs, vas-y ! Rappelle-toi : « Celui que le docteur m'a recommandé. » On verra bien.

— Et toi, pendant ce temps, remets ma roue en place, s'il te plaît !

Martine traversa la rue et poussa la porte du magasin, tandis que François remontait le pneu.

La sonnette retentit. Mme Robin leva la tête de ses mots croisés. Le visage de la fille qui entrait lui était vaguement familier. Pourtant ce n'était pas une cliente régulière. Elle devait passer une fois par mois, pour acheter de la papeterie ou un taille-crayon quand tout était fermé ailleurs. Tirée à quatre épingles, la coiffure impeccable, elle avait tout d'une Jeune Pionnière... Elle n'était pas en uniforme, mais elle en avait l'allure.

— Bonjour, ma chérie.

— Bonjour, madame.

— Que puis-je te proposer ? La *BD du Parti* ? Un Bon Goûter Diététique ? Une sucette au jus de betterave ?

— Je voudrais quelque chose... C'est-à-dire... euh... Auriez-vous un petit fortifiant ? fit la jeune cliente en clignant de l'œil d'un air entendu.

— Un petit fortifiant ? répéta Mme Robin.

S'était-elle trompée ? Cette fille était-elle une amie de Sébastien ?

— Quel genre de fortifiant, ma petite ?

Il y eut une pause. Mme Robin allait sortir le plateau. Le silence la poussa à suspendre son geste.

— Quelle genre de fortifiant ? insista-t-elle.

— Un fortifiant... Euh... celui que le docteur m'a recommandé, si vous voyez ce que je veux dire, répondit Martine, avec force clins d'œil.

Elle avait tout faux ! Ses mimiques n'y changeaient rien.

Mme Robin lui décocha son plus chaleureux sourire, celui qui la faisait ressembler à une innocente et adorable vieille dame :

— En ce cas, il te faut quelque chose de spécial, n'est-ce pas ?

Martine acquiesça, cachant avec difficulté son excitation grandissante. Elle allait prendre cette vieille chouette sur le fait. Et cela lui vaudrait sûrement une médaille. Une promotion dans les rangs des Pionniers. Ensuite, lorsqu'elle serait chef, elle ordonnerait à François Crampon de faire des marches de dix kilomètres avec un lourd sac à dos. Non, deux sacs ! Il verrait bien qui commandait !

— J'en ai toujours à portée de main, annonça Mme Robin. Voilà, ma chérie. Cela devrait te faire du bien.

Or, ce n'était pas ce que Martine attendait. Tel un grand sourire jaune, une belle banane trônait sur le comptoir.

— Je garde les plus appétissantes pour mes bons clients. Et tu m'as l'air d'être de ceux-là. Régale-toi ! C'est le meilleur des fortifiants.

Martine fixait la banane comme si elle avait voulu la faire disparaître. Il lui était cependant impossible de refuser. Elle paya donc et sortit. Lorsque la porte se referma derrière elle, il lui sembla entendre un petit rire étouffé.

Elle retraversa la rue. François laissa tomber sa clé à molette et lança :

— Alors ? J'avais raison, hein ? Elle vend du chocolat de contrebande ou des bonbons maison ?

Martine tenait la banane cachée dans son dos. Elle la brandit sous le nez du garçon. Elle aurait voulu la lui enfourner dans le bec avec la peau.

— Pas vraiment, François. Voici ce qu'elle vend… Des bananes ! Je t'offre celle-ci. Rapporte-la chez toi, elle fera très bel effet dans ta corbeille à fruits !

Sur ces mots, elle fourra la banane dans la poche du garçon :

— Des friandises maison ! T'as vraiment une imagination débordante. Ou un cerveau de la taille d'un petit pois.

— Mais, Martine…, j'étais sûr de…

— Moi, je suis sûre d'une chose : je ne veux plus entendre parler de toi ni de tes petits jeux d'espionnage. Tu m'as fait perdre mon temps. Je m'en vais, j'ai des devoirs à faire. Salut !

— Mais, Martine…

La jeune Pionnière avait déjà enfourché sa bicyclette.

François sortit la banane de sa poche et l'examina, les sourcils froncés. Il se passait des choses louches dans ce magasin, le garçon en était persuadé. Ce n'était pas le bon mot de passe, voilà tout. Mais il le découvrirait. La partie ne faisait que commencer.

Une voix interrompit ses pensées :

— Une petite pièce pour manger, s'il vous plaît. J'ai faim et je suis à la rue. Une petite pièce, s'il vous plaît.

Une silhouette était recroquevillée sous le porche d'une boutique abandonnée.

— Une petite pièce pour manger, s'il vous plaît, insista la voix. Aidez un pauvre acteur qui n'a pas eu de chance.

Le mendiant était assis sur un morceau de carton, enveloppé dans une vieille couverture mitée. Apparemment, il venait de se réveiller. Une canette de bière vide lui tenait compagnie. François fronça le nez.

— Je n'approuve pas la mendicité, déclara-t-il d'un air hautain. Personne n'est plus sans abri depuis que le Parti Qui Vous Veut du Bien est au pouvoir. Nous avons ouvert des refuges. Faites-vous admettre dans un des Bons Foyers pour Vous. Là, en travaillant, vous redeviendrez un membre de la société.

— Je n'aime pas les foyers, répliqua l'homme. J'y étouffe. Ce n'est pas de ma faute si je n'ai plus de boulot. Je gagnais bien ma vie, avant. Je tournais dans des publicités pour la télé. Vous vous souvenez certainement de moi, je jouais « Monsieur Chocolat ». J'étais riche et célèbre.

— De la pub pour vanter les bienfaits du chocolat ! s'écria François, outré. Quelle honte ! Combien d'enfants avez-vous pourris en faisant de la réclame pour cette chose ignoble ?

— Ce n'était pas ignoble, répliqua Monsieur Chocolat. C'était un excellent produit. Tout le monde le pensait à l'époque. Et moi, je gagnais bien ma vie. Mais, quand ils ont interdit le chocolat, on a mis mon nom sur la liste noire des acteurs, et je n'ai plus jamais trouvé de travail.

Il se mit soudain à déclamer :

— « Ô rage ! Ô désespoir ! Ô vieillesse ennemie !

N'ai-je donc tant vécu que pour cette infamie ? »

— Bien fait pour vous ! Vous avez incité des enfants innocents à manger ce chocolat dégoûtant, au risque qu'ils se gâtent les dents, deviennent obèses et se couvrent de boutons.

— Donnez-moi au moins une petite pièce...

— Non, refusa François. Certainement pas. Mais, si vous avez vraiment faim, voici une bonne banane nutritive. Au revoir.

François déposa le fruit dans le chapeau malpropre qui attendait sur le sol l'obole des passants. Puis, persuadé d'avoir accompli sa Bonne Action du jour, il enfourcha sa bicyclette et s'éloigna.

Le mendiant regarda le fruit d'un air dépité. « Avoir été Monsieur Chocolat, avoir collaboré avec des vedettes de la télé, et recevoir ça ! » pensa-t-il.

Mais, quand on a faim, on ne boude pas une banane. On la mange.

C'est ce que fit l'ancien acteur.

14

La chocolaterie clandestine

— Que disent les Patrouilleurs quand ils viennent chez vous, et qu'ils constatent que ça sent en permanence le pain brûlé ? demanda Arthur.

— Oh, fit Mme Robin, ils me prennent pour une vieille maboule. C'est le privilège de l'âge. Passé soixante ans, on peut être un génie du crime, personne ne vous soupçonne. Les gens ont des idées toutes faites.

C'était un dimanche matin et, pour l'heure, les choses se déroulaient au mieux. Du moins dans l'arrière-boutique de Mme Robin. Le chocolat refroidissait dans les plateaux. Les toasts cramaient dans le grille-pain. Et les étagères regorgeaient de marchandises, grâce à la participation de Laurent.

Et pourtant...

Sébastien était bougon. Des regrets lui titillaient l'esprit.

— Si seulement…

— Si seulement quoi ? s'énerva Arthur.

Sébastien était son meilleur copain, mais, parfois, il avait le don de l'exaspérer. Il n'était jamais content.

— Si seulement quoi ? répéta Arthur. On a monté une petite affaire qui marche. On gagne de l'argent de poche. Mme Robin est heureuse. Je suis heureux. Les clients qui achètent notre chocolat sont heureux. Le seul qui fasse la tête, c'est toi.

— Je suis heureux aussi, Arthur. Je pense juste qu'on pourrait faire mieux.

Mme Robin leva un œil par-dessus ses casseroles :

— Mieux ? Qu'entends-tu par là ?

— J'en ai appris davantage sur la Prohibition, répondit Sébastien. Les bootleggers ne se contentaient pas de fournir de l'alcool. Ils accueillaient leurs clients dans des sortes de clubs avec une ambiance sympa, pour qu'ils puissent se détendre, oublier leurs soucis. Alors, je me dis… Si seulement on pouvait offrir un lieu comme ça à nos amis ! On leur proposerait de nouvelles gammes de chocolats, peut-être aussi des glaces, des milk-shakes…

Arthur et Mme Robin échangèrent un regard. Ce « si seulement » n'était pas une mauvaise idée. Restait à la réaliser !

— En fait, il nous faudrait une cave, suggéra Mme Robin. Ce genre d'établissement est souvent au sous-sol. Avec une sortie secrète à l'arrière en cas de descente de police.

— Ben voyons ! commenta Sébastien, découragé d'avance.

— Et moi, je n'ai pas de cave. À moins que… ?

Mme Robin laissa sa phrase en suspens. Puis elle reprit avec excitation :

— Venez avec moi ! Dans le jardin ! Je veux vous montrer quelque chose !

À première vue, il n'y avait là rien d'extraordinaire. Le jardinet, situé derrière la boutique, n'abritait qu'une cahute branlante, dont les parois de tôle ondulée étaient rongées par la rouille.

— Voilà ! s'exclama Mme Robin, comme si elle désignait un palais.

— Euh… Où ? demanda Sébastien. Je ne vois que cette… euh… cabane.

— Mais oui, Sébastien, répondit la vieille dame. C'est là toute la ruse. C'est une cabane !

Elle les entraîna à sa suite. Le trio pénétra dans l'appentis encombré de pots de fleurs et de vieux outils.

— Alors, les garçons ! Avez-vous déjà vu une cabane de jardin avec un escalier ?

Un escalier ?

Arthur et Sébastien échangèrent un regard perplexe. De quoi parlait-elle ?

— Passez-moi la torche !

Sébastien lui tendit une lampe qu'il avait dénichée sur une étagère. Un rayon de lumière éclaira le fond de l'abri. Il y avait en effet un escalier, très pentu, qui plongeait... Vers quoi ?

— Suivez-moi, les invita Mme Robin. Sans vous casser le cou, s'il vous plaît !

Agrippés à la rampe, ils descendirent les marches de bois. En bas, il y avait une lourde porte métallique, qui grinça sous la poussée de la vieille dame.

— Il faudra la graisser, nota-t-elle.

Elle s'enfonça dans l'obscurité en balayant le mur de sa torche.

— Il doit y avoir un interrupteur quelque part. S'il marche encore... Ah, vous le voyez ? Allez-y, appuyez !

Arthur abaissa la manette poussiéreuse prudemment, de peur de recevoir une décharge électrique.

Deux tubes fluorescents se mirent à clignoter, hésitant entre s'allumer ou s'éteindre à jamais. Enfin, le premier se stabilisa, et le second l'imita.

— Waouh !

À la lueur des néons apparut une vaste salle avec un sol et des murs en béton. Elle était remplie de débris divers. Dans un coin, un lit à étage s'était effondré, et la couchette supérieure reposait à présent sur celle du dessous, comme si elle y piquait un somme.

— Où sommes-nous, madame Robin ?

— Dans un abri antiaérien. Il date de la dernière guerre mondiale. La moitié de la rue pouvait s'y réfugier, et il y avait encore de la place pour les gens de passage. Dès que les sirènes sonnaient l'alerte, on descendait ici pour s'abriter des bombes.

Les garçons regardaient autour d'eux. La pièce était bourrée de vestiges de plus d'un demi-siècle. Des journaux affichaient leurs manchettes. *La Paix est signée !* proclamait l'une. *La guerre est finie !* annonçait une autre. Une troisième déclarait en énormes caractères : VICTOIRE !

— Alors ? demanda Mme Robin. Qu'en pensez-vous ? Est-ce que cela ne ferait pas une formidable chocolaterie clandestine ?

— Stupéfiant ! s'exclama Sébastien. Mais il va falloir donner un sacré coup de balai ! En fait d'abri antiaérien, on a plutôt l'impression qu'une bombe a explosé à l'intérieur !

Enthousiaste, il ajouta :

— On nettoiera tout ça ! On installera des tables et des chaises. On passera une couche de peinture sur les murs. Et là, dans l'angle, on disposera un bar pour servir des milk-shakes et des glaces au chocolat !

— On pourra même prévoir de la musique, suggéra Mme Robin.

— Ouais, approuva Sébastien. Et aménager une piste de danse.

— Et par ici ? Venez voir, les garçons !

Elle les entraîna vers une trappe dissimulée dans l'ombre :

— C'est essentiel pour un local de ce genre.

La porte s'ouvrit sur un tunnel qui s'enfonçait dans l'obscurité.

— Une autre issue ! expliqua la vieille dame. Une sortie de secours indécelable. Si la police décidait de nous rendre visite, on pourrait s'enfuir par là.

— Où débouche ce tunnel ?

— À une centaine de mètres d'ici. Dans une petite impasse, non loin de la grand-route. Tous ces abris anti-aériens étaient munis de deux issues. À présent, une plaque d'égout bouche l'ouverture, pour empêcher que les gens tombent dedans. Il suffit de la pousser, et on se retrouve à l'air libre. Attendez, encore un détail !

Elle ouvrit une autre porte, qui révéla une pièce assez spacieuse. C'était le garde-manger, où l'on entreposait, à l'époque, des réserves de nourriture pour plusieurs semaines. Il était envahi de moisissures et de toiles d'araignée. Mais il disposait d'un autre avantage : sa porte se confondait parfaitement avec la muraille. Impossible de la détecter...

— Et regardez, continua Mme Robin, vous voyez le blindage de plomb ? Il est à l'épreuve des bombes. Or, souvenez-vous, ce matériau a une autre vertu : il arrête les radiations. Vous voyez où je veux en venir...

— Les détecteurs de chocolat ne fonctionnent pas à

travers le plomb ! s'écria Arthur. Ils ne découvriront jamais notre magot !

— On peut entreposer une tonne de chocolat sans que personne ne le soupçonne. Alors, qu'en dites-vous ?

— Moi, je dis : on fonce ! s'exclama Arthur.

— Moi aussi, les garçons ! Et on s'y met tout de suite !

S'emparant d'un balai qui trônait au sommet d'une pile de gravats, la vieille dame commença aussitôt à soulever de lourds nuages de poussière.

Au bout de cinq minutes, Arthur et Sébastien toussaient et crachaient à qui mieux mieux. Ils éclatèrent de rire en voyant leurs cheveux devenus gris.

— On va l'avoir, notre chocolaterie, Arthur ! On sera les as des bootleggers, comme dans les films !

Tout en parlant, Sébastien époussetait sa chevelure et, l'espace d'un instant, il ressembla à un saint homme pris de folie, nimbé de son auréole.

Transformer l'abri antiaérien en chocolaterie leur prit plus de temps que prévu.

Le déblaiement, la peinture, la décoration et surtout l'ameublement s'avérèrent plus complexes que Sébastien, dans son enthousiasme, ne l'avait estimé. Ils coururent les vide-greniers et les décharges. Lorsqu'ils dénichaient des meubles à retaper, il devaient les transporter. Cela ne posait pas de problème avec les petits accessoires, mais les gros éléments, les chaises, les tables, les planches nécessaires à la réalisation du bar et de la piste de danse, durent être déménagés de nuit. Il arriva à Sébastien de remonter la rue, poussant devant lui un antique landau, sans nouveau-né dedans...

Il fallut ensuite tout aménager. Sébastien était habile de ses mains. Arthur, lui, était le cerveau de l'opération. De son côté, Mme Robin s'avéra douée pour le petit bricolage.

— Depuis le décès de mon mari, je n'ai pas le choix, expliqua-t-elle. Si je ne fais pas les choses moi-même, qui les fera ? Je n'ai pas les moyens d'embaucher des ouvriers.

Ils durent acquérir certains objets, introuvables dans les décharges publiques. Pour se procurer l'argent nécessaire, ils continuaient d'écouler du chocolat sous le manteau.

Cependant — pour autant que Sébastien et Arthur s'en souciaient —, le danger semblait s'éloigner. Au fil des semaines, leur confiance grandissait. Et peut-être prirent-ils un ou deux risques de trop.

Tous les dimanches matin, ils se retrouvaient dans la boutique de Mme Robin pour travailler à l'aménagement de l'abri ou préparer de nouvelles fournées de chocolat.

Comme d'habitude, la vieille dame brûlait des toasts pour dissimuler l'odeur. Et les clients, en venant chercher leur journal du dimanche, s'exclamaient : « Alors, madame Robin, on a encore brûlé ses tartines ? » Et la commerçante approuvait, mimant l'impuissance : « J'en ai bien peur ! » Les clients repartaient, leur journal sous le bras, persuadés que la pauvre vieille perdait un peu la tête.

Sébastien et Arthur prenaient garde à ne pas vendre leur chocolat en trop grosses quantités. D'autant qu'il leur fallait constituer des stocks pour la future chocolaterie. Ils avaient décidé de ne l'ouvrir que le week-end. Les jours de semaine, ils avaient des devoirs à faire et diverses activités. Sans compter que leurs parents se seraient inquiétés.

Malgré leur volonté de ne pas se laisser griser par le succès, les garçons, devenus la coqueluche du voisinage, changèrent peu à peu de comportement.

Sébastien portait sa casquette de base-ball la visière en arrière. Et une paire de lunettes de soleil un peu ébréchées ne quittait plus son nez, même par mauvais temps.

— Je peux plus m'en passer, prétendait-il, négligemment adossé à un lampadaire. Sinon la lumière m'éblouit.

Arthur, quoique plus réservé, admirait à l'occasion son reflet dans les vitrines et remettait ses cheveux en place en pensant : « Trop classe, ce bootlegger ! »

Le pouvoir corrompt, dit-on, et le pouvoir absolu corrompt absolument. La vanité, elle, altère le caractère, le jugement et le bon sens. Comme l'affirmait Sébastien, quitte à courir des risques et à mener une vie dangereuse, autant afficher un minimum d'élégance.

Cependant, si on peut pardonner leurs extravagances aux vedettes de l'écran ou de la chanson, un trafiquant doit s'efforcer de paraître aussi ordinaire que possible.

Sébastien, qui ne l'ignorait pas, avait pourtant chassé cette vérité de son esprit.

Or, au collège, un garçon suivait ces changements de comportement avec le plus grand intérêt. Il avait même pris des notes et transmis ses observations aux autorités compétentes.

Ce garçon se nommait François Crampon.

15

L'inauguration

Mme Robin contemplait le local. Impossible de reconnaître l'ancien abri antiaérien ! La chocolaterie avait pris forme élément par élément. À présent, le puzzle était complet.

Sébastien posa son pinceau et étira son dos douloureux :

— Alors ? À quoi ça ressemble ?

Arthur laissa tomber un instant ses finitions. Il examina l'ensemble — le bar, la piste de danse et la chaîne hi-fi (empruntée à la chambre de Mme Robin) :

— Ça ressemble à une affaire qui roule !

— On est fin prêts pour l'inauguration, hein ? s'exclama Mme Robin.

— Que diriez-vous de samedi prochain ? suggéra Arthur.

— Parfait pour moi, assura Sébastien. Mais uniquement sur invitations, réservées aux membres du club.

— Et moi ? J'en fais partie ? s'enquit la vieille dame.

— Madame Robin, vous êtes notre membre d'honneur, déclara Sébastien.

— Et M. Bothorel ? interrogea Arthur. Sans sa recette de chocolat, on n'aurait rien pu faire.

— Je lui enverrai une invitation, répondit Sébastien. D'ailleurs, à partir de maintenant, on racontera qu'on organise des « Week-ends d'Études Post-scolaires ». Des séances réservées aux forts en thème et aux grosses têtes ! Ça éloignera les curieux. Mais, pour tenir le bar, on aura besoin d'aide. On ne pourra pas tout assurer nous-mêmes.

Ils décidèrent donc d'embaucher de nouvelles recrues.

Ils choisirent Mélanie et Émilie, ainsi que Laurent, leur fournisseur, qui serait sûrement ravi de s'impliquer un peu plus dans l'affaire. Ils pensèrent aussi au gros Alain, un garçon de cinquième, qui fut nommé barman et manieur en chef du shaker.

Ils confièrent à Tom Mulhouse la gestion de la sécurité. Tom suivait des cours de karaté, de kendo et de jiu-jitsu. Malgré sa petite taille, il était capable de briser un crayon entre deux doigts. Et, s'il se contrôlait très bien en temps normal, il se fâchait tout rouge quand on l'énervait.

Après tant de semaines de labeur, rien ne devrait gâcher l'inauguration. Sébastien avertit sa mère qu'il passerait la soirée chez Arthur ; ce dernier raconta à la sienne qu'il serait chez Sébastien. C'était un risque, doublé d'un mensonge, ils en avaient conscience. Mais au diable la prudence ! Ils avaient trop désiré ce moment, ils étaient prêts à transgresser un peu les règles.

Mme Robin, quant à elle, n'avait pas besoin d'excuse pour justifier son absence. En un sens, elle le regrettait. Il aurait été plaisant d'avoir quelqu'un à qui raconter des bobards.

Des invitations furent lancées aux amis fidèles et aux clients réguliers, les conviant à assister à la grande soirée d'inauguration des « Week-ends d'Études Post-scolaires ». Il n'y eut toutefois ni bristols, ni enveloppes. Rien de formel, des mots chuchotés, des hochements de tête en guise de réponse. Un bavardage imprudent pouvait signer la fin de la liberté. Vigilance et discrétion étaient donc de mise. Comme le rappelait souvent Mme Robin :

— Gare ! Gare à l'œil des mouchards !

À coup sûr, la perspective de la fête aurait été gâchée s'ils avaient su que ce même samedi soir, à dix-neuf heures trente, François Crampon se trouvait au Quartier Général des Miliciens. Il faisait son rapport hebdomadaire au commissaire.

— Ils préparent quelque chose, j'en suis sûr, chuchotait-il sur un ton inutilement confidentiel.

Car nul ne pouvait l'entendre, à part le milicien en faction à la porte.

— Il ne suffit pas d'affirmer, Jeune Pionnier ! prononça avec lenteur le commissaire.

Il dévisageait le garçon par-dessus le rebord de sa tasse de thé, un breuvage de la marque Poudre-à-Canon, sans lait et sans sucre, dont il avait négligé d'offrir une tasse à son visiteur, au grand soulagement de ce dernier.

— Vous ne me fournissez que des bribes d'information, n'est-ce pas ? ajouta-t-il.

— Oui, monsieur. Mais je vous ai donné de nombreuses pistes, récemment. Pourquoi n'ouvrez-vous pas une enquête ?

— L'ennui avec vos prétendus renseignements, Jeune Pionnier, répondit l'officier d'un ton sarcastique, c'est que, jusqu'à présent, aucun n'a conduit jusqu'à un gibier. Nous avons gaspillé beaucoup d'énergie à vérifier vos informations sans jamais découvrir la moindre preuve. Aussi, la prochaine fois que vous crierez au loup, assurez-vous qu'on en voie la queue !

François ramassa sa casquette à l'effigie des Jeunes Pionniers et se dirigea vers la porte, la mine maussade.

— Très bien, fit-il. Une preuve, je vous en apporterai. Vous pouvez compter sur moi.

Bien qu'Arthur ait demandé qu'on baissât le son, la musique jouait encore trop fort. Heureusement, les murs de l'abri antiaérien étaient assez épais pour étouffer tous les bruits.

Derrière le bar, Alain confectionnait cocktails et milk-shakes à base de chocolat, qui vous faisaient saliver et excitaient agréablement les papilles. Mme Robin avait concocté quelques-unes de ses célèbres glaces. Pour l'occasion, elle avait également préparé des caramels, des mousses, des crèmes, qu'elle servait avec de la limonade maison, des boissons au gingembre ainsi qu'un choix de gâteaux.

Le « Week-end d'Études Post-scolaires » battait son plein. Tout le monde s'amusait et se régalait.

M. Bothorel fut l'un des derniers à se présenter. Ce soir-là, il n'avait plus rien du bouquiniste bougon en chapeau de paille, sa tablette de chocolat dépassant de sa pochette. Il était vêtu d'un élégant costume gris. Une cravate agrémentée d'une épingle en brillants, des chaussures vernies et des manchettes amidonnées complétaient sa tenue. Il tenait à la main une canne en acajou ornée d'un pommeau d'argent en forme de tête d'aigle. Il salua Sébastien et Arthur, puis se dirigea vers Mme Robin.

C'est alors que des coups violents retentirent contre la porte.

Tom entrebâilla le battant pour jeter un œil dans l'escalier :

– Oui ?

C'étaient deux jeunes gens. Le premier, les cheveux gominés et plaqués en arrière, avait tout d'un dur. Le second, nettement plus baraqué, arborait des tatouages sur ses avant-bras.

— Messieurs ? fit Tom.

— On voudrait entrer, déclara Tonio, avec un rictus qui se voulait un sourire. C'est rapport à l'assurance.

— Qui vous a invités, messieurs ?

Tom avait compris au premier coup d'œil que, s'il était capable de briser un crayon entre deux doigts, il n'était pas de taille face à ces gaillards-là.

Dany brandit son gros poing tatoué, exhibant les lettres D-R-O-I-T. Tom supposa que son autre poing devait porter l'inscription G-A-U-C-H-E.

— Tu le vois, c'ui-là ? grogna Dany. C'est mon invit'. Avec ça, j'entre partout. Je veux parler à ton patron. Pour lui proposer notre police d'assurance à un prix tout à fait compétitif.

— T'as déjà entendu parler des assurances, non ? ajouta Tonio, en poussant Tom de côté. Les gens filent du fric pour pas se faire éclater la tronche !

Dès que Sébastien vit les deux crapules, il devina que quelque chose ne tournait pas rond. Comme Mme Robin, qui les reconnut aussitôt.

Par chance les autres ne s'étaient encore aperçus de rien.

— Désolé, Sébastien…, balbutia Tom.

— T'inquiète pas. Je m'en occupe.

Il se tourna vers Mélanie, en charge de la sono :

— Peux-tu monter le son ? Et mets-nous quelque chose de bien rythmé.

Les invités se mirent à danser, tandis que Sébastien et Arthur entraînaient les intrus vers leur table.

Tonio s'assit, regarda autour de lui, et parut apprécier le spectacle :

— Sympa, ici !

— Ce n'est qu'un club, répondit Sébastien d'un ton banal. Une boîte, si vous préférez.

Tonio se tourna vers Dany :

— T'entends ça, toi ? Ils ont ouvert une boîte.

— Ah ouais ? fit Dany, affectant la surprise. Il tira un objet dissimulé sous son blouson de cuir :

— Ben, moi, j'ai pas de boîte. Mais j'ai une batte ! Une bonne batte de base-ball !

Et il la posa sur la table, la main posée sur le manche.

Tonio jeta un coup d'œil à l'arme.

— Tu vois, expliqua-t-il à Sébastien. C'est le genre de truc qui explique pourquoi les gens ont besoin d'une assurance. Un accident est si vite arrivé. Un incendie, un vol ou bien…

À ces mots, Dany se saisit de la batte et tapa dans un verre, qui tomba de la table et éclata en mille morceaux.

— … des dommages accidentels.

— Espèces de petites raclures !

Dany leva la tête. Mme Robin le toisait, rouge de colère.

— Tenons-nous-en à notre affaire, OK ? riposta Tonio. Et gardez vos insultes pour plus tard. Donc, si vous tenez à conserver votre club, va falloir payer. Vous avez besoin de notre protection. Alors, voilà, on va dire que...

Il ne termina pas sa phrase. Un homme corpulent, vêtu d'un élégant costume gris, s'approchait de leur table :

— On ne va rien dire du tout, d'accord ? intervint M. Bothorel.

Surpris, les deux vauriens le dévisagèrent. Dany lorgna la canne d'acajou à pommeau en forme d'aigle que le libraire tenait à la main. Et il comprit : d'un seul geste, l'homme pouvait en extraire une longue et fine lame d'acier. Fallait-il courir ce risque ?

Dany déglutit bruyamment, et une sirène tatouée sur sa gorge monta et descendit avec sa pomme d'Adam.

— Donc, on ne dit rien, insista M. Bothorel. Maintenant, on décampe et on fait comme si on n'avait rien vu. Compris ?

Tonio lui jeta un regard de cobra sur le point de cracher son venin.

Le bouquiniste, tout sourire, s'adressa à Arthur et Sébastien :

— Ne m'en veuillez pas de m'être immiscé dans votre conversation. Je connais ces deux lascars. Ils ont cherché, autrefois, à « assurer » ma boutique. Ils ont dû le regretter.

Tonio tenta de se saisir de la canne-épée. Il ne fut pas assez vif ; M. Bothorel la lui planta dans la main. Le malfrat bondit en arrière en poussant un glapissement.

— Écoute-moi, toi, le libraire...

— Non, fit M. Bothorel. C'est toi qui m'écoutes ! Toi et ton ami aux bras tatoués !

Il désigna la batte de base-ball du bout de sa canne et ajouta :

— Rangez ceci, madame Robin, je vous prie, avant que quelqu'un ne se blesse. Nous n'avons pas besoin de démonstration sportive, surtout dans un lieu clos comme celui-ci.

Mme Robin s'empara de l'objet.

Dany se tortilla sur sa chaise, tel un bambin à qui on a confisqué son jouet préféré. Les deux gaillards sem-blaient calmés.

— Que ce soit bien clair, Tonio, ajouta M. Bothorel. Toi et ton copain le bouledogue, vous n'êtes que du menu fretin. Des voyous à la petite semaine. Cet endroit n'a nul besoin de votre protection, c'est moi qui m'en charge. Alors, filez et ne remettez jamais les pieds ici. Et ne parlez pas de cet endroit aux Patrouilleurs, sinon je me ferai un plaisir de leur parler de vous. Pigé ?

Tonio se leva de mauvaise grâce. Il tendit un index menaçant :

— Toi, le libraire, un jour...

Il se tut, laissant planer dans l'air son défi muet.

M. Bothorel lui adressa un sourire ironique :

— C'est cela, un jour... La sortie est en haut des marches.

Après une brève hésitation, les vauriens tournèrent les talons :

— Allez, Dany. Tirons-nous d'ici ! Après tout, ce n'est qu'une bande de mômes.

Ils continuèrent à rouler des mécaniques jusque dans l'escalier.

— Eh bien, s'écria Mme Robin quand ils eurent disparu. Que la fête continue !

M. Bothorel s'assit à la table des garçons.

— Comment avez-vous réussi à vous en débarrasser aussi facilement ? demanda Arthur, impressionné. Sans vouloir être impoli, on n'aurait jamais cru que...

— Vous me preniez pour un vieux croûton, hein ? le coupa M. Bothorel en riant.

— Euh... ce n'est pas ce que je voulais dire, balbutia Arthur en rougissant.

— Non, bien sûr, concéda le libraire. Vous êtes trop poli. Ce qui ne vous empêche pas de le penser. D'ailleurs, ce n'est pas faux. Je suis un vieux croûton de bouquiniste. Mais pas seulement...

Mme Robin se joignit à eux :

— Je vais garder cette batte. Je la glisserai sous mon lit. Ça peut toujours servir.

— En tout cas, les garçons, c'est un sacré local que vous avez là ! lança M. Bothorel, l'air approbateur.

— On a fait de notre mieux, opina Sébastien. Mais,

pour être honnête, rien n'aurait été possible sans votre recette.

— C'est gentil de le souligner. À présent, écoutez-moi, tous les deux. Je ne veux pas vous importuner avec mes conseils, néanmoins, vous devriez améliorer votre sécurité. Vous avez besoin d'un guetteur, quelqu'un qui vous prévienne en cas de danger. Ces deux lascars n'auraient jamais dû pénétrer ici. Et voici mon deuxième conseil : attention à vos dépenses ! Se promener avec une liasse de billets sur soi est des plus imprudents.

Arthur approuva gravement. Sébastien, lui, avait écouté d'une oreille distraite les recommandations de M. Bothorel. Il contemplait son club. N'était-il pas chez lui, ici ? Le copropriétaire de cette chocolaterie, un vrai bootlegger, avec lequel il fallait compter ?

À quoi bon un tel prestige, si on ne pouvait pas en profiter ? À quoi bon gagner de l'argent, s'il était interdit de le dépenser ?

Mme Robin retourna au bar. Elle revint quelques minutes plus tard, portant sur un plateau un cocktail au chocolat dans un verre givré et une énorme part de gâteau.

— C'est pour vous ! dit-elle.

— Grands dieux ! s'exclama le libraire. Je n'avalerai jamais tout ça.

Mais il y parvint très bien.

16

Le guetteur

Le lendemain matin, Arthur et Sébastien retournèrent à la boutique pour préparer une nouvelle fournée de chocolat. Leur organisation était parfaitement rodée. Grâce à Laurent, qui assurait l'approvisionnement, les ingrédients indispensables étaient toujours disponibles.

Les fourgons de la Patrouille Anti-Chocolat, qui avaient si souvent ratissé le quartier, écumaient désormais d'autres secteurs. Persuadées que l'endroit avait été nettoyé, les autorités l'avaient déclaré « zone hors chocolat ». Restait le danger d'une visite surprise. Aussi, par précaution, Mme Robin conservait le chocolat de contrebande dans l'abri antiaérien, derrière la porte blindée.

Comme chaque dimanche, les parents des deux garçons les croyaient partis ensemble à bicyclette. Sébastien et Arthur se gardaient bien de leur dire qu'ils ne pédalaient pas plus loin que la boutique de leur vieille amie.

Pendant qu'ils préparaient leur mélange, la commerçante vendait le *Dimanche Qui Vous Veut du Bien*. Elle avait cessé de griller des toasts. À la place, elle brûlait de l'encens. À ceux qui s'en étonnaient elle expliquait qu'elle s'était mise au yoga et à la méditation. « L'odeur de l'encens m'aide à rester zen », affirmait-elle, précisant qu'il était grand temps, à son âge, de penser à sa vie spirituelle.

Dès qu'elle fermait sa boutique, peu après midi, Mme Robin, oubliant sa sieste, s'attelait à la comptabilité de la chocolaterie. Elle calculait les recettes, le montant des dettes aux fournisseurs, et, après avoir déduit ses frais, évaluait le bénéfice à partager.

Le temps passait et leurs gains augmentaient. Sébastien cachait son argent dans une boîte à biscuits, qu'il dissimulait dans son armoire, sous un tas de vieux jouets dont il refusait de se séparer. Du coup, sa mère avait renoncé à y faire du rangement. Ainsi, l'argent était en sécurité.

Mme Robin, qui avait toujours eu une profonde aversion pour les banques, conservait son capital au fond de son tiroir à chaussettes. Seul Arthur décida de placer sa part. Il ouvrit un compte d'épargne junior dans une banque locale. Si on lui posait des questions, il prétendrait avoir gagné ces sommes en distribuant des journaux.

Les bénéfices croissaient de façon considérable. Les trois associés n'augmentaient pourtant pas leurs prix.

Mais, dans ce type de commerce, l'argent fait de l'argent. Si seulement il en avait été de même pour le chocolat !

Sébastien n'y tenait plus ; ça le démangeait de s'offrir un bel objet, depuis longtemps convoité. Quant à Mme Robin, son raisonnement était simple :

— À quoi bon économiser à mon âge ? Si je n'utilise pas mon pécule maintenant, je ne serai peut-être plus en mesure de le faire plus tard. J'ai besoin de nouveaux vêtements, vie spirituelle ou pas. Je n'ai plus rien à me mettre !

En réalité, la vieille dame possédait une penderie pleine à craquer. Mais elle n'avait plus envie de porter ces habits achetés dans des braderies. Elle voulait du neuf.

Un après-midi, elle accrocha à sa porte une pancarte *Fermé pour cause de maladie,* et fit un tour en ville. Elle s'offrit d'abord une séance chez le coiffeur : shampoing, coloration et mise en plis. Elle visita ensuite plusieurs boutiques de mode, à la recherche de vêtements de coupe italienne pour femmes mûres.

Ce même jour, Sébastien se rendit chez « Ornières et Gadoue », le spécialiste du VTT, et se choisit un vélo tout-terrain haut de gamme. Il opta pour un modèle jaune vif, avec suspension hydraulique, cadre en titane et amortisseurs spéciaux. Il fit graver une plaque pour orner le garde-boue arrière, où on lisait *Sébastien n° 1* en lettres fluorescentes.

Il s'acheta aussi une paire de lunettes de sport à verres miroirs, des gants de cyclisme décorés d'un grand zigzag rouge et un casque gris métallisé.

En repartant sur son vélo flambant neuf, il avait tout d'un gagnant au Loto. Arrivé chez lui, il dissimula son VTT sous une bâche. S'il racontait qu'il l'avait payé avec son argent de poche, ses parents n'en croiraient pas un mot. Il attendrait que le vélo se salisse et prenne quelques coups, et prétendrait alors l'avoir acheté d'occasion. Pas question non plus de le montrer à sa petite sœur ! Cathie avait tendance à lâcher les informations confidentielles au plus mauvais moment, même après avoir juré de garder le secret. Pourtant, jusqu'à présent, elle avait tenu sa langue à propos du chocolat. Elle n'était pas sotte : si elle bavardait, elle n'en aurait plus !

Malgré tout, Sébastien avait une furieuse envie d'exhiber sa nouvelle acquisition. Mme Robin, pour sa part, voulut faire admirer ses nouveaux vêtements, ses chaussures et ses accessoires. Elle demanda au taxi qui la ramenait de s'arrêter à l'angle de la rue. Elle regagna ensuite sa boutique à pied, bien en vue des passants.

Aussi, le dimanche suivant, Arthur découvrit avec surprise le VTT jaune de Sébastien. Quand il vit ensuite Mme Robin trottiner sur ses hauts talons, habillée d'une robe de soie bleu turquoise qui n'aurait pas déparé dans une réception, il les regarda tous les deux d'un air consterné.

— Quel beau vélo, Sébastien ! s'extasiait la commerçante. Tu vas escalader les montagnes, avec ça ! Et toi, que penses-tu de ma tenue ?

— Vous êtes superbe !

— Mais qu'est-ce qui vous a pris ? les interrompit Arthur.

— Hé, Arthur, tu as vu ces roues ?

— Oui, je les ai vues, se renfrogna Arthur. Tous les voisins aussi, probablement. Et ils vont se demander comment Sébastien Moreau a trouvé les moyens de se payer un engin pareil !

— Oui, mais...

— Tu devrais leur simplifier la vie ! Pourquoi ne pas porter un T-shirt avec écrit dessus : *Je suis un bootlegger. Arrêtez-moi. Je mérite la prison !*

Sébastien se balançait d'un pied sur l'autre, l'air penaud.

— T'inquiète pas ! Je vais vite le salir ; il passera inaperçu.

Arthur se tourna vers Mme Robin :

— Et vous, qu'est-ce qui vous est passé par la tête ? Vous êtes très élégante, comme ça. Mais j'attendais de vous un peu plus de prudence.

La vieille dame parut soudain aussi piteuse que Sébastien.

— Toute ma vie, j'ai acheté des vêtements d'occasion, bredouilla-t-elle. J'avais envie d'avoir des affaires neuves, que personne n'ait portées avant moi.

Ce fut au tour d'Arthur de se sentir mal à l'aise. La vieille dame n'avait pas eu une existence facile. Maintenant que son mari n'était plus là, elle devait se sentir bien seule.

— Bon, je vais remettre mes vieilles frusques. Puis j'allumerai de l'encens pendant que vous préparerez le chocolat. Désolée, je ne suis qu'une vieille folle.

Sébastien et Arthur la regardèrent quitter la pièce en silence.

— Tu vois ce que tu as fait ! explosa Sébastien.

— Ce que j'ai fait ? Moi ? C'est vous qui faites n'importe quoi.

— Tu l'as blessée.

— Je n'en avais pas l'intention.

— Qu'est-ce que ça change ?

— Tu as tort, Sébastien, et tu le sais. Rappelle-toi les conseils de M. Bothorel. Si tu montres ton argent, on va te soupçonner.

— Tu t'inquiètes trop, Arthur. Tu vois le mal partout. Allez, on se met au travail !

Oui, Sébastien avait tort. Ce n'était pas Arthur qui s'inquiétait trop, mais lui qui ne s'en faisait pas assez.

S'il avait pu entendre la conversation qui se tenait au même moment entre François Crampon et le commissaire, Sébastien l'aurait compris aussitôt.

— Une nouvelle bicyclette, racontait François. Jaune. Et des vêtements luxueux. Une nouvelle coupe de cheveux. Et ce n'est pas tout : de plus en plus de gens fréquentent la boutique.

Le commissaire observait François par-dessus son bureau. Rien à dire, le Jeune Pionnier était persévérant.

— Une augmentation de la clientèle ? Hum... Aucun de mes Patrouilleurs ne me l'a signalé. Continuez.

François se gonfla d'importance :

— Les gens restent parfois longtemps à l'intérieur. Il en vient de tous les âges. Je suis sûr qu'il y a un truc louche là-dessous.

— À quoi pensez-vous ?

— Je ne sais pas. À un lieu de rencontre, peut-être, un réseau de contrebande ?

Le commissaire ne répondit pas tout de suite, laissant le silence retomber comme de la poussière.

— Bien, Jeune Pionnier, fit-il enfin. Nous verrons ça. Nous effectuerons une descente là-bas ce week-end. Et vous nous accompagnerez pour nous montrer le chemin.

Le visage de François s'illumina. Enfin un encouragement !

— Pour mon frère, commença-t-il, vous n'oublierez pas...

— Comme si je pouvais..., soupira le commissaire.

François aurait aimé en dire plus. Mais il était clair que l'entrevue était terminée. Il se dirigea vers la porte.

Il espérait que ses soupçons s'avéreraient fondés. Il avait besoin de redorer son blason. Quel coup s'ils prenaient ces bootleggers la main dans le sac, avec du chocolat sous le comptoir et de l'argent plein la caisse ! Dommage que ça tombe sur Sébastien et Arthur. Deux camarades de classe avec lesquels il avait été un peu ami, autrefois, à l'école primaire, avant que le Parti Qui Vous Veut du Bien n'arrive au pouvoir. Mais ça leur apprendrait à être aussi prétentieux. Après tout, ils n'avaient qu'à ne pas enfreindre la loi !

Le chocolat était prêt et la vaisselle, presque terminée. Arthur et Sébastien étaient contents de leur travail. Mme Robin avait retrouvé sa bonne humeur habituelle.

— J'ai gardé mes nouveaux bas, avait-elle confié aux deux garçons après s'être changée. Ça ne se voit pas, et j'ai quand même le plaisir de porter quelque chose de neuf.

Tandis qu'Arthur rangeait les casseroles, il remarqua deux téléphones mobiles branchés sur leurs chargeurs. Suspectant son ami d'une autre dépense inconsidérée, il s'exclama :

— Ça rime à quoi, Sébastien ? Pourquoi deux téléphones ? Un pour chaque oreille ?

— Pas du tout, mon vieux. J'ai réfléchi à ce que nous a dit M. Bothorel sur la nécessité d'un guetteur.

— Et alors ?

— Alors, j'ai acheté ces deux portables. Un pour nous, un pour le guetteur. Et je sais à qui je vais le confier. Quelqu'un que personne ne soupçonnera.

— Qui ça ?

— Viens, je vais te montrer !

Presque en face de la boutique de Mme Robin, il y avait un magasin abandonné, à l'enseigne du *Chocolatier fin*. La vitrine était couverte de publicités, en dépit d'un *Défense d'afficher* bien visible.

Le Parti Qui Vous Veut du Bien, ignorant l'interdiction, y avait même placardé ses affiches de propagande qui proclamaient : *Consommer de mauvais produits pourrait vous coûter la vie,* et : *Votre pays a besoin de Vous... Mangez des choux !*

Devant le commerce déserté, l'ancien acteur était assis par terre. Il se nommait Charles Maufret, et il avait été jadis un visage familier pour des millions de gens, car il vantait les délices du chocolat :

Monsieur Chocolat, Monsieur Chocolat.
Il en mange dès qu'il peut.
Monsieur Chocolat, Monsieur Chocolat.
Achetez-en vite, c'est mieux.

Ça, c'était avant. Sa chansonnette se résumait désormais à ces quelques mots : « Une petite pièce pour manger, s'il vous plaît. J'ai faim et je suis à la rue. Une petite pièce, s'il vous plaît. »

Un milicien en patrouille passa devant lui, son pistolet électrique coincé dans son holster.

Il regarda le sans-abri avec dédain.

— Une petite pièce, milicien, demanda Charles, plein d'espoir. Aidez un ancien acteur sans emploi !

— Si tu veux un emploi, camarade, ironisa le Patrouilleur, tu n'as qu'à te rendre dans un de ces nouveaux Bons Foyers pour Vous que le Parti a créés. On t'y apprendra un métier.

— J'ai un métier. Je suis acteur, déclara Charles Maufret.

— Je parle d'un métier utile.

— Parce que le théâtre n'est pas utile, peut-être ?

— Le théâtre ? Quel théâtre ? Moi, je ne connais que le théâtre des opérations...

Le milicien s'éloigna en riant de sa mauvaise blague. Charles fourragea dans sa besace, espérant y trouver quelque chose à manger. Il songea au Jeune Pionnier qui lui avait donné une banane...

Soudain, il vit deux garçons devant lui. Il les reconnut. Ils lui offraient parfois quelques carrés de brillant dessus ou de brillant dessous. Ils avaient déjà discuté ensemble. Les gamins se rappelaient très bien son émission à la télévision. Comment s'appelaient-ils, déjà ? Ah ! ça n'arrange pas la mémoire, de dormir dehors par tous les temps ! Arthur, il s'en souvenait. Mais l'autre...

— Bonjour, monsieur Maufret. C'est Sébastien, vous vous rappelez ? On se demandait si vous pourriez nous rendre un service.

Sébastien. C'était ça ! Charles était content d'être appelé par son nom. Ça lui faisait chaud au cœur qu'on se souvienne de lui.

— Un service ? Du moment qu'il est raisonnable. Et puis, le brillant dessus que vous m'avez offert l'autre jour était un vrai nectar.

— Que je vous explique, commença Sébastien. Voilà. Nous venons d'ouvrir une chocolaterie non loin d'ici.

— Une chocolaterie ?

— C'est une sorte de club, pas très légal, comme au temps de la Prohibition. Sauf qu'on y déguste du chocolat au lieu d'alcool.

— Ah, je vois...

— On est inquiets pour notre sécurité, et on aurait besoin de quelqu'un pour faire le guet. Comme vous êtes souvent dans le coin, on a pensé que personne ne vous soupçonnerait. Alors, on se demandait si...

— Je suis partant ! le coupa Charles. N'en dites pas plus. C'est un rôle que je serai ravi de tenir. J'ai joué un guetteur, une fois, dans un film qui s'intitulait *La mort part en vacances*. Je ne sais pas si vous l'avez vu...

Les garçons échangèrent un regard perplexe.

— Il faut juste nous prévenir au cas où vous verriez des voyous ou des Patrouilleurs traîner dans le coin, reprit Sébastien. Vous nous signalerez tous les mouvements suspects.

— Parfait. Et comment je vous préviens ?

— Avec ce portable. Il est équipé d'une carte de quinze euros de crédit. Cela devrait suffire. La batterie est pleine. Mais je vous laisserai le chargeur, en cas de besoin. Avez-vous la possibilité de le brancher quelque part ?

— Je me débrouillerai. Je trouverai bien le moyen d'accéder à une prise électrique. Nous les acteurs, nous avons nos astuces.

— Super ! conclut Sébastien en lui remettant le téléphone et son chargeur. Notre numéro est programmé. Nous tiendrons notre prochaine soirée samedi soir. Je vous appellerai avant, pour vous le confirmer.

— Pas de problème, les garçons !

— Ah, j'ai aussi apporté ceci pour vous.

Sébastien fouilla dans sa poche et en ressortit une tablette de brillant dessous.

Charles se saisit avec avidité du chocolat aux fruits et aux noisettes et l'enfouit dans sa poche.

— Merci, les gars. Vous pouvez compter sur moi. Mais puis-je vous demander… humm… D'habitude, c'est mon agent qui se charge de ce genre de chose. Avez-vous prévu un cachet ou une rémunération ?

— Que diriez-vous d'être payé en chocolat ? suggéra Arthur.

— Ça me va très bien, répliqua l'acteur.

— Excellent ! conclut Sébastien. Maintenant, on ferait mieux de filer. Mais, avant, je voulais vous dire qu'à la télé, autrefois, vous étiez formidable.

Sur ces mots, les deux garçons tournèrent les talons.

« Ils me trouvaient formidable ? » songea Charles, émerveillé.

Il contempla son reflet dans un petit coin de la vitrine qui, miraculeusement, était encore vierge d'affiches :

— Ouais, je ne devais pas être mal... D'ailleurs, ne pourrais-je pas redevenir acteur ?

Maintenant qu'il disposait d'un téléphone, cela ne lui coûterait rien de se rappeler au bon souvenir des gens du métier.

Il composa un numéro. Juste le temps de contacter son ancien agent. Il y avait quinze euros dans l'appareil, non ? Il n'allait pas tout utiliser.

Un ou deux petits coups de fil, pas plus.

17

La rafle

Ce samedi-là, Mme Robin avait préparé un dessert exceptionnel : une bûche énorme, presque un petit tronc d'arbre en chocolat !

— Voilà, annonça-t-elle avec fierté, en posant le gâteau sur une table. Je la laisse refroidir. Je la couperai plus tard. Il y en aura pour tout le monde.

— Magnifique ! la félicita Sébastien. Mon père n'aurait pas fait mieux !

— On ouvre à quelle heure ? demanda Arthur.

Il aidait Alain à préparer de la citronnade avec du vrai sucre.

— À l'heure habituelle, répondit Sébastien. On sera prêts dans cinq minutes. Je vais prévenir notre guetteur.

Il prit son portable et appuya sur le numéro inscrit en mémoire.

À cet instant, Monsieur Chocolat somnolait sous son porche. En effet, le début de soirée s'avérait un moment propice : il avait le temps de piquer un bon roupillon avant d'être réveillé par le froid.

— Ah ! fit-il en s'ébrouant. Un appel pour moi.

Déguisant sa voix, il débita :

— Bonsoir ! Ici, la résidence de Charles Maufret. Jean-Edmond à l'appareil. Je suis son majordome. Monsieur se repose dans son jacuzzi. Puis-je prendre un message ?

— Hein ? Quoi ? balbutia le garçon. C'est Sébastien à l'appareil. Vous n'êtes pas Monsieur Chocolat ?

Charles reprit sa voix normale :

— Oh, Sébastien, c'est toi ? Je pensais que peut-être on me… Bref, c'est sans importance. Que puis-je pour toi ?

— Nous allons commencer dans une minute. Pouvez-vous ouvrir l'œil ?

— C'est comme si c'était fait. Mes mirettes sont à l'affût. Si je vois quoi que ce soit de suspect, je t'appelle immédiatement.

— Merci, monsieur Maufret. Je vous apporterai un morceau de bûche au chocolat en partant.

« Une bûche… mmm ! » songea le sans-abri en se rasseyant sur son carton.

Cependant, ses paupières étaient lourdes. La journée avait été longue et fastidieuse, ponctuée de son éternelle litanie : « Une petite pièce pour manger, s'il vous plaît. »

Les gens n'avaient plus de cœur. Ou plus d'argent. En outre, Charles n'avait guère dormi la nuit précédente à cause du froid. Alléché par la promesse de cette délicieuse bûche, il se mit à rêver de crème et de chocolat. Et il ferma les yeux.

Il ne vit donc passer personne. Pas même ces enfants qui… Mais où allaient-ils ainsi sur leur trente et un ? À la chocolaterie. Là où ils se régaleraient en toute tranquillité. À condition de connaître le mot de passe.

À l'intérieur, on dansait. Même Sébastien. Émilie avait réussi à l'entraîner, lui qui était plutôt du genre à s'appuyer contre un mur en affichant un air cool. Et, à sa grande surprise, il s'amusait beaucoup.

Il croisa le regard d'Arthur et leva le pouce pour signifier : « Tu vois ! Rien à craindre. Ça tourne. »

Arthur lui répondit par une grimace. Puis, alors que le deuxième disque démarrait, il fut tiré sur la piste par Mélanie, la copine d'Émilie. D'habitude, elle se montrait plutôt réservée. Était-ce à cause de la musique, du chocolat ou de la présence d'Arthur ? Ce soir, Mélanie dansait.

Charles, lui, ronflait gentiment. Il n'entendit pas les pas, les voix, les claquements de portières, les bruits de bottes sur le pavé, les ordres brusques du commissaire :

— Bon. La zone qui nous intéresse se trouve dans l'arrière-boutique et dans la cabane de jardin. Vous n'entrez pas avant mon signal.

Dans son rêve confus, Charles voyait des Patrouilleurs en uniforme, un homme aux yeux d'acier, et un Jeune

Pionnier accompagnant la troupe. Il le reconnaissait. C'était le garçon à la banane...

Quand il ouvrit les yeux, il découvrit que les personnages de son rêve étaient bien réels. Une douzaine de miliciens piétinaient près de son porche, se préparant à effectuer une rafle dans la chocolaterie.

Charles fouilla fébrilement ses poches à la recherche de son portable.

Les Patrouilleurs n'avaient pas remarqué le mendiant. À leurs yeux, il n'était guère qu'un tas de chiffons.

— On attend les renforts, leur dit le commissaire.

Charles appuya sur la touche pour composer le numéro de Sébastien. Il porta l'appareil à son oreille :

— Vous n'avez plus de crédit, annonça la voix électronique. Procurez-vous une nouvelle carte ou tapez le numéro de votre carte de crédit.

Charles éteignit l'engin. Il se sentit rougir de honte. Il avait utilisé les quinze euros de crédit pour appeler ses anciens contacts, les agents et les directeurs de casting susceptibles de lui procurer du travail. Impossible de prévenir Sébastien ! Et les Patrouilleurs commençaient à se déployer !

« La cabine téléphonique... »

Il retourna son chapeau. Une pluie de petite monnaie en tomba. À vue d'œil, au moins dix euros. Il rassembla les pièces et se faufila entre les miliciens.

— Oh, qui voilà ?

— Garez-vous, le sac à puces arrive !

Il ignora leurs insultes et courut vers le vieux téléphone public. Avec un peu de chance, il aurait le temps de…

Mais la chance n'était pas de la partie : la cabine avait été vandalisée. Le combiné pendait, muet, au bout de son fil.

« Que faire ? »

Charles se retourna. Un camion de miliciens venait d'arriver. Dans une minute, ils allaient bloquer la rue. Puis ils contourneraient la boutique et pénétreraient dans le jardin.

Il entrevit une solution : la station-service de l'autre côté de la route ! Il s'y précipita.

L'endroit lui parut une oasis de chaleur et de lumière. À côté des automobilistes qui prenaient de l'essence à la pompe, une pancarte annonçait : *Cartes de téléphone en vente ici.*

Tenant fermement son chapeau plein de pièces, il traversa la rue. Un klaxon le rappela à l'ordre.

— Urgence ! Urgence ! Excusez-moi…

Il surgit, essoufflé, devant le comptoir de la station :

— Une carte de téléphone. La moins chère. Vite !

Il déversa ses pièces sur le comptoir. La caissière les compta une à une.

« Vite, vite, vite… ! »

Le sans-abri sautillait d'impatience.

« Allez, allez, allez... ! »

— Il n'y a pas le compte, annonça la dame.

— Quoi ?

— Vous m'avez donné quinze centimes de trop.

— Aucune importance ! Gardez la monnaie. Donnez-moi juste la carte !

Il la lui arracha des mains, déchira la cellophane et se rua hors de la boutique. Il glissa la carte dans l'appareil. Maintenant. Vite. Le numéro de Sébastien. Touche d'appel. Ça y est. Ça sonne.

« Par pitié, Sébastien réponds... »

— Allô ?

« Dieu soit loué ! J'allumerai un cierge et je dirai une prière », songea-t-il.

Derrière la voix de Sébastien, il entendit de la musique en fond sonore.

— Sébastien, c'est moi, Charles. Ils arrivent ! Les Patrouilleurs seront là dans une minute. C'est une descente. Sauvez-vous !

— Merci.

Ce fut tout. Il avait déjà raccroché.

Pendant un bref moment, Sébastien se tint immobile, fixant le portable dans sa main comme si l'appareil venait de le mordre.

Puis il fonça sur la chaîne hi-fi et arracha la prise des amplis. Les danseurs se figèrent.

— Une rafle ! Nous avons une minute ou deux, pas plus. Pas de panique ! Mme Robin va vous montrer la sortie de secours. Arthur, commence la conversion en club d'études. Dépêchez-vous !

Ils ne se le firent pas répéter. Ils connaissaient les risques : les interrogatoires, les camps de rééducation, les lavages de cerveau. Ils seraient embarqués comme ce pauvre David Cheng, ils rejoindraient la cohorte des disparus...

Mme Robin fit pivoter le panneau dissimulant l'entrée du tunnel :

— Par ici ! Vite ! Et en silence ! Emportez un morceau de bûche avant de partir. Il faut s'en débarrasser. Quand vous arriverez au bout du tunnel, grimpez les marches et poussez la plaque d'égout. Vous déboucherez dans l'impasse de l'autre côté de la rue. Que le dernier n'oublie pas de refermer derrière lui. Et à la semaine prochaine ! Ne craignez rien, on sera là.

Puis elle murmura pour elle-même : « Si on a de la chance... »

Chacun prit une tranche de gâteau dans une petite serviette avant de quitter les lieux. Et la file des invités s'engouffra dans le tunnel.

Pendant ce temps, ceux qui restaient se livraient à une intense activité, en silence et sans panique.

En un instant, le bar fut débarrassé et transformé en bureau. Le menu retourné se changea en un tableau noir, surchargé de formules d'algèbre compliquées. Les tables furent nettoyées, les verres, cachés. On sortit de boîtes dissimulées derrière le bar des livres scolaires pour les distribuer à la ronde. Des crayons et des cahiers furent disposés un peu partout, au milieu d'atlas, de bloc-notes, de calculettes et de stylos. Et de la musique classique se mit à jouer en sourdine.

Tandis qu'Arthur mettait la dernière main à ce changement de décor, Sébastien et Mme Robin emportaient le chocolat derrière la porte doublée de plomb, hors d'atteinte des détecteurs.

— Allez ! Tout le monde à sa place !

Les derniers clients étaient partis. Mme Robin ferma la porte de secours et remit le panneau qui la dissimulait. Elle vérifia autour d'elle si rien ne les trahissait. Tout était parfait.

Ils entendirent des bruits de bottes dans l'escalier. Les Patrouilleurs avaient trouvé l'abri.

Des coups violent retentirent bientôt contre la porte :

— Ouvrez ! C'est la Milice.

Sébastien et ses compères étaient assis à leurs tables, leur matériel d'élèves studieux étalé devant eux.

— C'est bon, madame Robin. Laissez-les entrer, souffla Sébastien.

La commerçante alla tourner le verrou et ouvrit. Une douzaine d'hommes firent irruption, armés de détecteurs de chocolat et de pistolets électriques. Derrière eux se tenaient le commissaire et, derrière encore, un François Crampon particulièrement nerveux.

— Bonsoir, susurra Mme Robin. Vous me cherchiez ? La boutique est fermée. Pourriez-vous revenir demain ? J'ouvre à sept heures et demie.

— Dégagez ! rugit le commissaire.

La commerçante s'effaça pour le laisser passer. D'un seul coup d'œil, il examina la pièce. S'il fut surpris, il n'en laissa rien paraître ; il garda sa froideur habituelle.

Face à lui, six ou sept enfants, assis à leurs tables, étudiaient, le nez plongé dans des livres de classe. Ils avaient la mine concentrée des élèves appliqués qui ne souhaitent pas être interrompus dans leur travail.

— C'est quoi, ici ? demanda le commissaire, soupçonneux.

— Un club d'études post-scolaires, expliqua la vieille dame.

— Un club d'études ! répéta-t-il d'une voix dégoûtée, comme s'il s'agissait de pâtée pour chien.

— Oui, continua Mme Robin, pour ceux qui veulent étudier en dehors du collège.

— Vraiment...

— Chez eux, ces enfants ont trop de distractions : télé, ordinateur, jeux vidéo, Internet et le reste. Je leur offre un lieu où ils jouissent d'un peu de calme, ce qui favorise la concentration. Enfin, jusqu'à ce que vous arriviez !

— Fouillez partout ! ordonna le commissaire. Branchez les détecteurs !

Les miliciens firent le tour de la pièce. Arthur leva les yeux de son algèbre et découvrit que Tom tenait son manuel de géographie à l'envers. Il lui donna un léger coup de coude ; Tom remit discrètement le livre dans le bon sens.

Soudain, Sébastien aperçut François, tapi dans l'ombre de la porte.

— Salut, François ! Qu'est-ce que tu fais là ?

— J'étais dans le coin, improvisa le garçon, d'un air peu convaincant. On m'a demandé de l'aide, en raison de mon statut de Jeune Pionnier.

— J'ai cru que tu venais te joindre à nous.

— Depuis quand fais-tu du soutien scolaire ? D'habitude, moins tu travailles et mieux tu te portes !

— J'ai envie de rattraper mon retard.

Un milicien passa son détecteur de chocolat sur le livre de Sébastien.

— Qu'est-ce qu'ils font ici, avec ces détecteurs ? interrogea le garçon d'un air innocent.

— Comme si tu ne le savais pas ! rétorqua le Jeune Pionnier d'un ton aigre.

Pas un centimètre carré ne fut oublié. Mais il n'y avait pas une miette de chocolat. Enfin, si. Mme Robin en aperçut une sous une table... Faisant alors mine de laisser tomber son crayon, elle la ramassa prestement. Puis, en se détournant, elle l'avala tout rond, poussière comprise.

Le commissaire interrogea le chef de patrouille :

— Alors ?

— Rien, commissaire. Pas le plus petit morceau.

— Hum...

Quelque chose clochait, l'inspecteur le sentait. Il observait Émilie et Mélanie plongées dans leur livre de grammaire.

— Pourquoi êtes-vous si élégantes, jeunes filles ? Est-ce une tenue pour étudier ?

— Il n'y a pas de mal à bien s'habiller, protesta Émilie d'un ton indigné.

— Pour apprendre les conjugaisons... ?

Cependant, ça ne constituait pas une preuve.

À qui la faute ? Qui était à l'origine de cette opération ? Qui avait fourni les informations conduisant à cette rafle, causant publiquement son humiliation et celle de ses hommes ?

C'était ce crâne de pioche !

Le Jeune Pionnier se ratatinait contre le mur, essayant vainement de se rendre invisible. Le commissaire le conduisit dans le jardin, loin des oreilles indiscrètes :

— Alors, Jeune Pionnier ?

— Eh bien..., balbutia François. Je ne sais pas. Je ne comprends pas. J'aurais juré...

— Juré ? répéta l'inspecteur. Vraiment ?

Les Patrouilleurs, dépités, quittèrent le « club d'études post-scolaires ».

François Crampon les suivait, les yeux rivés au sol, le menton rentré dans la poitrine. Il avait raison, il en était sûr. Il se passait quelque chose d'illégal, ici. Seulement, comment le prouver ? Les miliciens reprenaient bruyamment place à bord des fourgons, quand le garçon trouva la preuve qu'il cherchait, sur le trottoir : un minuscule morceau de papier d'alu.

— Commissaire, regardez !

L'inspecteur se retourna.

— Quoi encore ? Tu commences à me fatiguer avec tes...

— Une trace de chocolat, commissaire ! On vend du chocolat dans cette boutique ! Ce club d'études est une couverture ! Je suis sûr qu'il y a une porte dérobée. On a dû les prévenir, et ils ont eu le temps de préparer cette mascarade. Retournons-y, ils ne s'y attendront pas !

Le commissaire semblait presque convaincu. Pourtant, il répondit posément :

— Non.

— Mais ils se croient tirés d'affaire, commissaire ! On va les prendre sur le fait...

L'homme aux yeux d'acier secoua la tête :

— Nous avons tout notre temps, Jeune Pionnier. Nous allons les placer sous surveillance et attendre patiemment. Ils nous conduiront ainsi à leurs clients et à leurs fournisseurs. Alors, quand nous les tiendrons, nous les écraserons !

Et il tourna les talons :

— Bonnes pommes croquantes à toi, Jeune Pionnier !

Il avait l'air presque guilleret.

— Bonnes oranges juteuses, marmonna François.

Encore une fois, il ne se sentait pas apprécié à sa juste valeur.

Dans la chocolaterie, Sébastien jubilait :

— Vous avez vu leurs têtes, madame Robin ! Ils étaient verts. On devrait s'offrir une tournée de milk-shakes pour fêter ça.

— Bonne idée, approuva la vieille dame.

Elle se dirigea vers la porte cachée, pour prendre du lait, du cacao et le mixeur.

Arthur, lui, n'était pas de cet avis. Il s'en étaient sortis de justesse, et, à la différence de Sébastien, ça ne le remplissait pas d'allégresse.

— Pas pour moi, merci, dit-il. Je m'en vais. Cette descente est un avertissement. On est trop insouciants. On prend trop de risques. En tout cas, certains d'entre nous..., précisa-t-il en coulant un regard vers son ami.

— Ne t'en va pas maintenant, Arthur, supplia Mélanie. Tu gâches la fête.

— Désolé, je dois partir, sinon...

Il avait failli lâcher : « sinon maman va s'inquiéter ». Il sentit que cela sonnait ridicule et enfantin en pareilles circonstances. N'était-il pas un bootlegger ? Mais Arthur avait eu son compte d'émotions pour la journée.

— Reste encore un peu ! insista Mélanie.

— Puisqu'il veut partir, laisse-le, grommela Sébastien.

Les deux amis se disputaient rarement. Ce soir, ils étaient irrités, l'un par le sérieux du premier, l'autre par l'insouciance du deuxième.

— À lundi, lança Arthur. Ciao !

La porte de métal se referma sur lui. Sébastien replaça le verrou.

Mme Robin versa les milk-shakes dans de grands verres glacés.

— À votre santé à tous ! fit Sébastien en levant son verre. On a gagné. On a le meilleur chocolat et la plus belle chocolaterie ! Le monde nous appartient !

Ils rirent et burent.

— À nous ! s'exclama Mme Robin. À nous et à notre avenir !

Tous portèrent un nouveau toast.

Pourtant, aucun d'eux n'avait la moindre idée de ce que l'avenir leur réservait.

18

Au chocolat pour toujours !

Quelques semaines s'étaient écoulées depuis la venue de M. Bothorel à la chocolaterie, lorsque ce dernier invita Mme Robin, Sébastien et Arthur à assister à une réunion dans sa librairie.

La fête étant qualifiée de « soirée littéraire », les deux garçons s'attendaient à s'ennuyer ferme. Ils s'y rendirent avec réticence, uniquement pour faire plaisir à la vieille dame.

Or, il n'en fut rien.

En fait de vieux ronchons décrépits passionnés d'éditions originales et de reliures anciennes, la soirée mêlait des gens très divers unis par un point commun : tous souhaitaient la disparition du Parti Qui Vous Veut du Bien. Tous rêvaient que le chocolat reprenne un jour sa place légitime sur l'étal des marchands et dans la bouche des gourmets.

M. Bothorel tint un discours enflammé où il était question de liberté, de justice et du droit de chacun à décider de ce qu'il mange. Puis il distribua quelques friandises de marché noir, car il n'y avait là que des personnes de confiance. Le libraire ne négligeait jamais la sécurité.

Après cette petite pause, il reprit :

— Comment combattre ce parti, alors que nous ne sommes qu'une poignée de dissidents ?

C'était une question qui trottait souvent dans la tête d'Arthur.

— Les moyens sont plus nombreux qu'on ne le pense, continua le libraire. À travers tout le pays, de petits groupes semblables au nôtre se rassemblent. Ils se préparent en vue de la révolution. Le changement ne viendra pas tout seul. La lutte implique des sacrifices. Mais, un jour, nous nous dresserons pour nous débarrasser à jamais de l'oppression.

À ces mots, chacun leva sa tablette de chocolat avec un murmure d'approbation.

— Au travail ! poursuivit le libraire. Recrutez des gens de confiance parmi vos proches ! Réunissez les sympathisants à notre cause. Si vous avez de l'argent, pensez à nous faire une donation. Et rappelez-vous que vous n'êtes plus seuls. Un jour, l'heure de la révolution sonnera !

Une série de hourras retentit, assez légers pour ne pas être entendus par des Patrouilleurs. Puis les conspirateurs se dispersèrent discrètement par petits groupes de deux ou trois.

« Une soirée formidable », se disait Arthur.

Mais, s'il était agréable d'évoquer la révolution, la faire était une autre paire de manches. Il soupçonnait la plupart des participants d'être venus surtout pour la dégustation gratuite de chocolat. Quant à Sébastien, il ne se sentait guère concerné. Il réfléchissait déjà à ce qu'il pourrait acheter avec ses prochains revenus. L'argent lui brûlait les doigts.

Or, peu après, un événement imprévu survint, qui fit oublier aux deux amis l'existence de M. Bothorel et de sa bande de soi-disant rebelles.

David Cheng réapparut.

Son absence avait duré si longtemps que ses camarades n'attendaient plus son retour.

Il surgit au collège, un matin, en plein contrôle de math.

Sébastien, qui avait terminé, rêvassait en crayonnant sur une feuille. Il avait représenté un cœur percé d'une flèche et venait de compléter son dessin d'une belle inscription : *Au chocolat pour toujours,* lorsque retentit la voix de Mlle Rose :

— Le temps est écoulé. Faites passer les copies au premier rang !

Sébastien tendit son devoir à Émilie. L'attention de celle-ci fut alors attirée par un curieux spectacle dans la cour. Un groupe d'adultes, accompagné d'un enfant, s'approchait du bâtiment.

— Mademoiselle, appela Émilie. Il y a des gens dehors, avec un garçon. On dirait David Cheng !

Les élèves s'agglutinèrent aussitôt devant les fenêtres.

— Assis, tout le monde ! Regagnez vos places, s'il vous plaît !

Comme le professeur de math rassemblait les dernières copies, on frappa à la porte.

— Entrez !

C'était le proviseur, accompagné de Regard d'Acier. Derrière eux, se tenait un être à l'air hagard.

David Cheng !

Sébastien jeta un coup d'œil à Arthur, mais celui-ci, le regard rivé sur David, contemplait le revenant avec une expression horrifiée. C'était bien lui. Pourtant ce n'était plus le même. Que lui avait-on fait subir ? Il se tenait là, amorphe, les bras le long du corps. Avant, David était un garçon vif et espiègle, toujours prêt à raconter une blague.

— Bonjour, mademoiselle Rose, lança le proviseur. J'espère que nous ne vous dérangeons pas. Notre ami le commissaire nous ramène une de nos brebis égarées. Les enfants, voici David Cheng, de retour parmi nous. Il a reconnu ses erreurs et compris la nocivité du chocolat.

Tous ses camarades avaient les yeux braqués sur lui, et il ne semblait pas les reconnaître. En apparence, c'était bien David, mais un David vidé de sa substance.

Mlle Rose s'approcha pour l'accueillir :

— Bonjour, David. Comment vas-tu ?

— Bonjour, fit-il d'une voix éteinte.

— Je suis Mlle Rose.

— Oui, mademoiselle.

— Tu te souviens où était ta place ?

— Ma place ? Non.

— Là-bas, dit le professeur en la lui désignant.

Il alla s'y asseoir. Sébastien et Arthur se retournèrent vers lui :

— Salut, David !

— On se connaît ? demanda-t-il, étonné.

— C'est nous ! Sébastien et Arthur. Tu nous remets ?

— Non, désolé. Je ne me souviens pas. Excusez-moi, je dois me mettre au travail. Le travail est bon pour moi, je le sais. Comme les Bons Goûters Diététiques. Ils sont excellents. Tout le reste est mauvais.

Sébastien sentit les larmes lui monter aux yeux. David avait subi un lavage de cerveau. On avait brisé son âme et volé son esprit. À l'exception, probablement, de François Crampon et de Martine Percale, tous les élèves pensaient la même chose : « Pauvre David ! Il n'a commis aucun crime. Il aimait simplement un peu trop le chocolat. Le châtiment aurait aussi bien pu tomber sur moi... »

Le commissaire semblait lire dans leurs pensées.

— Observez votre camarade, conseilla-t-il. Voyez ce qui arrive à ceux qui bafouent les règles du Parti. Sachez vous en souvenir, les enfants, au cas où vous seriez tentés de sortir du droit chemin !

Le proviseur s'apprêtait à partir. Le commissaire hésita. Il venait d'apercevoir un papier tombé par terre. Il le ramassa.

C'était le gribouillis de Sébastien. Heureusement, rien ne permettait d'identifier son propriétaire. Pour une fois, il n'avait ni marqué ses initiales, ni inscrit *Propriété de Sébastien. Celui qui y touche est mort !*, comme il en avait l'habitude.

Le commissaire retourna la feuille. Le dessin parut le narguer, avec sa devise *Au chocolat pour toujours.*

— Qui a fait ça ?

Il y eut un long silence. On n'entendait plus que le cliquetis de l'horloge.

— Je répète. Qui a fait ça ?

Les secondes passaient. Pas de réponse.

Tic-tac, tic-tac…

Tous les élèves connaissaient le coupable. Ses gribouillis avaient un style caractéristique. Arthur le savait. Mlle Rose aussi. Émilie, Mélanie, tout le monde…

C'était la conspiration du silence.

Sauf…

Martine Percale leva soudain le doigt :

— Monsieur, je sais qui c'est…

Le regard gris d'acier se tourna vers elle.

— C'est…

Avant que Martine n'ait eu le temps d'achever sa phrase, un événement aussi merveilleux que terrible sauva Sébastien. Une voix atone et creuse, telle celle d'un robot, se fit entendre :

— C'est moi, monsieur...

David Cheng s'était dressé :

— Ça ne peut être que moi. Et j'accepte la punition. Je ferai ce que vous voudrez du moment que... du moment que... je n'aie pas... à retourner là-bas.

Le commissaire hésita, embarrassé.

— Non, je ne crois pas que ce soit toi, lâcha-t-il enfin. Pas cette fois-ci.

Il déchira la feuille en menus morceaux, qu'il jeta dans la corbeille à papier.

— Que celui ou celle qui a dessiné ceci réfléchisse aux conséquences de sa mauvaise conduite !... Bonne journée, les enfants. Et bonnes pommes croquantes !

Sur ces mots, le commissaire sortit, suivi du proviseur. Un frisson de peur planait sur la classe.

Arthur lança à Sébastien un coup d'œil qui signifiait clairement : « Tu es tombé sur la tête ou quoi ? »

Mais Sébastien l'ignora. Il commençait un nouveau gribouillage.

19

Piégés !

Derrière son comptoir, Mme Robin faisait les mots croisés du *Quotidien Qui Vous Veut du Bien*. Elle était irritée. La grille pour débutants était trop facile, et celle réservée aux experts, bien trop ardue.

Rriiiing !

Elle leva la tête. Un livreur entrait dans sa boutique à reculons. Il avait sans doute ouvert la porte d'un coup d'épaule, car ses bras étaient chargés de cartons estampillés *Diététique pour Vous, Savoureux pour Vous* et *Le Meilleur pour Vous*.

« Publicité mensongère », songea la vieille dame. Plus les étiquettes vantaient la qualité des produits, plus ceux-ci étaient mauvais.

L'homme chercha du regard un endroit libre où déposer son chargement :

— Bonjour ! Livraison !

— Qu'est-ce que vous m'apportez, encore ? râla la commerçante.

— Des Bons Goûters Diététiques pour Vous, des Tablettes Alternatives pour Vous, des Savoureux Petits Pains pour Vous...

— Ces trucs à la sciure de bois ? J'en ai goûté une fois, il m'a fallu une semaine pour les digérer.

— Il y a aussi les nouveaux Biscuits Que Vous avez Toujours Désirés, ajouta l'homme, les bras toujours chargés.

— Et les anciens ? Ils étaient mauvais ?

— Beaucoup trop riches ! Où puis-je mettre tout ça ? Je commence à avoir mal au dos.

— Là-bas, au fond, soupira la vieille dame.

L'homme déposa ses cartons et entreprit de se masser les reins.

— Je reçois trop de livraisons, maugréa Mme Robin. Je ne peux pas pousser les murs !

— Ce sont les quotas du gouvernement, répliqua le livreur en sortant son carnet à souche. Signez ici, s'il vous plaît.

— Attendez. J'ai des produits périmés en stock. Je voudrais que vous les repreniez.

— Pas de problème, madame. Je vous rédige un bon de crédit.

— Je reviens, lança la commerçante en se dirigeant vers l'arrière-boutique.

Mais, avant qu'elle eût atteint sa remise, le livreur fronça le nez :

— Il y a une drôle d'odeur, chez vous, un mélange de toast brûlé et d'encens...

— Et alors ? répliqua la vieille dame. C'est un crime d'aimer son pain bien cuit et d'apprécier les bonnes odeurs ?

— Non, non...

— Attendez-moi. Je reviens tout de suite.

Dès qu'elle eut tourné les talons, l'homme se redressa. Sa douleur au dos mystérieusement guérie, il bondit de l'autre côté du comptoir. Il sortit de sa poche un minuscule microphone, pas plus grand qu'une pièce de dix centimes. Puis il prit un petit morceau de papier adhésif dans le dévidoir et colla le mouchard sous une étagère. Sa mission accomplie, il sauta de nouveau par-dessus le comptoir.

Quand Mme Robin revint, il se massait toujours les reins.

— Voilà, dit-elle. J'ai tout un stock de Délicieuses et Croustillantes Céréales Bonnes pour Vous, dont personne n'a voulu. Même gratuitement ! Je ne pense pas que « délicieuses » et « croustillantes » soient des adjectifs appropriés. « Céréales qui Pèsent une Tonne sur l'Estomac » leur conviendrait mieux.

L'homme fronça les sourcils et claironna :

— Je suis livreur, pas fabricant. Et on ne parle pas ainsi des excellents produits proposés par le Parti !

À son poste de contrôle, dans un fourgon de surveillance, un Patrouilleur tendit les écouteurs au commissaire. Celui-ci posa le casque sur ses oreilles. Un mince sourire lui étira les lèvres.

Le fourgon était stationné à une rue de distance de la boutique. Il avait tout d'une banale camionnette, couverte d'éraflures et tachée de rouille. Dans la poussière et la saleté qui recouvraient la porte arrière, une main facétieuse avait tracé : *Également disponible en blanc.*

— Restez à l'écoute ! ordonna le commissaire. Enregistrez toutes les conversations. Et prévenez-moi dès que vous découvrirez le mot de passe.

Le Patrouilleur acquiesça, et l'officier se leva pour observer la rue à travers un judas installé sur la porte arrière. S'étant assuré que la voie était libre, il se glissa à l'extérieur et regagna sa voiture, garée au coin de la rue.

Il était sûr de les coincer, ce n'était plus qu'une question de temps. Toutefois, la journée s'écoula sans qu'il se passe rien de notable.

L'événement eut lieu en fin d'après-midi, à la sortie des classes. Le Patrouilleur perçut le bruit de la porte de la boutique qui s'ouvrait, accompagné de la sonnerie de la cloche, puis la voix de la commerçante qui accueillait un enfant : « Bonsoir, mon chou. Que veux-tu ? La BD du Parti ou un Bon Goûter Diététique ? »

Le gamin répliqua : « Auriez-vous plutôt un petit fortifiant, madame Robin, si vous voyez ce que je veux dire ? »

Dans le fourgon de surveillance, la bande enregistreuse défilait.

Le dialogue continua. « Quel genre de fortifiant, mon chou ? » « Euh… quelque chose qui remonte le moral », répondit l'enfant. Il y eut un temps de silence. Puis la commerçante énonça : « Hum… je vais voir ce que j'ai. »

Le milicien écoutait de toutes ses oreilles, essayant d'imaginer les gestes de la marchande. Était-elle en train de plonger la main sous le comptoir ? Et ce léger choc métallique ? Le bruit d'un plateau posé sur le bois ?

Enfin, il entendit : « Voilà ! Lequel préfères-tu ? Brillant dessus ou brillant dessous ? »

Le Patrouilleur se laissa aller dans sa chaise. C'était clair. La vieille parlait de papier d'alu. Et le papier d'alu, ça emballe généralement du chocolat. Le commissaire serait satisfait. Très satisfait.

L'homme, imaginant déjà sa promotion prochaine, avala une gorgée de café et ouvrit l'emballage d'un Bon Goûter Diététique.

Le commissaire était assis à son bureau. Pour une fois, il posait sur François Crampon un regard qu'on aurait pu qualifier de bienveillant :

— J'ai une mission pour vous, Jeune Pionnier.

— Une mission ? Je... Très bien, commissaire. Que dois-je faire ?

— Quelques achats, Jeune Pionnier. Dans la boutique de cette fameuse Mme Robin.

François déglutit nerveusement :

— Euh... oui. Le problème, voyez-vous, c'est que j'ai... Enfin, nous avons déjà essayé, Martine et moi. Je veux dire, la camarade Martine Percale. Elle y est allée, et la vieille dame lui a vendu... une banane. On n'avait pas le bon mot de passe.

Un éclat brilla dans les yeux du commissaire :

— Nous l'avons, à présent.

— Oh ? s'exclama François. Comment l'avez-vous trouvé ?

— Grâce à un petit mouchard. Vous allez mémoriser les phrases exactes. Quand vous irez là-bas, on vous mettra sur écoute. Nous, on sera tout près. Dès que le chocolat sera sur le comptoir, nous interviendrons. Et cette femme sera prise la main dans le sac.

François déglutit de nouveau :

— Hum... Bien. Mais, d'abord, je serai seul dans la boutique, n'est-ce pas ? Si elle devine que je suis un... euh... un informateur, elle pourrait...

— N'ayez crainte, elle n'aura pas le temps de vous découper en morceaux, ironisa le commissaire. Nous serons là avant.

François grimaça un sourire pour montrer qu'il appréciait la plaisanterie :

— Quand dois-je y aller ?

— Dans un jour ou deux. Pour l'instant, mes hommes sont trop occupés.

Malgré la descente de police de la semaine précédente, la chocolaterie avait rouvert ses portes.

L'accès était désormais réservé à des membres triés sur le volet. Arthur et Sébastien avaient conseillé aux clients de contourner la boutique de Mme Robin et d'arriver par la cour, seul ou par deux. Ensuite, ils frappaient à la porte de la cabane et chuchotaient le mot de passe — qui changeait régulièrement — avant d'être enfin admis à l'intérieur.

Arthur lui-même, qui avait longtemps eu l'impression angoissante qu'une main implacable allait s'abattre sur lui, avait repris confiance. La gestion du club représentait un gros travail. Quand les derniers invités rentraient chez eux le samedi soir, les trois organisateurs devaient ranger et nettoyer. Le lendemain, ils se levaient à l'heure où sonnaient les cloches de l'église, pour aller préparer de nouvelles fournées de chocolat. Dur métier que celui de bootlegger !

Un dimanche matin, Arthur s'éveilla en bâillant. Une fois habillé, il ingurgita un bol de Croustillantes Céréales

Alternatives. La notice assurait qu'elles regorgeaient d'éléments nutritifs. Pourtant, Arthur aurait parié que l'emballage avait meilleur goût que le contenu !

Sa mère entra dans la cuisine en robe de chambre, un livre de recettes à la main :

— Déjà debout ?

— Je vais faire un tour à vélo avec Sébastien.

Il détestait mentir et il était souvent sur le point de lâcher la vérité. Mais, si sa mère détestait autant que lui le Parti Qui Vous Veut du Bien et ses lois injustes, elle n'aurait pas apprécié pour autant que son fils devienne bootlegger. Mieux valait donc la laisser dans l'ignorance. Après tout, il irait effectivement à vélo jusqu'à la boutique de Mme Robin. Et il avait de grandes chances de rencontrer Sébastien en chemin. Il n'était donc pas si loin de la vérité.

— Bon, mais ne rentre pas tard. Tu te rappelles qu'Arnold vient déjeuner avec nous.

Arnold ! Arthur s'en souvint brusquement. Arnold était un cousin éloigné, qui habitait auparavant à plusieurs centaines de kilomètres de chez eux et avait récemment déménagé. Voilà pourquoi sa mère tenait un livre de cuisine !

— Il est comment, cet Arnold, maman ?

— Tu sais, je ne l'ai pas vu depuis quinze ans. À l'époque, il jouait encore aux petites voitures. On verra bien quand il arrivera. Il m'a simplement prévenue qu'il passerait pour déjeuner. Sois de retour à midi, d'accord ?

— D'accord, maman. À plus tard.

Arthur sortit son vélo de la remise et pédala vers la boutique de Mme Robin.

— Où tu vas, Sébastien ?

Cathie jouait à la marelle sur le trottoir devant sa maison, quand elle vit son frère descendre l'allée sur son VTT. L'engin avait perdu l'éclat du neuf et le beau cadre jaune était à présent constellé de boue.

— Quelque part, maugréa-t-il en enfilant son casque et ses lunettes de soleil.

— Où donc ? insista Cathie.

— Quelque part, je te dis !

Pourquoi les petites sœurs étaient-elles toujours aussi curieuses ?

— Et tu fais quoi, quelque part ?

— Rien.

— Pourquoi tu y vas, alors ?

— Pour changer de décor !

— Et après tu reviens ?...

— C'est ça.

— Je peux venir avec toi ?

— Non. T'es trop petite.

Et il s'éloigna en pédalant.

Cathie le regarda partir. C'était drôle. Chaque fois que Sébastien allait quelque part, il lui rapportait du chocolat. Cet endroit était donc beaucoup plus intéressant qu'il le prétendait.

Passé la bousculade des clients venus acheter le journal *Bon Dimanche Pour Vous,* avec son supplément en couleur, Mme Robin avait retrouvé Sébastien et Arthur dans son arrière-boutique. Le mélange chocolaté fondait doucement dans la casserole.

Mme Robin porta la main à sa bouche pour réprimer un bâillement :

— Je suis morte de fatigue. J'ai passé la moitié de la nuit à faire la fête.

— C'est vrai, se souvint Arthur. Quand je suis parti hier soir, vous étiez encore en train de danser !

L'air un brin embarrassé, la vieille dame fit mine de touiller le mélange avec application. Quand il fut à point, ils le versèrent dans les plateaux pour le laisser prendre. Arthur venait de se mettre à la vaisselle, quand il constata que l'horloge indiquait midi moins cinq.

— Est-ce que vous pouvez finir sans moi ? leur demanda-t-il. Il faut que je rentre chez moi, on a un cousin qui vient déjeuner.

— Bien sûr, mon chéri, acquiesça la vieille dame.

— Allez, tire-toi, mon pote ! lança Sébastien. On se voit demain au collège.

— À demain !

Arthur enfila son casque et sortit par la porte de derrière.

Quelques instants plus tard, la clochette signala l'arrivée d'un client.

Mme Robin regagna sa boutique. Un garçon l'attendait devant le comptoir. Il regardait fixement les bâtonnets d'encens qui se consumaient.

— Ah, l'encens ! expliqua la vieille dame. C'est excellent contre le stress. Que désires-tu, mon enfant ?

Le jeune client n'avait pas l'air dans son assiette. Des gouttes de sueur perlaient sur son front et il était très pâle.

— Ça va ? s'inquiéta la commerçante.

— Ça va, merci. Je me demandais juste si... si je pouvais acheter...

Quelle était la formule, déjà ? Il avait la tête vide.

— Oui ?

Ah ! Ça lui revenait !

— Auriez-vous un petit fortifiant ?

« OK », se dit Mme Robin.

Ce garçon ne ressemblait guère aux copains d'Arthur et Sébastien. Il avait l'air sournois. Mais on ne juge pas les gens sur la mine. S'il connaissait le reste du mot de passe...

— Quel genre de fortifiant, mon chéri ?

— Quelque chose pour... quelque chose que... qui me remonte le moral, c'est ça !

Bon. Ça paraissait correct.

Mme Robin glissa la main sous le comptoir et en sortit un petit plateau couvert de chocolats.

— Que préfères-tu ? Brillant dessus ou brillant dessous ?

Le garçon resta immobile, semblant fixer quelque chose, droit devant lui. Mme Robin se retourna. Qu'est-ce qu'il regardait comme ça ? Il n'y avait rien, derrière elle. Rien qu'une rangée d'étagères et...

Et ce truc-là ? Collé sous la planche ? Ce n'était quand même pas... Si ! Même une vieille dame, peu familiarisée avec la technologie, était capable de reconnaître un micro.

Piégée ! Elle était piégée !

À cet instant, Sébastien passa la tête par la porte :

— J'ai fini, madame Robin. Je m'en vais...

Les mots suivants restèrent coincés dans sa gorge, quand il reconnut le garçon derrière le comptoir :

— Madame Robin ! C'est un Pionnier...

La vieille dame comprit alors que tout était perdu.

— On a été piégés ! Fiche le camp, Sébastien !

Elle foudroya François Crampon du regard :

— Toi..., je devrais te...

— Venez, madame Robin ! Vite ! la supplia Sébastien.

— Pars sans moi ! ordonna-t-elle. Je vais les retenir.

Sébastien hésita une fraction de seconde.

— T'es un fumier, François ! éructa-t-il. T'es une ordure...

On entendit des bruits de bottes, des cris, le fracas d'une porte fracturée et d'une vitrine brisée... Les Patrouilleurs faisaient déjà irruption. Ils envahirent bientôt l'arrière-boutique.

Sébastien fonça ventre à terre en zigzaguant pour éviter ses poursuivants. Il fut vite rattrapé. Le garçon se débattait en lançant des coups de pieds, quand une douleur atroce lui transperça la jambe, causée par la décharge électrique d'un pistolet paralysant.

La lutte cessa aussi soudainement qu'elle avait commencé. Sur le seuil de la boutique, le commissaire contemplait la scène, une lueur de plaisir dans ses yeux d'acier.

— On les tient, annonça le chef de la brigade. Leur stock est là. Ainsi qu'une nouvelle fournée dans la réserve. On est arrivés au bon moment.

— En effet. Grâce à l'aide de notre jeune et héroïque Pionnier. Où est-il d'ailleurs ?

Ils fouillèrent le magasin du regard. François Crampon avait disparu. Tout à coup, deux pieds, puis deux jambes et enfin une paire de fesses apparurent, surgissant de dessous le comptoir.

— Je suis là. Je... je vérifiais si... s'il n'y avait pas d'autres chocolats cachés.

— Voilà qui est bien pensé, Jeune Pionnier, ironisa le commissaire.

Il se tourna vers sa patrouille :

— Emmenez-les pour l'interrogatoire ! Et prévenez la Brigade de Destruction. Qu'ils viennent immédiatement broyer tout ce chocolat. Qu'il n'en subsiste plus une miette !

S'adressant au chef de patrouille, il ajouta :

— Venez avec moi, sergent. Nous allons inspecter ce fameux « club d'études post-scolaires ».

Il traversèrent le jardin, pénétrèrent dans l'ancien abri antiaérien.

Les lieux gardaient encore les traces des réjouissances de la nuit précédente : des verres sales traînaient sur le bar, près de plateaux emplis de miettes de gâteaux. La soirée s'était terminée plus tard que d'habitude, si bien que, cette fois, la vaisselle avait été laissée en plan.

— Bien, bien, bien ! chantonna le commissaire. Le club des potasseurs du samedi ! On dirait qu'il y a du relâchement dans les règles académiques, n'est-ce pas, sergent ? Je n'ai pas l'impression qu'on ait beaucoup étudié, ces derniers temps.

Il fouilla rapidement la chocolaterie, examinant tous les placards et toutes les portes. La trappe cachée donnant sur le tunnel était restée malencontreusement entrouverte.

— Voici donc comment nos petits amis ont pris la fuite l'autre nuit...

Il poussa la porte blindée. Dans le garde-manger, un réfrigérateur ronronnait doucement. C'était une antiquité que Sébastien et Arthur avaient récupérée dans une décharge et réussi à remettre en marche. Le commissaire en sortit des gâteaux et des tablettes de chocolat, ainsi que des glaces rangées dans le congélateur.

— Bien, bien, bien, reprit-il.

— Qu'est-ce qu'on fait de ça, commissaire ? demanda le sergent.

L'homme eut un rictus carnassier :

— Détruisez tout !

20

Le cousin Arnold

Arthur arriva chez lui à midi pile. Laissant sa bicyclette dans l'allée, il passa par derrière et poussa la porte de la cuisine. Une délicieuse odeur emplit ses narines.

— Salut, maman, cria-t-il. Je suis là.

Alors, il s'immobilisa, pétrifié : un milicien de la Patrouille Anti-Chocolat se tenait au milieu de la pièce !

Un flot de pensées traversa son esprit : la maison avait-elle été fouillée ? Avait-on trouvé un autre pot de miel ? Découvert du chocolat ?

Le visage poupin du Patrouilleur se fendit d'un large sourire. Le jeune homme tendit la main :

— Tu dois être Arthur ? Je suis ton cousin Arnold. Ravi de te rencontrer.

Il fallut quelques secondes au garçon pour se remettre du choc. Arnold était un ennemi !

La mère d'Arthur entra, apportant les serviettes de table :

— Ah, vous avez fait connaissance, à ce que je vois ! Le déjeuner va être prêt. Dès que tu te seras lavé les mains, Arthur, on pourra se mettre à table.

Arthur se dirigea vers l'évier avec empressement : la poignée de main d'Arnold était chaude et moite comme une éponge humide.

Ils passèrent à table et, à partir de cet instant, le cousin ne leur laissa plus placer un mot. Il parla sans arrêt du Parti Qui Vous Veut du Bien, de sa vie et de son emploi du temps dans la Patrouille.

Arnold possédait une aptitude remarquable : il pouvait bavarder et manger en même temps presque sans respirer.

— Es-tu dans les Jeunes Pionniers, Arthur ? demanda-t-il.

— Hum, non, pas encore, avança prudemment le garçon.

— Ils ont besoin de jeunes motivés. Je suppose que tu l'es ?

— Oh, il n'y a pas plus motivé que moi. Hein, maman ?

Sa mère lui lança un regard lui intimant l'ordre de se taire avant de dire une bêtise.

Arnold se resservit une large part de petits pois.

— Nous sommes très heureux de te revoir, Arnold, commença Caroline. Mais qu'est-ce qui t'amène dans le coin ?

Les petits yeux porcins d'Arnold s'étrécirent. Prenant cet air suffisant qu'affichent souvent les porteurs d'uniforme, il regarda autour de lui, comme pour s'assurer qu'aucune oreille indiscrète ne s'était glissée dans la pièce, puis il murmura sur le ton de la confidence :

— Pour dire la vérité, nous sommes là en renfort.

— Oh ?

— Oui. Contre les bootleggers et les trafiquants. Un grand coup de filet se prépare.

Arthur se figea. Dans sa bouche, soudain, plus rien n'avait de goût.

— Des bootleggers par ici ? s'étonna sa mère, sans se douter à quel point les déclarations d'Arnold la concernaient.

— Tu serais surprise, Caroline, de voir de quoi les gens sont capables. Et des personnes auxquelles on donnerait le bon dieu sans confession ! Je peux te révéler que plusieurs rafles étaient prévues ce matin même. Dans des lieux soupçonnés de servir de repaires aux contrebandiers et aux amateurs de chocolat.

— Vraiment ? s'exclama Caroline.

— Au moment où je te parle, de nombreux suspects doivent déjà être derrière les barreaux.

Arthur lança avec une feinte indifférence :

— Alors, tu as arrêté des bootleggers, ce matin ?

— Pas personnellement, Arthur. Je prends mon service plus tard. Mais, avec un peu de chance, je participerai à une autre opération demain. Eh oui, il y a eu des rafles ce matin ! Ces trafiquants deviennent trop sûrs d'eux, vois-tu. Ils se croient au-dessus des lois. Et c'est là que nous frappons. Pourrais-tu me passer un peu de cette délicieuse sauce, s'il te plaît, Caroline ?

Arthur était sous le choc.

— Ça va, Arthur ? Tu es tout pâle ?

Glacé, tremblant, il eut de la peine à déglutir :

— J'ai juste… euh… Je peux quitter la table un instant, maman ? Excuse-moi, Arnold.

— T'es pas trop en forme, hein ? fit le Patrouilleur. Un petit problème à l'estomac ? Allez, prends ton temps. Ta maman et moi, on a beaucoup de choses à se raconter. N'est-ce pas, Caroline ?

Arthur quitta la cuisine et fit mine de se diriger vers la salle de bain. Mais, au lieu de monter l'escalier, il continua tout droit, ouvrit la porte d'entrée et la referma doucement derrière lui. Puis il fit le tour de la maison, en se baissant pour ne pas être vu des fenêtres de la cuisine. Au loin, il entendait la voix d'Arnold qui pérorait :

— On a la belle vie dans la Milice. On voyage, on voit du monde, on est bien nourri, on fait de l'exercice. C'est excellent pour la santé. Et, à la fin, on bénéficie d'une bonne retraite. Tu pourrais rejoindre notre Section Médicale. Ils te donneraient un bel uniforme et un nouveau stéthoscope. Je peux te pistonner, si tu veux…

Arthur avait déjà enfourché son vélo. Il pédalait vers la boutique de Mme Robin aussi vite que ses jambes le permettaient.

— Un, deux, trois...

Cathie sautait entre les cases de la marelle qu'elle avait dessinée à grands traits de craie sur le trottoir.

Elle songeait à Sébastien et se demandait dans combien de temps il reviendrait. Quand elle aurait dix ans, elle le suivrait. Et elle saurait ainsi ce qu'il fabriquait durant ses absences. Elle se remit à la case *Terre* et commença un nouveau parcours. Son frère n'allait pas tarder à rentrer. Il lui rapporterait sûrement un cadeau avec du brillant dessous ou dessus. Lequel ? Ça lui était égal. Elle aimait les deux.

Elle leva la tête à l'approche d'un véhicule. En effet, contrairement aux jours de semaine, il y avait peu de circulation le dimanche. C'était un fourgon de la Milice. « Oh, oh, un camion plein de Patrouilleurs », se dit-elle.

Cathie décida de leur tirer la langue en faisant un pied de nez. Sébastien lui avait montré. Il savait tant de choses !

Le fourgon arrivait à sa hauteur. La petite fille s'apprêtait à mettre son pouce sur son nez et à sortir sa langue quand ce qu'elle vit à l'intérieur du véhicule la stoppa net.

« Sébastien... »

— Maman, papa ! Ils ont pris Sébastien ! hurla-t-elle.

Elle courait de toutes ses forces vers sa maison, secouée de sanglots.

Arthur sentit une brusque nausée monter en lui. Un seul coup d'œil lui avait suffi pour comprendre. Des bandes rayées de blanc et de rouge, marquées *Police*, barraient les vitres brisées de la boutique. Et sur la porte une pancarte annonçait *Entrée interdite aux personnes non autorisées*. Arthur n'avait nul besoin de se renseigner : il n'était pas une personne autorisée.

Il regarda à travers la vitrine. Un fatras de marchandises jonchait le sol.

Arthur poussa sa bicyclette jusqu'au coin de la ruelle et la cacha dans un buisson. Il escalada la clôture du jardin de Mme Robin. Là aussi, des bandes rouges et blanches bloquaient l'entrée du vieil abri antiaérien, assorties d'un panneau *Entrée interdite*.

Pas un chat en vue. Arthur enjamba le cordon, entra dans la cabane et descendit les marches de la chocolaterie. La porte pendait sur ses gonds.

Il avança avec prudence. Une seule lampe fonctionnait encore, les autres avaient été brisées. Les fils électriques arrachés se balançaient au plafond. Quelques étincelles coururent le long d'un câble et s'éteignirent.

Ils avaient tout détruit. Leur travail, leurs efforts, et ces merveilleuses soirées où leurs copains profitaient d'un peu de bonheur et de liberté, tout était anéanti. Son meilleur ami et Mme Robin avaient été arrêtés. À cette heure, ils devaient se morfondre en prison, à la merci d'hommes aux yeux froids et gris.

Les panneaux et les décorations avaient été arrachés des murs, les tables, renversées. Le bar était fendu, la porte du réfrigérateur, cassée. Une coulée de glace fondue dégoulinait sur le sol.

Soudain, il perçut un mouvement. Un bruit. Quelqu'un se cachait dans un coin sombre. Arthur pivota sur ses talons, prêt à se battre ou à détaler.

Une silhouette sortit de l'ombre.

— C'est moi, déclara une voix familière.

C'était Charles Maufret.

— Je me suis dit qu'il resterait peut-être du chocolat, un morceau ou deux.

— Et alors ?

— Rien, répondit l'homme avec tristesse. Ils ont tout écrabouillé. Ce qu'ils n'ont pas piétiné, ils l'ont arrosé de produit pour nettoyer les toilettes ! C'est immangeable à présent.

Pour Arthur, à vrai dire, il y avait plus important :

— Vous avez vu ce qui s'est passé ?

— J'étais sous mon porche, raconta Charles, lorsqu'un gars est arrivé. On aurait dit un Jeune Pionnier, mais sans uniforme. Il est entré dans la boutique. Quelques instants plus tard, la porte du vieux camion déglingué s'est ouverte — c'était un fourgon garé là depuis plusieurs jours, que je croyais abandonné. Des miliciens en ont jailli pour s'engouffrer dans la boutique. Ils ont embarqué Mme Robin et Sébastien. Puis ils ont commencé leur massacre. On aurait dit un rouleau compresseur devenu fou. Quand ils ont évacué les lieux, je me suis dit que je ne risquais pas grand-chose à jeter un œil. Mais, comme tu vois, il ne reste rien.

— Quelle heure était-il ? demanda Arthur. Midi ?

— Un peu plus tard. Je venais d'entendre la cloche sonner. Enfin, je crois.

— J'ai dû partir juste avant, lui confia Arthur. Sinon, j'aurais été là moi aussi…

Une terrible pensée lui traversa alors l'esprit : les miliciens avaient débarqué juste après son départ…

— Ils vont s'imaginer que c'est moi ! suffoqua-t-il. Sébastien et Mme Robin vont croire que je les ai trahis ! Oh, non !

Le sans-abri marmonna quelques paroles de réconfort. L'esprit d'Arthur était déjà ailleurs. D'autres personnes étaient en danger. « Un grand coup de filet se prépare, lui avait appris Arnold. Des descentes sur des lieux soupçonnés de servir de repaires aux contrebandiers et aux amateurs de chocolat. »

— M. Bothorel !

L'avaient-ils repéré ? Certes, il ne cachait pas de chocolaterie dans sa boutique. Mais il détenait un objet tout aussi condamnable : *L'Art du chocolat* par Daniel Riche. Où ils avaient trouvé leur recette.

Un objet presque plus précieux que le chocolat lui-même.

Et si M. Bothorel était menacé pour ses opinions politiques ? Lui et ses amis s'opposaient au gouvernement. Les Patrouilleurs les avaient peut-être placés sous surveillance ? Quoi qu'il en soit, il saurait comment aider Sébastien et Mme Robin. On pouvait compter sur lui.

— M. Bothorel, répéta tout haut Arthur. Je dois le prévenir.

— Qui ?

— Le libraire ! Les Patrouilleurs sont peut-être déjà chez lui.

Juste à ce moment, il y eut un petit bruit, un léger *miaou*. Le chat de Mme Robin se frottait contre les jambes d'Arthur.

— C'est bon, affirma Charles. Je vais m'occuper de lui.

Arthur le remercia d'un hochement de tête et fila.

Il fallut dix bonnes minutes à Roger et Thérèse Moreau pour calmer Cathie et lui tirer quelques mots cohérents.

— Que veux-tu dire par « ils l'ont pris » ? Qui a pris qui ?

— Les Patrouilleurs Anti-Chocolat. Dans le fourgon. Ils ont pris Sébastien. Et Mme Robin.

— Qu'est-ce que tu racontes ? dit Thérèse. Il est parti faire un tour à vélo. Il n'était pas chez Mme Robin, il…

Elle aperçut alors un objet brillant dans la main de Cathie, un petit bout de papier d'alu, qu'elle tournait et retournait sur son doigt.

— Qu'est-ce que c'est, Cathie ?

— C'est mon brillant dessous.

— Ton quoi ?

— Mon chocolat.

— Qui te l'a donné ?

— Sébastien. À chaque fois qu'il va quelque part, il me rapporte du chocolat.

Roger et Thérèse se regardèrent.

— Oh, non ! gémit Roger.

M. Bothorel raccrocha le téléphone et scruta la rue. Heureusement, il avait des amis un peu partout. Un homme averti en vaut deux, dit-on. Et, même si ça ne lui donnait qu'une petite longueur d'avance, c'était suffisant.

Ils n'étaient pas encore à sa porte, il disposait donc d'une minute ou deux. Il jeta quelques affaires dans un sac et enfila un bleu de travail par-dessus ses vêtements. Il était temps pour lui de changer d'identité et d'occupation.

Sur la poche de poitrine, un badge indiquait *Compagnie des Laveurs de Carreaux Réunis*. Le libraire remonta la fermeture éclair de sa salopette délavée et revint à la fenêtre. Un fourgon venait d'arriver, et des miliciens commençaient à en sortir. Le libraire reconnut le commissaire, ainsi que le garçon qui l'accompagnait. La dernière fois qu'il l'avait vu, celui-ci, il portait l'uniforme des Jeunes Pionniers et faisait mine de flâner dans sa boutique.

Le libraire ignorait qui avait pu les informer sur ses activités.

Était-ce ce Jeune Pionnier qui l'avait dénoncé ? À moins qu'un des participants à ses réunions ait rédigé un rapport sur ses activités. Ça n'avait plus d'importance.

M. Bothorel se précipita vers l'escalier de secours et sortit par la cour de derrière. Il courut jusqu'à sa camionnette et fixa une échelle sur la galerie. Il remplaça la pancarte *Librairie Bothorel. Éditions rares et anciennes* par une autre qui annonçait : *Compagnie des Laveurs de Carreaux Réunis.*

Il jeta un seau, une raclette et des chiffons dans la camionnette et accrocha un tissu au bout de l'échelle par souci d'authenticité. Ce sont parfois les menus détails qui font la différence.

Il prit une casquette dans sa poche, la plaça sur sa tête, l'enfonça jusqu'aux yeux et démarra.

Dans la rue, il vit le commissaire et les miliciens devant sa boutique. L'un d'eux insérait un pied-de-biche dans le cadre de la porte.

Le bois éclata. On aurait dit un coup de feu.

Au passage de la camionnette, le garçon se retourna, mais il ne reconnut pas le libraire, sous sa casquette. Il y eut un nouveau craquement, et les Patrouilleurs envahirent l'échoppe.

À ce moment-là, M. Bothorel tournait le coin de la rue. Ils l'avaient manqué. Il était libre.

Roger Moreau reposa le téléphone. Les nouvelles étaient aussi mauvaises qu'il l'avait craint.

— Est-ce que Sébastien sera là pour déjeuner, papa ? le questionna Cathie.

Roger était un homme fort. Il ravala ses larmes. Comment expliquer à sa fille que, non, Sébastien ne serait pas là pour le déjeuner ? Ni pour le dîner, ni pour le petit déjeuner du lendemain. Qui sait s'il reviendrait jamais ?

— Alors ? lui demanda sa femme. Qu'ont-ils dit ?

— Il est retenu au Quartier Général de la Milice. On l'accuse de contrebande. Cela signifie interrogatoire, rééducation, lavage de cerveau...

— On ne peut pas faire quelque chose ?

Roger explosa :

— Quoi, Thérèse, quoi ? Dis-le-moi, toi, ce qu'on peut faire et je le ferai !

— Roger...

Il se laissa tomber sur une chaise. Il était injuste avec son épouse, il en avait conscience. Mais c'était plus fort que lui. Il avait peur et ne voulait pas le montrer, car il voyait bien qu'elle n'en menait pas large non plus. Cathie le regardait avec espoir, persuadée que son papa allait réparer, arranger, recoller les morceaux.

— Je suis désolé, Thérèse. J'ai perdu mon sang-froid...

— Je comprends, Roger.

Il prit la petite dans ses bras et la tendit à sa mère.

— Occupe-toi d'elle. Je vais au Quartier Général de la Milice. Ils me laisseront le voir. Ils ne peuvent pas me le refuser. Je prends mon portable. Je t'appellerai dès que j'aurai du nouveau.

Thérèse acquiesça :

— Si tu arrives à voir Sébastien, dis-lui que nous... Que nous...

Elle attrapa sa boîte de mouchoirs.

— Je sais ce que je lui dirai, ma chérie.

Il saisit ses clés de voiture et se dirigea vers la porte. Sur le seuil, il se retourna :

— Quelqu'un a dû les dénoncer. Je ne dis pas que ce qu'ils faisaient était bien, mais quelqu'un les a mouchardés.

Une pensée lui vint à l'esprit :

— Cathie, quand tu as vu Sébastien dans le fourgon, y avait-il quelqu'un d'autre avec lui ?

— Les Patrouilleurs et Mme Robin.

— Et Arthur ? Tu l'as vu ?

— Non.

Roger échangea un regard avec Thérèse. Puis il ferma la porte. Il était parti.

21

La Compagnie des Laveurs de Carreaux Réunis

Le temps qu'Arthur pédale jusqu'au vieux marché, les Patrouilleurs étaient repartis.

La porte de la librairie était restée grande ouverte. Un courant d'air agitait les pages des livres répandus sur le sol. Il y en avait partout ! On les avait sortis des étagères, et ils gisaient là, démantelés, leur couverture arrachée.

L'un d'eux attira l'œil d'Arthur. Le titre était encore lisible en haut de page : *L'Art du chocolat* par Daniel Riche.

« Le meilleur aliment du monde... aujourd'hui malheureusement disparu. » Arthur sourit tristement en se rappelant la phrase de M. Bothorel. Ils étaient pleins d'espoir, alors...

Soudain, il entendit des pas. Quelqu'un venait d'entrer. Il se retourna. Arthur n'avait jamais vu cet homme, pourtant il avait quelque chose de familier. Un ouvrier. En salopette bleue. Il semblait un habitué des lieux. Il s'agenouilla et prit le livre en main.

— Ouf, le voici ! Endommagé, mais pas irréparable. Trop dangereux pour qu'on le garde, trop précieux pour être jeté. C'est à cause de lui que je suis revenu.

Arthur reconnut alors le libraire.

— Bizarre, qu'ils ne l'aient pas emporté…

M. Bothorel eut un petit rire :

— Parce que tu crois qu'ils savent lire ?

Agenouillés devant l'exemplaire, ils semblaient deux moines en contemplation.

— Monsieur Bothorel, ils ont arrêté Sébastien !

— Je sais. Ainsi que Mme Robin…

— Comment vous le savez ?

— Ce n'est pas l'endroit idéal pour les explications. Ils peuvent revenir à tout moment. Filons d'ici. Mets ton vélo à l'arrière de ma camionnette. Je t'emmène.

— Où ?

M. Bothorel pointa l'insigne des Laveurs de Carreaux Réunis sur la poche de sa combinaison :

— Au dépôt, mon garçon. Au dépôt. Quand ça tourne mal, c'est là que je vais me réfugier.

— Les Laveurs de Carreaux Réunis ? Je croyais que…

— Oui, oui. Je suis libraire. Enfin je l'étais, jusqu'à ce que tout ceci arrive. Il vaut mieux avoir deux cordes à son arc. Tu te souviens de mes « soirées littéraires » ? Eh bien, nous nous sommes organisés. Suis-moi.

Arthur obtempéra. S'il devait faire confiance à quelqu'un, c'était bien à M. Bothorel. Un individu qui met en péril sa liberté pour sauver la recette du chocolat n'est pas homme à vous laisser tomber.

Après avoir chargé la bicyclette, ils roulèrent deux ou trois kilomètres. Ils parvinrent à une impasse dont le fond était fermé par une vieille grille rouillée. Un panneau indiquait : *Compagnie des Laveurs de carreaux réunis. Dépôt central.*

M. Bothorel klaxonna deux fois. La porte s'ouvrit automatiquement et ils entrèrent. Aussitôt la grille se referma et se verrouilla derrière eux.

— Bienvenue chez les Laveurs de Carreaux, mon garçon. Voici le haut lieu de la révolution. Chaque homme et chaque femme que tu rencontreras ici est un authentique partisan du chocolat. Ce sont des rebelles qui ont juré de se battre jusqu'au bout. Je t'aurais volontiers invité à d'autres réunions, mais je craignais que tu ne sois trop jeune. J'avais tort...

M. Bothorel le conduisit vers un entrepôt à l'aspect des plus ordinaires.

— Mais pourquoi des laveurs de carreaux ?

— Réfléchis, Arthur. Qui a librement accès à toutes sortes d'édifices ? Qui peut passer au travers des contrôles de sécurité ? Qui peut dénicher des informations, surveiller, se procurer des documents confidentiels dans un bureau, transmettre un virus à un ordinateur et commettre des sabotages sans être le moins du monde soupçonné ? Celui qui rentre partout, l'homme à l'échelle et au seau. L'humble laveur de carreaux. Viens, je vais te présenter au reste de la bande.

À l'intérieur de l'entrepôt, une rangée d'écrans occupait toute la longueur du mur. Une douzaine de personnes y travaillaient, envoyant des mails, organisant des raids dans les systèmes informatiques du Parti pour en extraire des informations ou les infectant avec des virus destructeurs.

— Écoutez tous, annonça M. Bothorel. J'aimerais vous présenter un de mes amis, un de nos plus jeunes sympathisants. Jeune, mais néanmoins authentique bootlegger. Les amis, voici Arthur.

Tout le monde agita la main. Certains le regardèrent, un peu déconcertés. Un trafiquant ? À son âge ?

M. Bothorel s'adressa à un homme assis devant son clavier :

— Gilles, notre ami vient d'échapper de justesse à la Milice. Aurions-nous un peu de chocolat à lui offrir pour le réconforter ?

Le dénommé Gilles opina et s'éloigna. Il revint vite avec un morceau de chocolat de contrebande. Pas mauvais, mais pas aussi bon que celui qu'Arthur et Sébastien fabriquaient avec Mme Robin.

Arthur posa alors la question qui lui brûlait les lèvres depuis qu'il avait appris la nouvelle de la rafle :

— Mme Robin et Sébastien... Que vont-ils leur faire ?

Le libraire ne répondit pas tout de suite. Il inspira à fond, le regarda en face et lâcha :

— Je crains que ton ami Sébastien ne passe un sale quart d'heure. Mais il tiendra le coup.

Arthur déglutit. Le chocolat qu'il venait d'avaler lui tournait le cœur.

— Certains s'en sortent parfois. Sébastien en est capable, affirma M. Bothorel.

Au son de sa voix, on devinait que c'était plus un espoir qu'une certitude.

— Allez, ajouta-t-il pour détendre l'atmosphère, je vais t'expliquer ce que nous faisons. Toi et moi ne sommes pas les seuls à avoir un penchant pour le chocolat, ainsi qu'une solide haine envers le Parti Qui Vous Veut du Bien. Nous avons mis au point un plan de bataille. Des projets pour en finir avec cette dictature. Le moment venu, on aura peut-être besoin de toi.

— Tout ce que vous voudrez, répondit Arthur.

— Alors, voilà. Ici, nous avons...

— Monsieur Bothorel, l'interrompit le garçon. Quelqu'un nous a trahis. Quelqu'un a dénoncé Sébastien et

Mme Robin, n'est-ce pas ? Sûrement quelqu'un de proche, quelqu'un qu'on connaît...

L'ancien libraire hocha la tête :

— Ça m'en a tout l'air.

— Je dois découvrir qui les a trahis. Et, lorsque je le tiendrai, je...

M. Bothorel le regarda gravement :

— Tu feras quoi ?

Bonne question. Arthur n'y avait pas encore réfléchi. Que ferait-il s'il démasquait le traître ?

— Euh... Je ne sais pas...

— Écoute-moi, mon garçon. On dit que la vengeance est douce. C'est faux. Elle est comme l'acide. Elle ronge tout ce qu'elle touche. Elle brûle ton âme. Souviens-toi de ça.

— J'essaierai, monsieur Bothorel. J'essaierai...

Mais Arthur n'était pas sûr d'y réussir.

22

Deux interrogatoires

Le Quartier Général de la Police était installé dans un immeuble sinistre, parfait symbole de la puissance et de l'autorité du Parti Qui Vous Veut du Bien.

À l'approche du fourgon des Patrouilleurs, les lourdes portes s'ouvrirent. Elles se refermèrent automatiquement dès qu'il eut pénétré dans la cour. Le monstre avait avalé sa proie.

Sébastien et Mme Robin furent tirés du fourgon et escortés vers leurs cellules de détention.

La vieille dame prévint l'homme qui la conduisait dans le bâtiment des femmes :

— Je suis claustrophobe, vous savez !

— Il fallait y penser avant de vous lancer dans des activités illicites, répondit le milicien d'un ton rogue.

Comme elle pénétrait dans la cellule 14 J, elle s'étonna :

— Mais il y a déjà quelqu'un !

— Et alors ? On n'est pas au Ritz, ici.

— C'est sûr, marmonna-t-elle.

Le Patrouilleur claqua la porte. Mme Robin se livra à un rapide inventaire des lieux. La cellule contenait deux étroites couchettes superposées, et celle du dessous était occupée par une nonne qui récitait son chapelet.

Mme Robin se frotta les yeux. Était-ce le fruit d'une hallucination ? Quand elle regarda de nouveau, la religieuse était toujours là.

— Bonjour, salua Mme Robin.

La nonne esquissa un sourire d'excuse.

— Vœu de silence ? devina la vieille dame.

La nonne hocha la tête. La commerçante ne lui donnait pas plus de vingt ans.

— Infraction à la législation sur le chocolat ?

La prisonnière acquiesça, l'air désolé.

— Ce n'est pas grave, ma sœur, nous avons toutes nos petites faiblesses.

Dans un coin de la cellule, sous une étroite lucarne, il y avait une table et un tabouret. La vieille dame s'y assit et passa un moment à contempler les fines particules de poussière qui dansaient dans un rayon de soleil.

Mme Robin devait mettre au point une tactique pour résister à son futur interrogatoire et esquiver les questions.

Elle resta longtemps songeuse. Autour d'elle, tout était calme. On n'entendait que le cliquetis des grains du chapelet qui s'entrechoquaient entre les doigts de la jeune religieuse.

Enfin la solution lui vint. Elle était âgée, et les gens ont tendance à croire que les seniors n'ont plus toute leur tête... Si c'était ce qu'ils pensaient, ici, elle ne les décevrait pas. Elle jouerait la grand-mère gâteuse.

Sébastien fut conduit en salle d'interrogatoire, où on le laissa mariner sous la surveillance d'une caméra vidéo. Le but était qu'il s'inquiète, puis qu'il s'affole et commence à imaginer le pire.

Cependant, Sébastien connaissait le procédé. Il s'efforça de rester calme et de conserver un peu d'optimisme et d'espoir.

Au bout d'une heure, le commissaire entra, suivi d'un Patrouilleur. Il tenait en main un dossier vert au nom du détenu : *S. MOREAU.*

Le commissaire prit place à l'autre bout de la table, sur une des deux chaises vissées au sol. Il posa le classeur devant lui, l'ouvrit et en sortit un premier document.

— Voici donc M. Moreau, le fameux bootlegger ! commença-t-il, sarcastique. Prénom : Sébastien.

— Pour les amis seulement, rétorqua le garçon.

— Oui, oui. Vos amis, monsieur Moreau. Qui sont-ils précisément ? Nous sommes curieux d'en savoir plus à leur sujet.

Sébastien fit mine de réfléchir intensément :

— Ah, c'est bizarre ! J'ai oublié leurs noms. Je souffre de… Ah, voilà qui est encore plus bizarre ! J'ai oublié aussi de quoi je souffre. Ça doit être grave !

— Si vous avez oublié, nous allons vous laisser le temps de vous souvenir. Du temps, ici, nous n'en manquons pas. Vous pouvez rester autant que vous le désirez, monsieur Moreau. D'ailleurs, tant que vous n'aurez pas répondu à mes questions, vous n'irez nulle part. Reprenons, voulez-vous ? Quels sont les noms de vos complices ?

Quand Arthur rentra chez lui, la maison était vide et silencieuse. Il s'attendait à retrouver Arnold et sa mère en grande conversation. Ou plutôt son cousin en train de pérorer, expliquant en long et en large à quel point la vie était merveilleuse chez les Patrouilleurs.

Or, Arnold était parti. Et sa mère avait probablement quitté la maison pour…

— Arthur !

Non, elle était là. Enfoncée dans un fauteuil confortable, elle écoutait de la musique, un casque sur les oreilles. Elle avait souvent essayé d'intéresser son fils à l'opéra, sans succès.

— Où as-tu filé ? Ça ne va pas de disparaître comme ça ! Si ton cousin Arnold n'était pas bête comme une oie, il aurait pu soupçonner quelque chose…

— Désolé, maman. Je vais t'expliquer. Il fallait que je m'en aille. Au fait, que lui as-tu dit ?

— Que tu étais monté te reposer, car tu ne te sentais pas très bien. Mais, pour l'amour du ciel, où étais-tu ? Pourquoi es-tu resté absent si longtemps ?

Dans certains cas, il n'y a qu'une solution : dire la vérité.

— Maman, Sébastien a été arrêté.

Caroline Bertin se redressa brusquement et coupa la chaîne hi-fi avec sa télécommande.

— Quoi ? !

— Pour être interrogé. Lui et Mme Robin.

— Quand ? Et pourquoi ?

— Ce matin. Ils fabriquaient du chocolat. C'étaient des bootleggers, tous les deux.

— Des bootleggers ? ! En quoi ça te concerne, Arthur ?

— Quand je dis « tous les deux »... Je devrais dire « tous les trois »... J'en faisais partie.

— Oh, non ! Non !

— Désolé, maman. Ce n'était rien qu'un peu de chocolat. Nous ne faisions de mal à personne.

Caroline Bertin, habituellement calme et pondérée, était au comble de l'agitation et de la colère. Arthur n'avait jamais vu sa mère dans un tel état.

— Du mal à personne ! Du mal à personne ! On vient de les arrêter, Arthur. Qu'est-ce qu'il te faut ? Et d'ailleurs pourquoi n'as-tu pas été pris, toi aussi ?

— Je l'aurais sûrement été, si je n'avais pas dû rentrer à la maison pour déjeuner avec le cousin Arnold.

— Je le savais ! J'étais sûre que vous manigançiez quelque chose ! marmonna Caroline en arpentant la pièce. Je le savais depuis le début...

Arthur n'était pas fier de lui, et la réaction de sa mère le rendait encore plus misérable.

S'arrêtant de marcher, Mme Bertin lui jeta un regard noir.

Arthur s'assit et se cacha la tête entre les mains.

— Désolé, maman, répéta-t-il.

Sa colère retomba. Elle vint s'asseoir près de lui et posa le bras sur ses épaules :

— Ce n'est pas ta faute, Arthur. C'est à cause de cette loi injuste que l'on devrait abolir. C'est le Parti le coupable. Est-ce que je peux te laisser seul un petit moment ?

— Bien sûr. Mais où vas-tu ?

— Parler aux parents de Sébastien. Je n'en ai pas pour longtemps.

— Maman...

— Oui ?

— Dis-leur que je ne les ai pas trahis. Qu'ils le disent aussi à Sébastien, s'ils réussissent à le voir.

— Ce ne sera pas nécessaire, Arthur, répondit sa mère en souriant. Il le sait. Et toi, tu sais qu'il le sait.

— Des noms ! Je veux des noms ! hurlait le commissaire en postillonnant et en martelant la table de ses poings.

Il perdait tout contrôle et, bientôt, il ne se contenterait sans doute pas de frapper le bureau.

— Des noms, mon garçon ! Nous voulons des noms ! Vos clients ! Vos fournisseurs ! Vos complices ! Je veux leurs noms !

Sébastien aurait aimé trouver quelque chose à répondre pour obtenir au moins un instant de répit.

Le poing du policier s'abattit encore sur la table :

— Je te préviens. Si tu ne me donnes pas ces noms...

Avant qu'il ait achevé sa phrase, on toqua à la porte et un Patrouilleur entra.

— Quoi ? aboya le commissaire. Que voulez-vous ? Je suis occupé.

— Hum... chef, fit le milicien, embarrassé. Je voulais juste vous informer que la prévenue est à votre disposition. Elle vous attend dans la salle numéro deux, chef.

Le commissaire regarda Sébastien. Le garçon avait les yeux dans le vide, le visage inexpressif.

— Très bien. De toute manière, je ne tirerai rien de celui-ci pour l'instant.

— Je le reconduis en cellule, chef ?

— Allez-y !

Avec un sourire glacial, il ajouta :

— Prévoyez son transfert en camp de rééducation. On verra s'il apprécie.

Puis, se penchant vers Sébastien, il lui glissa :

— Cela t'aidera à soigner ton amnésie, mon garçon !

Le garçon ne montra aucun signe d'émotion. Il ne cilla même pas.

Le commissaire quitta la pièce. Sébastien se tourna vers le Patrouilleur :

— Le camp de rééducation ? Que se passe-t-il exactement là-bas ?

— Tu le découvriras bien assez tôt, fit l'homme. Allez, debout !

Si Sébastien avait prouvé sa capacité de résistance, Mme Robin, à sa manière très personnelle, se montra à la hauteur.

Quand le commissaire entra dans la salle numéro deux, la vieille dame, penchée sur la table, poussait du doigt une invisible particule de poussière.

— Elle vole dans tous les sens, commentait-elle avec gaieté. Oh ! la revoilà ! Mademoiselle Poussière repart pour une nouvelle ronde.

L'officier jeta un regard interrogatif à la milicienne en faction.

— Elle est comme ça depuis qu'on l'a mise en cellule, chef. On dirait une crise de démence.

— À moins que ce ne soit une simulatrice, rétorqua le commissaire, qui prit place de l'autre côté de la table.

En le voyant s'asseoir, Mme Robin lui adressa un sourire :

— C'est Mlle Poussière, expliqua-t-elle en montrant un point sur la table.

— Vraiment ? ironisa le commissaire. Bon, laissons cette demoiselle de côté un moment, et donnez-moi plutôt quelques noms. Qu'en dites-vous, ma chère ?

— Des noms ? répéta Mme Robin. Je connais beaucoup de noms ! Mlle Poussière aussi. Elle en connaît beaucoup.

— Bien. Et quels noms ? Ceux des gens qui vous fournissent les ingrédients ? Ceux de vos clients ? Peut-elle m'indiquer leur adresse ?

La vieille dame arborait toujours le même sourire béat. Du doigt, elle dessinait sur la table des motifs complexes.

— Je vais demander à Mlle Poussière, dit-elle.

— C'est ça. Demandez-lui.

L'inspecteur regarda la vieille dame poser une question muette à son « amie ». Puis écouter la réponse en tenant son doigt en l'air, avant de se l'enfoncer dans l'oreille. Elle offrait un spectacle incongru et pitoyable. « Probablement dû au choc de l'arrestation », songea-t-il. Ça déstabilisait parfois les personnes d'un certain âge.

— Et que vous dit Mlle Poussière ?

Mme Robin sortit le doigt de son oreille.

— Elle dit qu'elle connaît beaucoup de noms.

— Accepterait-elle de nous les dire ?

Le commissaire avait encore un espoir. Folle ou non, la vieille dame pouvait livrer des informations utiles, ne serait-ce que par erreur.

— Eh bien, elle me dit qu'il y a Sébastien...

— Oui..., l'encouragea-t-il. Cela, je le sais déjà. Qui d'autre ?

— Il y a aussi Robert, continua-t-elle avec une certaine solennité.

Le commissaire inscrivit rapidement le nom. Robert. Probablement un autre bootlegger. Mais il avait besoin d'en savoir plus.

— Et son nom de famille ? Le nom de famille de Robert ?

— Roublard, fit Mme Robin.

— Robert Roublard ?

— Non, Robert *le* Roublard.

— Robert le Roublard ?

— C'est ça. Et il y a aussi le Cafard... le Homard... le Pétard... le Têtard...

Le commissaire perdit patience :

— Sortez-la d'ici !

— Et le Bobo et le Dodo et Dongo-Pongo, le jardinier Néflier et...

— Ramenez-la dans sa cellule ! On n'en tirera rien. S'il lui restait un brin de cervelle, elle l'a définitivement perdu !

Le commissaire quitta la pièce. Il n'avait pas de temps à perdre avec cette vieille chouette.

— Venez, mémé, dit la milicienne. On retourne dans votre cellule.

La vieille dame se leva lentement :

— Et Mlle Poussière ? Elle peut venir avec moi ?

— Bien sûr, mémé !

Le long du couloir qui la ramenait à sa cellule, Mme Robin se tourna vers la créature invisible perchée sur son index dressé, et lui chuchota :

— Tu sais, ça ne fait rien s'ils te croient un peu cinglée.

À elles deux, Mme Robin et Mlle Poussière formaient une sacrée équipe !

Avant d'être emmené en camp de rééducation, Sébastien eut droit à une coupe de cheveux.

Assis sur sa chaise, il se souvenait du jour où tout avait commencé. Lorsque Arthur et lui avaient été interceptés par le fourgon détecteur, le commissaire l'avait menacé du dentiste de la police. Qu'avait-il dit exactement ? « C'est un excellent praticien. Sauf qu'il n'a jamais beaucoup d'anesthésique. »

Le coiffeur du Parti Qui Vous Veut du Bien, lui, était un excellent artisan, mais il n'exécutait qu'une seule coupe : la boule à zéro.

La tondeuse vrombissait sur la tête de Sébastien, dont les dents vibraient en cadence. Enfin, le bruit cessa.

— Et voilà !

À l'aide d'un miroir, le coiffeur fit admirer au garçon l'arrière de son crâne lisse. Perversité ou conscience professionnelle ? À vrai dire, ce qui attendait Sébastien au camp de rééducation l'inquiétait bien davantage que sa nouvelle coiffure. Ses cheveux repousseraient, de toute façon. Il se demanda seulement s'il aurait droit à un bonnet, car il avait froid.

Sébastien fut ensuite conduit aux douches, où on lui donna un petit morceau de savon. Il fut content de pouvoir se laver. Des bouts de cheveux coupés le démangeaient jusqu'au milieu du dos.

Quand il sortit de la cabine, il découvrit à la place de ses vêtements l'uniforme réglementaire des détenus : une chemise en jean, assortie à un chandail et à un pantalon bleu sombre, ainsi qu'une paire de galoches d'aspect particulièrement inconfortable.

Il s'habilla et attendit. Cette tenue imposée le mettait mal à l'aise ; elle lui ôtait une part de sa personnalité. Le contrôle de sa propre vie commençait à lui échapper...

Des bruits de pas résonnèrent dans le corridor : un Patrouilleur venait le chercher.

— En avant, marche ! aboya-t-il. Gauche, droite !

Sébastien obéit, raillant dans sa tête ces stupides « gauche, droite ». Comme si on pouvait marcher « gauche, gauche » ou « droite, droite » !

Ils parcoururent ainsi un dédale de couloirs, avant d'arriver au poste de contrôle.

— Prisonnier 1571, Sébastien Moreau. Pour transfert en camp de rééducation, annonça le Patrouilleur.

— Parfait. Signez ici et emmenez-le. Le fourgon attend.

L'homme poussa Sébastien dans la cour. Un car gris, sans aucune marque distinctive, y était stationné.

— Monte !

Il grimpa dans le véhicule. Une poignée d'autres prisonniers y avaient déjà pris place, des garçons de son âge, quelques jeunes gens et deux personnes d'une cinquantaine d'années. Le marché noir — si telle était la cause de leur emprisonnement — semblait attirer des trafiquants de tous âges.

C'est alors que Sébastien aperçut Mme Robin, assise au fond, près d'une religieuse qui triturait un chapelet. Au moins, la vieille dame n'avait pas été tondue ! Elle se tourna vers lui mais ne le reconnut pas tout de suite. Enfin, il la vit lever discrètement le poing, ce geste symbolique de toutes les résistances. Sébastien lui sourit et fit de même, pour lui montrer qu'il n'avait pas perdu sa détermination.

Du moins, pour l'instant...

— Toi, là ! le rabroua une voix irritée. Assieds-toi !

Sébastien obéit. Les portes électriques se refermèrent en chuintant, et le véhicule s'ébranla.

Il sortit du Quartier Général et traversa la ville. En voyant défiler, par les étroites fenêtres grillagées, tous ces lieux familiers, Sébastien sentit son cœur se serrer.

Bientôt apparurent les grandes tours de la périphérie, puis des rangées de pavillons de banlieue, presque tous ornés du drapeau du Parti. Le car roula ensuite entre des champs boueux et de longs alignements de plants de pommes de terre. Puis il s'élança à l'assaut d'une colline balayée par le vent, où des moutons paissaient au milieu des bruyères. L'endroit était déprimant.

Bientôt, une construction sinistre barra l'horizon. Le car attendit devant la barrière, le temps qu'une sentinelle vérifie les documents du conducteur. Une fois autorisé à pénétrer, il alla se garer devant un bâtiment portant l'inscription *Camp de rééducation. Arrivées.* Le chauffeur ouvrit la porte et un garde monta à l'intérieur.

— Combien sont-ils ? demanda-t-il.

— Dix-sept hommes, six femmes dont une senior. Risques limités pour tous, sauf un. Un détenu à haut risque.

— Lequel ?

Le chauffeur désigna Sébastien.

— Bon, tu sors le premier, ordonna le garde. Allez, bouge-toi !

Sébastien descendit et balaya le décor du regard. Les bâtiments, le ciel, la terre elle-même, tout semblait recouvert d'une grisaille uniforme. Pas un arbre en vue.

Que du gris et le hurlement du vent soufflant sur les collines.

Jamais Sébastien n'avait contemplé un lieu aussi désolé.

Comme s'il avait lu dans ses pensées, le garde lança :

— Voilà ton nouveau foyer ! Allez, avance ! Le comité d'accueil t'attend.

Il poussa Sébastien du bout de sa matraque. Le garçon gravit les marches du perron, les jambes molles, parcouru de tremblements qu'il réprimait à grand-peine. Courageusement, il ravala ses larmes.

« Si tu veux survivre, s'ordonna-t-il, ne leur montre ni ta peur, ni ta tristesse. »

23

François Crampon

Arthur essayait de suivre le cours, mais il était incapable de se concentrer. Tandis que Mlle Rose dessinait au tableau une figure de géométrie, les pensées du garçon lui échappaient et revenaient toujours à Sébastien. Le regard du garçon se posait sans cesse sur le bureau inoccupé de son ami. Sur sa chaise vide.

Arthur l'imaginait, le poing dressé, saluant la révolution victorieuse et la solidarité retrouvée : « Vive la liberté, Arthur ! Liberté, Justice et Chocolat pour tous ! »

Il aurait dû prendre des notes, comme ses camarades, comme Martine Percale et François Crampon, comme David Cheng...

David ! Arthur l'observa. Il avait l'air normal. Il écrivait, attentif et appliqué. Pourtant, à son regard vide, on voyait bien que ce n'était plus le David d'autrefois. Les longues, éprouvantes journées passées au camp de rééducation l'avaient brisé.

Maintenant, c'était au tour de Sébastien...

Qu'allait-il devenir ? Que deviendrait ce qui faisait de lui un être unique, plein de vie, d'enthousiasme et d'ardeur ? Connaîtrait-il le même sort que David ?

— Arthur ! Vous suivez ?

— Oui, mademoiselle.

— On ne le dirait pas.

Mlle Rose retourna à sa démonstration. Elle était inquiète. Arthur avait toujours été bon élève. À présent...

Arthur prit quelques notes. Puis son esprit dériva de nouveau. Qui les avait trahis ? Il fixa François Crampon. Celui-là, il aurait bientôt une discussion avec lui.

Il attendait juste le bon moment.

L'occasion se présenta le jour même, en fin d'après-midi. Arthur s'était rendu dans le parc, et il observait les Jeunes Pionniers qui s'exerçaient sur le terrain de football.

— Le chocolat donne des boutons ! gueulait François Crampon.

Les Pionniers poursuivaient en chœur :

— Le chocolat et les bonbons !

Pour préserver votre santé,

Mangez plutôt des légumes frais !

La troupe traversa le terrain en marchant au pas. Puis elle fit halte.

— Pionniers..., commanda François. Rompez les rangs !

Aussitôt, garçons et filles commencèrent à s'éloigner par petits groupes, toujours aussi disciplinés.

François discuta un peu avec Martine Percale, puis celle-ci s'en alla à son tour. François resta seul, occupé à lisser les plis de son uniforme et à traquer la moindre peluche sur ses manches.

Arthur quitta son perchoir — le vieux toboggan où il jouait avec Sébastien, quand ils étaient petits — et sauta sur ses pieds.

Il tenait enfin sa chance.

— François ! cria-t-il. J'ai deux mots à te dire.

Le Jeune Pionnier tressaillit. Malgré la largeur du terrain de football qui les séparait, il avait reconnu Arthur. Et il savait que ses explications ne le convaincraient pas.

— François ! Reviens !

Le Jeune Pionnier détalait comme un lièvre. Il avait une bonne longueur d'avance et la peur lui donnait des ailes, mais Arthur était plus robuste, plus agile et, surtout, déterminé. Il saurait ce qui était arrivé à Sébastien et à Mme Robin.

— François !

Le fuyard filait ventre à terre, les poumons en feu. Jetant un œil par-dessus son épaule, il constata que son poursuivant se rapprochait. Il n'avait plus qu'une solution, se cacher.

« Mais où ? »

Il sortit du parc et s'enfonça dans un sentier entre les broussailles. Il dérapa sur une plaque de boue, se rétablit de justesse et reprit sa course folle.

« Où ? Où aller ? »

Le salut lui apparut enfin. Le tunnel de chemin de fer abandonné ! Un boyau obscur, plein de recoins et d'anfractuosités. L'endroit idéal pour disparaître.

Il s'engouffra à l'intérieur avec l'impression de pénétrer dans la gueule d'un dragon, et le bruit de sa course fut bientôt avalé par les parois humides.

Arthur surgit au bout du sentier, hors d'haleine.

Il cherchait François du regard, lorsqu'il entendit le faible écho de ses pas et un crissement de gravier. Loin, très loin.

Le tunnel ! Il ne pouvait être ailleurs.

Arthur y pénétra à son tour, laissant ses yeux s'accoutumer à l'obscurité. Si le fuyard s'était réfugié là, il était coincé : un éboulement avait obstrué l'autre extrémité du boyau des années auparavant.

« C'est ça, l'histoire locale. Tu ne le savais donc pas, François ? »

Arthur s'avança dans la galerie :

— François !

Plus un bruit. Rien qu'un frémissement de peur presque palpable, la peur de celui qui se dissimulait dans les ténèbres.

Arthur continuait sa progression. L'eau qui ruisselait de la voûte gouttait dans les flaques : *plic, ploc, plic.*

— François, c'est toi ? C'est toi qui as dénoncé Sébastien et Mme Robin ? Et moi aussi, sauf que, par chance, je n'étais pas là au moment de la rafle. Tu nous as mouchardés, hein ?

Seul le silence lui répondit. Arthur s'immobilisa à l'affût du moindre bruit, du plus léger souffle.

Un rat se faufila entre ses pieds.

Malgré son dégoût, Arthur ne bougea pas. Il observa la course du rongeur. Soudain, il perçut quelque chose, un mouvement infime, un crissement presque inaudible. Un peu plus loin sur la gauche, derrière un pilier de briques.

Arthur bondit.

Le Jeune Pionnier était là, aussi raide qu'une statue, les doigts croisés comme pour éloigner le mauvais sort.

— François...

— Non, Arthur ! Non...

Arthur s'avança. Il n'était plus qu'à trois pas.

— Non, Arthur ! Je peux tout t'expliquer...

— Oh, je n'en doute pas ! Si tu es aussi doué pour les explications que pour la trahison...

Encore un pas.

Arthur était dans un état second, au-delà des sentiments et de la réflexion. Il tenait celui qui avait dénoncé ses meilleurs amis. Cet individu méritait une bonne dérouillée. Et seuls les rats en seraient témoins…

— Non, Arthur ! Non !

— Oh si, François ! Oh si !

— Arthur, je t'en supplie…

— C'est toi qui les as balancés, hein ? Pour qu'on les arrête !

— Non. Je ne voulais pas ! Mais j'étais coincé. Je n'avais pas le choix !

« Que veut-il dire… ? On a toujours le choix, non ? »

— Ils ont arrêté mon frère.

« Son frère ? François n'a pas de… Ah, mais si… ! » Un frère beaucoup plus âgé que lui. Le mouton noir de la famille Crampon, qui avait quitté la maison sur un coup de tête pour aller vivre sa vie. Le genre de garçon fait pour finir dans la peau d'un…

— Tu mens !

… d'un trafiquant…

— Non, c'est vrai !

… ou d'un bootlegger !

— Il a été l'un des premiers à se faire pincer, Arthur. Depuis, il est en camp de rééducation. Ils m'ont promis que, si je travaillais pour eux, ils arrêteraient les séances de lavage de cerveau. C'est la vérité. Je te le jure.

Arthur hésita. Le doute s'insinuait dans son esprit. L'incertitude. Des sentiments propres à ceux qui avaient conservé leur humanité. Les fidèles du Parti Qui Vous Veut du Bien, eux, si sûrs de la justesse de leur cause, les avaient oubliés.

— Encore un de tes baratins, François ? Hein ?

— C'est la vérité ! S'il te plaît, ne me frappe pas ! Je regrette ce que j'ai fait. Mais c'était pour mon frère... Mets-toi à ma place ! Imagine... Si c'était ta mère...

Sa mère ? Le garçon savait ce qu'elle aurait dit : « Il n'y a jamais d'excuse à la violence, Arthur. Jamais ! » Et la voix de son père ajouta en écho : « Garde-toi de juger trop vite. Qui sait comment tu aurais réagi à la place de l'autre ? »

— Viens, murmura Arthur. Sortons d'ici.

Ils cheminèrent en silence le long du tunnel. Quand ils se retrouvèrent à la lumière, Arthur dévisagea le Jeune Pionnier. Son visage était livide, sa chemise à demi arrachée. Dans sa colère, Arthur l'avait violemment agrippé.

— Tu as une sale tête, François. Tu devrais t'arranger un peu avant de rentrer chez toi.

— Tu as déchiré ma chemise, se plaignit-il.

Ils marchèrent ensemble jusqu'au parc. Arrivés à la grille, ils se séparèrent sans un mot. Et ce fut tout.

Arthur songea qu'il devrait pardonner. Un jour. Sans pardon, aucune guerre au monde, aucun affrontement ne cesserait jamais.

Mais pardonner ne signifiait pas oublier.

24

Rééducation et libération

Dans le camp n° 17, le temps s'écoulait différemment.

Une semaine de rééducation équivalait à six mois n'importe où ailleurs. Peut-être même un an. Une année de misère.

On se levait à cinq heures, quand on aurait donné n'importe quoi pour rester couché. Il fallait d'abord faire son lit au carré, avant l'inspection du dortoir par le Patrouilleur Grégoire. Celui-ci arrachait la plupart des draps et des couvertures. Il fallait alors refaire son lit.

Venait ensuite le parcours de dix kilomètres, qu'il pleuve ou qu'il neige.

Après la douche — glacée —, le petit déjeuner était enfin servi, une collation quatre étoiles : Céréales Sanitaires Bonnes pour Vous au sirop d'orge, toasts riches en fibres et confitures sans sucre.

Puis c'était la séance d'endoctrinement, pudiquement appelée « conférence éducative », autour d'un thème unique : le Parti Qui Vous Veut du Bien sait ce qui vous convient, il ne se soucie que de votre intérêt. En conséquence, toute décision vous concernant lui appartient, dans tous les aspects de votre vie.

L'instruction se poursuivait jusqu'à midi passé. Le déjeuner, toujours copieux en lentilles, s'achevait avec un bon dessert équilibré à base de pruneaux.

Commençaient alors les « activités » du début d'après-midi. Elles consistaient le plus souvent en une longue marche, sac au dos, destinée à « endurcir le caractère ».

— J'en ai déjà, du caractère ! maugréait Sébastien en crapahutant le long de sentes détrempées et de tourbières fangeuses, chaussé de galoches qui prenaient l'eau.

C'était vrai. Malheureusement, le caractère de Sébastien n'était pas aux normes du Parti ; celui-ci prétendait donc lui en forger un à sa propre convenance.

La grande marche pouvait se muer en parcours du combattant ou en parade militaire. Quant aux autres activités, elles consistaient à nettoyer les toilettes, faucher l'herbe, retourner les champs, épandre du fumier, scier des troncs ou transporter d'énormes charges d'un bout à l'autre du terrain d'exercice.

On finissait avec les « estimations individuelles », autrement dit le lavage de cerveau. Les détenus enduraient une thérapie raffinée, destinée à leur faire détester ce qu'ils avaient toujours aimé.

Après le dîner, le temps était consacré à l'étude et aux devoirs. Il n'y avait ni télévision, ni film, ni jeu. Rien que des livres de bonne littérature approuvée par le Parti Qui Vous Veut du Bien, et quelques rares exemplaires de la *BD du Parti*. Cela jusqu'au coucher et à l'extinction des feux.

Et presque aussitôt, sans qu'on ait eu le temps de voir passer la nuit, la cloche de cinq heures sonnait.

Réveil. Debout. Faire son lit. Refaire son lit. Et ainsi de suite.

Telle était la vie au camp de rééducation n° 17.

Mme Robin, elle, avait été transférée. On ne l'avait gardée que deux jours dans l'aile du camp réservée aux seniors. Son jeu de mamie gâteuse était si convaincant qu'il lui avait valu d'être reconduite en ville, à l'Unité Sécuritaire pour Seniors du Parti, Section des Séniles.

Elle était censée y finir ses jours, en s'occupant à des activités manuelles, comme le tressage de paniers ou le tricot (avec des aiguilles en plastique mou afin de ne blesser personne). On pouvait aussi regarder la télévision ou rester simplement assis à contempler les murs, ce qui semblait être le passe-temps favori de nombreux pensionnaires. Mme Robin s'y adonna une fois, pour voir, et ne put s'empêcher de retourner dans sa tête une seule question : « Comment vais-je réussir à sortir d'ici ? »

Or, le mur étant parfaitement incapable de répondre, elle avait passé de longues heures à la fenêtre, comme si elle avait espéré y voir apparaître un visage familier, Arthur ou M. Bothorel, prêt à la délivrer.

Les jours passaient, le monde tournait, et le Parti Qui Vous Veut du Bien continuait de s'imposer.

Chaque bulletin télévisé annonçait la destruction de chocolateries clandestines et le transfert des bootleggers dans des camps de rééducation. Chaque soir, les brigades de Jeunes Pionniers se rassemblaient « spontanément » sur les places pour entonner leurs hymnes enthousiastes :

Le Parti Qui Vous Veut du Bien
De la santé est le gardien.
Nous savons ce qui vous convient,
De penser il n'est plus besoin !
Relaxez-vous, reposez-vous,
Le Parti réfléchit pour vous !

La foule reprenait en chœur et applaudissait à la fin. La plupart des rebelles croupissaient dans les camps, il ne restait donc plus personne pour contester ces belles paroles.

Du moins, presque personne. Qui aurait soupçonné d'innocents laveurs de carreaux d'être de dangereux révolutionnaires attendant patiemment leur heure ?

— Maman...

— Oui, Cathie ?

— Il revient quand, Sébastien ?

— Bientôt, ma chérie.

— Tu m'as déjà dit ça la dernière fois.

— Oui, je sais.

— Et aussi la fois d'avant.

— Je sais, Cathie. Il rentrera, je te le promets.

La petite fille soupira. Son frère lui manquait. Il était gentil avec elle et, en plus, il lui donnait du chocolat.

Ce chocolat ne ressemblait pas à celui qu'on achetait avant dans les magasins, mais il était délicieux. La petite fille ne pouvait en parler à personne, elle devait attendre que son père ramène Sébastien. Alors, tout recommencerait comme avant.

Ce jour tant attendu finit par arriver.

La camionnette s'immobilisa dans l'allée, et le boulanger en descendit, accompagné de son fils.

Thérèse eut du mal à le reconnaître avec ses cheveux rasés. Il paraissait aussi plus grand et plus costaud, presque adulte. La mère et la fille s'élancèrent pour l'accueillir. Cathie fut la plus rapide :

— Sébastien ! Sébastien !

Elle s'arrêta net :

— Mais... pourquoi t'es chauve ?

Un sourire las se dessina sur les lèvres de son frère :

— Salut, Cathie. Ouais, j'ai eu pas mal de soucis. Ne t'en fais pas, ça repoussera. Bonjour, maman.

— Bonjour, mon chéri. Comment vas-tu ?

— Allez ! fit Roger en entraînant sa famille. Rentrons.

Sébastien hésita. Il leva la tête vers la fenêtre de sa chambre, en plissant les yeux. Il avait cru y discerner quelque chose. Ce n'était sans doute qu'un reflet de soleil.

— Sébastien...

— J'arrive, papa !

Ils entrèrent dans la cuisine et s'assirent autour de la table.

Thérèse prépara du thé, et la famille aurait pu se croire revenue au bon vieux temps. Sauf que Sébastien était... différent. Plus calme et peu loquace. Il résuma sa vie au camp de rééducation n° 17 par des « Ce n'était pas si dur », ou « Je m'y suis fait ». On ne put rien lui tirer de plus.

Cathie harcela son frère pour qu'il vienne la pousser sur sa nouvelle balançoire, un vieux pneu que son père avait suspendu à une branche.

— Plus tard, Cathie. Je voudrais d'abord monter dans ma chambre. Lire un peu, écouter de la musique.

Déçue, la fillette le regarda se diriger vers l'étage.

— Il jouera avec toi tout à l'heure, lui assura sa mère. Il doit d'abord retrouver ses habitudes.

Roger enfila sa veste :

— Bon, je vais à la boulangerie.

En sortant, il lança :

— C'est bon de t'avoir de nouveau à la maison, fiston !

Il n'y eut pas de réponse. Peut-être Sébastien n'avait-il pas entendu.

— Maman…, reprit Cathie.

— Sois un peu patiente, ma chérie. Il jouera avec toi tout à l'heure.

— Non, maman, ce n'est pas ça. C'est Sébastien… Il n'est plus comme avant.

Thérèse se leva et alla laver les tasses. Sa fille avait raison. Cette longue détention avait changé Sébastien ; il avait le regard éteint.

« Ça l'aiderait peut-être de revoir un ami », songea-t-elle.

Elle décrocha le téléphone pour appeler Arthur.

— J'arrive tout de suite, madame Moreau. Et merci de m'avoir prévenu. Je serai là dans une demi-heure.

Arthur raccrocha. Sa mère, qui avait écouté la conversation, l'interrogea du regard.

— Sébastien est rentré. Je vais aller le voir.

Le garçon eut un temps d'hésitation et avoua :

— J'ai peur de ne pas savoir quoi lui dire… J'ai toujours affirmé que, si quelqu'un pouvait surmonter l'épreuve du camp, c'était Sébastien. Mais si ce n'est pas le cas ?

— Il aura d'autant plus besoin d'un ami, tu ne crois pas ?

Arthur hocha la tête et se dirigea vers la porte.

À vélo, le trajet était court. Arthur arriva plus tôt que prévu. Il refit donc un tour du pâté de maisons pour rassembler ses idées. Il pensait à David Cheng. Et si Sébastien était devenu, lui aussi, une espèce de zombie ? Ça, il ne pourrait pas le supporter...

Bon, il était temps d'y aller. Il remonta l'allée et alla frapper à la porte de la cuisine.

Mme Moreau le fit entrer :

— Bonjour, Arthur. Tu trouveras Sébastien là-haut, dans sa chambre.

— Comment est-il ?

— Il a l'air... éteint. Il ne parle presque pas. J'espère que ta présence va le ranimer un peu. Allez ! Monte vite le voir.

Arthur gravit l'escalier en se préparant au pire.

— Sébastien ?

— Entre.

Arthur eut un choc en découvrant le crâne rasé de son ami.

— Salut.

— Salut.

Que dire ? Que faire ? Arthur ne s'était jamais senti aussi gauche.

— Assieds-toi.

— Merci.

Le garçon prit place sur un coussin. Sébastien était à son bureau, penché sur un livre de classe.

— J'essaie de rattraper mon retard, déclara-t-il. Les leçons et tout le reste.

— Bien sûr...

— Excuse-moi. J'ai quelque chose à noter avant d'oublier.

— Oui. Vas-y.

Sébastien se mit à écrire. Il y eut un silence, un lourd nuage de silence qui semblait étouffer tous les bruits. On n'entendait plus que le crissement du stylo sur le papier.

Arthur s'éclaircit la gorge :

— On... On t'a coupé les cheveux.

— Ça repoussera.

— Je suis désolé de ce qui t'est arrivé...

— Inutile d'en parler.

— Je te remercie de ne pas m'avoir dénoncé...

Sébastien se retourna brusquement, l'air furieux :

— Je te le répète : je ne veux pas en parler !

— Je voulais juste te dire...

— Eh bien, ne dis rien !

Qu'est-ce qu'il avait ? Arthur n'y comprenait rien. Si Sébastien avait donné son nom aux autorités, il aurait été arrêté, lui aussi. Qu'y avait-il de mal à remercier ? Que s'était-il passé au camp ?

— Tu te sens bien, Sébastien ? Comment t'as fait pour résister ? C'est vrai ce qu'on raconte à propos des lavages de cerveau ?

— Oh, Arthur ! J'arrive.

Il descendit de son perchoir afin de pouvoir bavarder sans avoir à élever la voix.

— J'ai vu Sébastien. Il est sorti !

— Vraiment ?

— Vous disiez que vous aviez un plan d'action. Le moment est peut-être venu, à présent qu'ils l'ont libéré.

— Hum, peut-être... Amène-le au dépôt demain. Je vous exposerai les grandes lignes.

— D'accord. Au fait, à qui sont ces fenêtres que vous nettoyez ?

— Ces fenêtres, mon garçon, sont celles du Bureau de Surveillance et de Sécurité. Pendant qu'ils gardent un œil sur nous, moi, je garde un œil sur eux. Allez ! On se voit demain.

— Monsieur Bothorel, avez-vous des nouvelles de Mme Robin ?

Le visage du libraire s'assombrit. Il avait toujours eu un petit penchant pour la commerçante.

— Elle est enfermée dans un établissement sécurisé. Et, d'après ce que je crois, elle joue au paresseux.

— Au paresseux ?

— Le paresseux est un petit mammifère qui passe le plus clair de son temps à dormir. Jouer au paresseux signifie faire mine de somnoler, alors qu'on est parfaitement réveillé. Ce serait trop dangereux de lui rendre visite.

Mais j'essaierai de lui transmettre un message par un des laveurs de carreaux. Je pense avoir trouvé l'homme idéal.

L'attention d'Arthur fut attirée par un bruit métallique. Ça provenait d'une poubelle, non loin d'eux. Quelqu'un fourrageait dans les déchets. C'était Charles Maufret, l'ex-Monsieur Chocolat.

— Bonsoir, Charles, le salua M. Bothorel.

Le sans-abri agita un carton de lait à moitié plein :

— Bonsoir. On dégotte parfois des trésors, là-dedans.

M. Bothorel lui fit signe d'approcher.

— Du nouveau ? demanda le mendiant.

— Oui. Je vais avoir un petit boulot pour vous.

— Parfait !

Arthur songea que, décidément, il ne fallait pas se fier aux apparences. Charles Maufret lui-même entretenait la flamme de la résistance. Il n'était sans doute pas aussi paumé qu'il en avait l'air.

Le lendemain, comme convenu, Arthur se rendit dans le tunnel désaffecté. Il progressait doucement dans une demi-obscurité quand une silhouette jaillit de l'ombre et l'immobilisa :

— Eh bien, camarade ? On fait son petit trafic ?

Un flux de panique le submergea, qui reflua aussitôt :

— Sébastien !

— Ha, ha ! Je t'ai bien eu !

— Je vois que tu n'as pas perdu ton sens très personnel de l'humour...

— Comment vas-tu, Arthur ?

— C'est plutôt à toi qu'il faut poser la question. Alors, ce camp ?

Le camp, c'était du passé. Sébastien n'avait vraiment pas envie d'en parler. Seul l'intéressait, désormais, de vivre le présent et d'envisager l'avenir.

Arthur se rappela ce qu'ils avaient caché dans le tunnel, un jour, derrière des briques descellées :

— Sébastien, que dirais-tu d'un morceau de chocolat ?

— Quoi ? Tu en as ?

— Je sais où en trouver.

— Où donc ?

— Là où on l'a planqué. Tu te souviens ?

— On l'avait mis là à l'intention des générations futures...

— Et si le futur commençait aujourd'hui ?

— Ouais, pourquoi pas ?

Ils ôtèrent les briques et sortirent le chocolat de sa cachette. Protégé par son emballage en plastique, il était resté frais et croquant.

— Alors, raconte-moi les dernières nouvelles, demanda Sébastien en mordant dans son carré.

— Beaucoup de choses ! M. Bothorel veut nous voir tous les deux cet après-midi. Il prépare un coup. Il y a aussi quelqu'un d'autre dont je dois te parler... Figure-toi que...

Avant qu'Arthur eût terminé sa phrase, des bruits de pas retentirent au fond du tunnel. Sébastien scruta l'obscurité :

— Qu'est-ce que c'est ? On nous a suivis ?

Un garçon en uniforme de Jeune Pionnier s'approcha, hésitant :

— Euh... Salut...

C'était François Crampon.

— François voulait te voir, dit Arthur à son ami. Il a quelque chose à t'expliquer.

François appréhendait visiblement la réaction de Sébastien. Si le Jeune Pionnier l'avait dénoncé, au moins avait-il le courage de se présenter à lui, prêt à subir les conséquences de son acte.

— Sébastien, je suis désolé. J'ai honte de ce que j'ai fait, sincèrement. Le problème, c'est que...

— Je sais, François. J'ai rencontré ton frère là-bas.

— Tu l'as vu ? Est-ce qu'il va bien ? On est sans nouvelles depuis des mois. On ne sait que ce que les agents du Parti veulent bien nous raconter. Et comment les croire ?

— Il va aussi bien que possible. Il survit.

— Je suis désolé, répéta François. Vraiment désolé.

— C'est bon. Tu n'avais sans doute pas le choix, et j'aurais peut-être fait pareil, si quelqu'un de ma famille avait été emprisonné.

— Merci. Merci, Sébastien.

François n'allait pas pour autant s'en tirer à si bon compte. Sébastien était prêt à lui pardonner, mais pas avant d'avoir obtenu quelque chose en échange : le Jeune Pionnier pouvait devenir un excellent informateur, et même un parfait agent double.

— Écoute, François ! À partir de maintenant, les événements vont se précipiter. Si tu veux, tu peux nous aider en récoltant des informations pour nous et en lançant la Milice sur de fausses pistes. Quelqu'un de bien introduit dans la place nous rendrait de grands services.

François parut contrarié :

— Ce n'est pas que je ne veuille pas vous aider. Mais… si on se fait prendre ?

Sébastien regarda le morceau de chocolat qu'il tenait encore en main. Depuis combien de temps François en était-il privé ? Et si quelques carrés lui ravivaient la mémoire ? Il se souviendrait peut-être que ça valait la peine de prendre des risques.

— Dis-moi, quand as-tu mangé du chocolat pour la dernière fois ?

— Du chocolat ?

— Oui, du chocolat.

— Je ne sais plus. Il y a très longtemps…

— Tiens, prends-en un morceau.

François hésita.

— Je ne sais pas si… C'est interdit. Juste un petit bout, alors. Pour goûter.

— C'est ça, pour goûter.

Et il goûta.

— Mmm…, fit-il. Mmm… Vous en avez d'autres ?

26

Rien qu'une pauvre petite vieille...

En règle générale, les visiteurs n'étaient pas admis au sein de l'Unité sécuritaire de l'Hospice du Parti. De toute façon, la plupart des pensionnaires n'étaient plus en état de recevoir des visites. Si un proche était venu les voir, ils ne l'auraient sans doute pas reconnu.

Mme Robin était assise sur un rocking-chair, plusieurs mètres de tricot multicolore répandus autour d'elle, tel un arc-en-ciel tombé là en vrac.

Elle se demandait parfois si elle n'avait pas trop bien joué les séniles. Peut-être ne la laisserait-on jamais sortir. Si seulement elle recevait des nouvelles de l'extérieur... Ses amis avaient-ils oublié son existence ?

« Un rang à l'endroit, un rang à l'envers. » Clic, clic, clic. Son tricot s'allongeait toujours.

Deux infirmières s'approchèrent. La plus jeune était une nouvelle, récemment transférée d'un autre établissement. En voyant la vieille dame agiter frénétiquement ses aiguilles, elle demanda à sa collègue :

— Ça ne serait pas Mme... Comment s'appelait-elle déjà ? Elle tenait une confiserie, non ? Et elle trafiquait ?

— Oui, c'est elle, répondit l'ancienne. Depuis son arrestation, elle n'a plus toute sa tête.

Les deux femmes regardèrent l'interminable ouvrage.

— Très joli, commenta la plus âgée des infirmières. C'est une écharpe, n'est-ce pas ? Pour l'hiver ?

La bande de tricot était si longue qu'elle aurait pu envelopper les cous d'une famille nombreuse. Mme Robin observa les deux femmes par-dessus ses lunettes :

— Ce n'est pas une écharpe, s'indigna-t-elle. C'est un sucre d'orge !

Les infirmières lui sourirent avec l'indulgence qu'on accorde aux bêtises d'un chiot. Puis elles laissèrent la pauvre vieille à son ouvrage.

Toc, toc, toc.

Mme Robin leva le nez. Il y avait un visage derrière la vitre, et une main qui tapait au carreau pour attirer son attention.

Elle reconnut l'homme, même s'il était nettement plus propre que les dernières fois où elle l'avait vu. À l'époque, il dormait sous les porches. Oui, c'était bien lui. Depuis quand travaillait-il comme laveur de carreaux ?

Il lui fit signe d'ouvrir la fenêtre. Après s'être assurée qu'elle était bien seule, la vieille dame bondit de son siège et entrouvrit la fenêtre.

— C'est M. Bothorel qui m'envoie, chuchota Charles Maufret.

Mme Robin faillit répondre : « Pourquoi a-t-il été si long ? » Mais elle se ravisa, de peur de paraître ingrate.

— Vous avez un message pour moi ?

— Oui. Un gros coup se prépare. Samedi prochain.

Plongeant la main dans la poche de sa salopette, il en sortit un trousseau de clefs, qu'il lui tendit.

— Des passe-partout. Pour sortir d'ici.

— Compris.

Mme Robin fourra les clefs dans sa poche :

— Est-ce qu'il y aura un signal ?

— Regardez la télé. Samedi. Au journal de midi. Juste avant le...

Il ne put en dire davantage : des pas résonnaient, les infirmières revenaient. Mme Robin se hâta de refermer la fenêtre. Le laveur de carreaux passa une éponge savonneuse sur la vitre et reprit sa raclette en sifflotant.

Les infirmières ne lui accordèrent pas la moindre attention. En revanche, elles furent surprises de découvrir Mme Robin debout, à côté de son rocking-chair.

laissez-moi vous expliquer les grandes lignes de mon plan. D'après moi, toute confrontation directe avec le Parti serait vouée à l'échec. Nous ne disposons ni des armes ni des troupes nécessaires. Notre seul espoir est de réussir à mobiliser nos sympathisants parmi la population, et qu'ils occupent les rues. C'est une stratégie de résistance passive.

— La résistance passive ? répéta Sébastien. Qu'est-ce que c'est ?

Arthur lui expliqua :

— Imagine un gamin qui refuse de faire quelque chose, qui s'assied par terre et retient sa respiration jusqu'à devenir tout bleu.

— Ouais ?

— Eh bien, c'est de la résistance passive.

— On va se retenir de respirer ? C'est comme ça qu'on va faire la révolution ?

— Le Parti ne peut pas gouverner sans la coopération de la population, intervint M. Bothorel. Et si les gens refusent de coopérer...

— ... le Parti devra se soumettre.

— Exactement. Et ses lois injustes tomberont avec lui. Seulement, les gens ne descendront pas dans les rues tant qu'ils ne seront pas sûrs de la victoire, par crainte des représailles. La Milice peut toujours se saisir d'individus isolés. Mais, face à des foules rassemblant des milliers d'hommes et de femmes dans toutes les grandes villes du pays, même une armée de Patrouilleurs se trouverait réduite à l'impuissance. Nous devons donc faire passer un message à l'ensemble de la nation. Afin que tout le monde se retrouve dans la rue au même moment !

Sébastien trouva l'idée épatante. En théorie. Mais en pratique ? Comment transforme-t-on un rêve en réalité ?

— Comment allons-nous transmettre la consigne à la nation ? Nous ne disposons ni de radio ni de télé.

Le libraire lissait soigneusement le plan étalé sur la table :

— Nous, non. Mais le Parti en a. Ses bulletins de propagande sont émis à partir d'un studio sécurisé. Il se trouve là, au cœur de leur Quartier Général, précisa-t-il en désignant du doigt un carré surligné au feutre jaune.

Arthur fronça les sourcils :

— Qu'entendez-vous exactement par « sécurisé » ?

— Cela signifie, mon cher Arthur, que les émissions de ce studio ne peuvent pas être interrompues. Tout ce qui y est dit passe à l'antenne, au moins pendant quinze ou vingt bonnes minutes. Car la pièce est défendue par une porte blindée, et il faudrait une charge explosive pour la défoncer. De même, il est quasiment impossible de brouiller l'émission. Cela nous laisse juste le temps nécessaire.

— Mais, intervint Sébastien, on entrera comment ?

M. Bothorel eut un large sourire :

— Un terroriste ne pourrait même pas approcher cet immeuble. Un laveur de carreaux, c'est différent !

— Un laveur de carreaux ?

— Exactement. Voici mon plan. Chaque samedi, à midi juste, la Compagnie de Nettoyage pour Vous se présente au Quartier Général du Parti pour l'entretien des fenêtres. Ils arrivent dans une fourgonnette blanche, comme la mienne. Il y a deux employés à bord. L'un est à peu près de ma corpulence. L'autre est plus grand, de la taille de Charles. L'un d'eux est toujours accompagné de ses fils, deux Jeunes Pionniers qui leur donnent un coup de main. Vous me suivez ?

— Jusque-là, oui.

— Pour des raisons de sécurité, les employés sont escortés par un couple de Patrouilleurs. Une femme et un homme.

— Et alors ?

— Samedi prochain, une autre camionnette se présentera quinze minutes en avance. Ça n'éveillera pas les soupçons, mais ce sera suffisant pour nous laisser le temps d'agir. Bien sûr, la camionnette portera sur ses flancs le logo de la Compagnie de Nettoyage pour Vous. Mais devinez qui seront les laveurs de carreaux ?

— Vous et Charles !

— Exactement. Et, à votre avis, qui tiendra le rôle des deux Jeunes Pionniers ?

Sébastien et Arthur s'exclamèrent :

— Nous ?

— Si vous acceptez, bien sûr.

Il était inutile de leur demander deux fois.

— Essayez un peu de nous en empêcher ! Bien sûr qu'on accepte.

— Parfait. Je n'en attendais pas moins de vous.

— Monsieur Bothorel, reprit Arthur. Les vrais laveurs de carreaux... On ne pourrait pas trouver un moyen de les empêcher de venir ? Comme ça, on ne serait plus pressés par le temps, avec l'angoisse de les voir surgir.

— J'ai bien peur que ce soit impossible. J'ai déjà examiné la question. Mais j'y ai renoncé. Nous n'avons pas d'autre choix.

— Bon. Et une fois sur place ?

— On se présente au poste de contrôle, en signalant qu'on est en avance. Une fois la barrière levée, on dispose d'environ quinze minutes avant l'arrivée des vrais employés. On investit le studio et on commence à émettre. C'est une heure d'audience maximale : tout le monde est devant son poste pour regarder le tirage du Bon Loto pour Vous juste après les infos.

L'ancien comédien approuva de la tête. C'était un habitué des studios de télévision, et, même s'il s'était toujours trouvé devant la caméra plutôt que derrière, il en connaissait le fonctionnement.

M. Bothorel poursuivit :

— Dès que nous sommes à l'antenne, je lance un appel à la population, lui demandant de descendre dans les rues. Si les gens réagissent, le tour est joué, et le Parti Qui Vous Veut du Bien est fichu !

— Et s'ils ne bougent pas ? demanda Sébastien, qui connaissait déjà la réponse.

— C'est nous qui serons fichus ! Au moins, on aura essayé. De toute manière, notre avenir est bouché. Qu'avons-nous à perdre ? Alors, les garçons, qu'en dites-vous ?

M. Bothorel connaissait aussi la réponse.

— On est partants. N'est-ce pas, Arthur ?

— Sûr !

— Pas de question ?

— Si. Vous avez dit qu'un couple de Patrouilleurs escortait les laveurs. Qui va jouer ce rôle ?

— Il nous faudra un couple de volontaires. Connaissez-vous quelqu'un ? De plus, on aura besoin d'uniformes.

— François pourra nous fournir ceux de Jeunes Pionniers, déclara Sébastien. Quant aux uniformes de Patrouilleurs, Arthur et moi, on devrait être capables de les trouver. Ainsi que les volontaires pour les porter.

M. Bothorel eut l'air impressionné par son assurance :

— Tu sais vraiment où te procurer des uniformes, Sébastien ?

— Eh bien, tout le monde donne ses vêtements à la teinturerie de temps à autre, n'est-ce pas ?

— Certes. Mais comment les sortiras-tu du magasin ?

Sébastien savait se montrer aussi mystérieux que le libraire. Il se tapota le nez en disant :

— Ne vous inquiétez pas. Je connais des combines.

Sur ces mots, les comploteurs se séparèrent. Chacun partit de son côté afin de tout préparer pour le samedi suivant.

Sept jours à attendre.

Le compte à rebours était déclenché.

28

Les uniformes

À présent, deux questions se posaient : comment se procurer les deux uniformes de Patrouilleurs, et qui allait les revêtir ? Arthur et Sébastien savaient déjà à qui demander ce service. Mais ils voulaient être en possession des uniformes avant de poser la question. Cela les rendrait plus persuasifs.

On était dimanche après-midi.

Bien que ce jour ait été autrefois consacré au repos, on s'activait dans la section livraison de la Teinturerie Nette pour Vous, qui avait le monopole du nettoyage des services gouvernementaux.

Les deux garçons flânaient près des grilles. De là, ils avaient une vue imprenable sur les quais de chargement. L'entreprise se trouvait dans la zone commerciale de Mirchamps, là où ils avaient acheté leur premier chocolat au marché noir, à une époque qui leur semblait fort lointaine.

— Dis, maman, lui demanda Arthur après le dîner. Tu fais quelque chose de particulier samedi matin ?

— Non. Mais je serai de garde le week-end suivant. Pourquoi ?

— Si on avait une chance de tout changer, mais qu'on ait besoin de ton aide, que répondrais-tu ?

Il se leva de table et alla chercher un sac, caché dans le buffet. Il le posa sur la table et fit signe à sa mère de l'ouvrir. Elle s'exécuta. Quand elle découvrit l'uniforme, son visage s'emplit de gravité.

— Arthur, on ne peut pas faire ça ! Tu sais ce qui est arrivé à Sébastien ! Et à Mme Robin ! Au frère de François, à David Cheng...

— Maman, c'est une occasion unique. Tout a été prévu et organisé. Mais il nous faut deux volontaires pour jouer les Patrouilleurs. Sébastien va demander à son père. On a besoin d'un couple de miliciens. Sinon, c'est fichu. Je t'en supplie, maman.

Caroline détestait décevoir son fils. Mais elle ne pouvait pas faire ça. Arthur était trop jeune pour évaluer les risques.

— Écoute, ce n'est pas pour moi que j'ai peur. C'est pour toi. Pour nous. Si on est pris, on sera séparés. On ne se reverra peut-être jamais...

Arthur hésita. Il avait la bouche sèche.

Il pensa à son père. Il se rappelait le temps où il était encore là. Des souvenirs lui revenaient : des gestes, des attitudes, des façons de s'exprimer. Des détails que l'on conserve en soi toute sa vie, peut-être jusqu'à la fin de ses jours.

— Maman, si papa était encore là, que dirait-il ?

Caroline dévisagea son fils. Essayant de dissimuler les larmes qui lui brouillaient les yeux, elle lui tendit la main :

— Ton père ? Il serait fier d'avoir un fils aussi brave et aussi généreux.

— Alors, tu le feras ?

Elle pressa la main d'Arthur et lui sourit :

— Oui, je le ferai.

Elle prit l'uniforme et examina les insignes :

— Super ! Me voilà lieutenant, à présent.

— Tu vois, maman, on t'a gâtée !

— Je n'aurais pas pu être colonel ?

— Il ne faut peut-être pas pousser le bouchon trop loin, non ?

Roger Moreau malmenait bruyamment ses moules à gâteaux. Ce n'était pas bon signe : ça signifiait que le boulanger était à la fin d'une pénible journée de travail et... à bout de patience. Sébastien n'aurait pu choisir pire moment pour lui parler.

Mais il avait trop tardé. Toute la semaine, il avait repoussé l'instant de poser sa question, ne sachant comment la formuler. On était jeudi soir. Il ne pouvait plus remettre l'épreuve au lendemain.

— Papa…

— Quoi encore ?

Un moule entartré d'un résidu calciné vola à travers la pièce pour atterrir avec fracas dans l'évier.

— Fais attention, papa ! Tu as failli m'arracher l'oreille.

— Ne reste pas dans mon chemin, bon sang ! Bouge-toi de là !

Un plateau suivit la même trajectoire et alla s'écraser contre l'égouttoir.

— Qu'est-ce que tu veux ?

— Papa…

— Ouais ?

— Tu ne fais rien samedi ?

Le boulanger s'était mis à récurer un fond de plateau.

— Samedi ? Je vais te le dire. Je vais me lever le matin vers quatre heures trente pour cuire environ deux cents petits pains. À part ça, non, je ne fais pas grand-chose, ironisa-t-il.

— Oui, papa, je sais. Je veux dire, après.

— Eh bien, je ne regarderai certainement pas l'AS Foot pour Vous. Cette équipe n'a jamais remporté le moindre match ! Eux qui se veulent le parfait exemple de la vie saine ! Je ne comprends pas comment ils se débrouillent : ils perdent à chaque fois.

— Ça te dirait de faire quelque chose ?

Roger dévisagea son fils d'un air soupçonneux :

— Dans quel genre ?

— Entrer dans l'Histoire...

— Quoi ?

— Regarde là-dedans.

Son fils lui tendait un sac. Roger l'ouvrit et reconnut aussitôt la toile brune des uniformes de la Milice. Les yeux écarquillés, il fixait alternativement le sac et son fils

— Qu'est-ce que ça veut dire ? demanda-t-il en dépliant la veste. Un uniforme ? Qu'as-tu derrière la tête, Sébastien ? Si tu comptes me faire jouer le rôle d'un Patrouilleur, je te le dis tout de suite : la réponse est non !

— Papa...

— J'ai dit non, Sébastien. Tu es devenu fou ou quoi ? Tu viens à peine de sortir d'un camp de rééducation ! On ne t'a donc rien enseigné là-bas ?

— Si. J'ai appris à nettoyer les toilettes avec une brosse à dents.

— Je ne parle pas de ça. Je veux dire : on ne t'a pas appris à ne plus te fourrer dans les ennuis ? C'était si agréable là-bas ? Tu as envie d'y retourner ?

— Non, papa. Bien sûr que non.

— C'est pourtant ce qui va arriver, si tu continues. D'abord, explique-moi. Où as-tu trouvé cet uniforme ?

— Je l'ai... euh... emprunté.

— Eh bien, tu vas le rapporter où tu l'as pris, avant qu'on s'aperçoive de sa disparition !

Sébastien était déconfit. Roger lui rendit la veste d'uniforme. Il n'y avait plus rien à ajouter.

— Très bien, papa.

— Débarrasse-t'en, Sébastien. Tout de suite !

Sébastien fourra le vêtement dans le sac et se dirigea vers la porte, l'air abattu. Le refus de son père mettait l'opération en péril.

La main sur la poignée, le garçon s'arrêta :

— Tu sais, papa ? Je me souviens de toutes les pâtisseries que tu confectionnais autrefois, à l'époque où le sucre n'était pas encore prohibé. Les gâteaux, les babas, les tartes aux fruits, les belles pièces montées. Tu te rappelles toutes les médailles et tous les trophées que tu as obtenus ?

L'orage qui planait sembla soudain se dissiper. Oui, le boulanger se rappelait :

— Mes succès... Rends-toi compte, Sébastien : médaille d'argent de la Confrérie des Pâtissiers, trois années de suite. Et la quatrième année...

— La médaille d'or ! l'interrompit Sébastien. Tu te rappelles tes somptueux gâteaux de mariage, avec le petit couple de mariés au sommet ?

Hélas, ce moment d'émotion ne dura pas. Le boulanger se rembrunit :

— Ouais. Bon. Ça ne change rien à l'affaire. Je ne sais pas pourquoi tu comptais me faire endosser cet uniforme, et je ne veux pas le savoir ! Pense à Cathie, à ta mère, à nous tous... Alors, mon fils, fais-moi plaisir, rapporte ça où tu l'as pris, et ne m'en parle plus !

Sébastien connaissait son père. C'était un obstiné, il ne changerait pas d'avis. La partie était perdue.

Toutefois, Sébastien hésitait à franchir le seuil.

— Quand j'étais petit, reprit-il, tu me confectionnais des souris en sucre. Des souris roses avec une petite queue. J'adorais ça !

Le boulanger hocha la tête :

— Ouais, les souris en sucre…

Tristement, il ajouta :

— Je n'en ferai plus jamais, à présent. Pour personne… À moins que… Dis-moi, Sébastien, quelle est la taille de cet uniforme ?

Le garçon ressortit la veste du sac et chercha l'étiquette :

— Du 46. Pourquoi ?

— Il vaudrait mieux que tu ailles le changer. Prends-moi la taille au-dessus.

Il fallut quelques secondes à Sébastien pour comprendre :

— Tu veux dire… que tu acceptes, papa ?

— Évidemment. Je ne supporte pas l'idée de vivre jusqu'à mon dernier jour dans un monde sans pâtisserie digne de ce nom. Si mes clients désirent une pièce montée et si leurs gosses veulent s'amuser avec des souris en sucre, je veux leur donner satisfaction.

— Parfait, papa. Le problème, c'est que je ne peux pas prendre le risque de me procurer un autre uniforme.

— Bon, ça ira. J'espère que je ne ferai pas sauter les boutons, voilà tout.

Sur ces mots, son père s'empara de l'uniforme pour aller l'essayer.

« Tout est prêt, maintenant », songea Sébastien.

Il avait douté un temps de François Crampon. Mais celui-ci s'était procuré deux tenues de Jeunes Pionniers, comme promis. Il n'y avait plus qu'à patienter jusqu'au samedi.

L'attente leur parut à tous interminable.

Dans la cour des Laveurs de Carreaux Réunis, M. Bothorel et Charles Maufret se préparaient pour leur expédition vers le Quartier Général du Parti. Après, ce serait le succès et la liberté. Ou bien l'échec et de longues années derrière les barreaux.

Charles Maufret ajusta sa casquette. La vitre de la camionnette lui renvoya l'image d'un authentique laveur de carreaux. Du moins, à son avis.

M. Bothorel fixait les échelles sur le toit du véhicule.

— Prêt pour ce rôle de composition, Charles ? demanda-t-il.

— J'espère avoir autant de talent dans la réalité que sur scène…

Un petit groupe s'était rassemblé dans la cour pour assister à leur départ. Les adieux furent brefs. À présent, chaque seconde comptait.

Il y eut un premier arrêt devant le cabinet médical. Un Jeune Pionnier et une milicienne ayant le grade de lieutenant les attendaient sous le porche.

Ils montèrent à bord, et la fourgonnette redémarra.

— Tout va bien ? demanda le conducteur.

Arthur et sa mère acquiescèrent d'un hochement de tête.

Plus qu'un arrêt, et ils pénétreraient dans l'antre du monstre.

Cathie Moreau peignait une fleur. Elle ne coloriait pas une image. Non, sous son pinceau, une jonquille fraîchement cueillie était en train de passer du jaune éclatant au rouge délavé.

La porte s'ouvrit, et Roger Moreau, en grand uniforme de Patrouilleur, inspecta la cuisine d'un air martial. Thérèse faillit en lâcher sa tasse de thé.

— Mon Dieu ! s'exclama-t-elle. Il ne te manque que la moustache, Roger, et on te prendrait pour Hitler en personne.

— Ça devrait faire son petit effet, déclara son mari. Tu es prêt, Sébastien ?

Le garçon coiffa sa casquette de Jeune Pionnier, la visière tournée sur le côté. Sa mère la lui ajusta correctement :

— La tenue de Jeune Pionnier ne suffit pas. Il faut aussi en avoir l'allure.

Trois petits coups de klaxon retentirent dans la rue. C'était le signal.

Roger embrassa sa femme et sa fille.

— Bonne chance à vous deux, dit Thérèse. Et revenez vite !

— Je l'espère. N'oublie pas d'allumer la télé à midi pile. Tu sauras alors si nous avons réussi ou... Bref, tu sauras !

Lorsqu'ils furent partis, Cathie questionna sa mère :

— Qu'est-ce qu'ils vont faire, habillés comme ça ?

Thérèse laissa passer un silence, puis elle répondit :

— Quelque chose qui demande du courage, Cathie. Beaucoup de courage.

— Alors, fit la petite fille d'un ton déterminé, moi aussi, je serai très courageuse.

Pensant aux dangers qui les menaçaient, sa mère ajouta doucement :

— Nous allons tous devoir nous montrer courageux.

Cathie approuva de la tête et s'empara d'une autre jonquille :

— Celle-ci, je vais la peindre en vert.

29

Action !

Une sentinelle armée montait la garde devant sa guérite. Lorsque la camionnette des laveurs de carreaux se présenta à la grille, l'homme dévisagea le conducteur. « Pas le même type que d'habitude, dirait-on. Ou peut-être que si. Ces laveurs de carreaux se ressemblent tous, avec leur casquette enfoncée jusqu'aux yeux. »

— Bonjour.

— Bonjour.

Le garde examina la camionnette et ses occupants d'un regard soupçonneux. Quelque chose clochait, mais quoi ? Puis il nota l'heure. C'était ça ! Il n'était que midi moins le quart.

— Vous êtes en avance, aujourd'hui ?

— Oui, on a eu une annulation, répondit le conducteur, un gars corpulent en bleu de travail.

Le garde lui fit signe de descendre sa vitre pour qu'il puisse jeter un coup d'œil dans le véhicule. Tout semblait en ordre. Le laveur de carreaux, son assistant avec ses deux gosses, les Jeunes Pionniers. Et, à l'arrière, le couple de Patrouilleurs, l'homme et la femme, chargés de leur surveillance.

Tout occupée à son inspection, la sentinelle ne remarqua pas que l'homme à côté du conducteur se penchait rapidement par la vitre. À l'aide d'une longue lame, il sectionna le fil du téléphone, sur la paroi de la guérite.

— Pouvez-vous vous dépêcher, s'il vous plaît ? ordonna sèchement la milicienne.

Le planton salua :

— Je lève la barrière, mon lieutenant.

Il retourna à sa guérite et appuya sur un gros bouton rouge.

La camionnette démarrait quand la milicienne lança :

— Patrouilleur !

— Oui, mon lieutenant ?

— Arrangez-vous ! Votre tenue est débraillée !

D'une main, le garde tâta son col et ajusta son nœud de cravate. Le temps qu'il relève la tête, le véhicule avait disparu derrière le bâtiment central, où se trouvait le parking.

Il y eut alors un coup de klaxon. Un second véhicule se présentait, une longue limousine étincelante. À l'arrière, la sentinelle reconnut le grand patron.

— Bonjour, commissaire ! salua-t-il en claquant des talons.

— Bonjour, mon ami.

Le garde pressa de nouveau le bouton pour lever la barrière. Avec un ronronnement discret, la voiture roula à son tour vers le parking.

M. Bothorel coupa le moteur.

L'équipe se sentit un peu décontenancée devant les nombreuses bâtisses du Quartier Général. Ils avaient beau avoir le plan en tête, le rattacher à cet univers de béton n'était pas évident.

— C'est ce bâtiment-là, reconnut le libraire. Dépêchons-nous !

Ils descendirent de la camionnette. M. Bothorel et Charles Maufret s'emparèrent des échelles. Roger et Caroline se contentèrent de parader en surveillant les alentours.

C'est alors que survint le désastre.

L'élégante limousine apparut et vint se garer à une dizaine de mètres, sur un emplacement réservé.

Sébastien fut le premier à reconnaître le commissaire. Il rabattit sa casquette sur ses yeux et se détourna.

Le chauffeur ouvrit la portière de son passager :

— Dois-je vous attendre, monsieur ?

— Oui, s'il vous plaît. Je n'en ai que pour un instant. Le temps de rassembler quelques documents.

— À vos ordres.

Le commissaire jeta un regard vers la camionnette et les ouvriers qui déchargeaient leur matériel :

— Qu'est-ce que c'est ?

— Les laveurs de carreaux, monsieur. Comme tous les samedis.

— Parfait. Attendez-moi, je ne serai pas long.

Le commissaire se dirigea vers le bâtiment principal. Le factionnaire de service le salua, ouvrit la porte et la referma derrière lui.

— C'est bon, fit M. Bothorel. Allons-y.

— On ne devrait pas plutôt attendre qu'il ressorte ? s'inquiéta Charles Maufret.

— Non, on ne peut pas s'offrir ce luxe.

Ils se chargèrent des échelles, tandis que les Jeunes Pionniers les suivaient avec les seaux, les chiffons et les raclettes. Les deux Patrouilleurs fermaient la marche.

— Les laveurs de carreaux, annonça M. Bothorel au factionnaire planté devant l'entrée.

— Les carreaux ? Je croyais que vous ne faisiez que l'extérieur.

— Aujourd'hui, c'est l'intérieur.

Le garde eut une brève hésitation. Mais, voyant que des Patrouilleurs encadraient les ouvriers, il les laissa entrer.

— Parfait, fit le libraire, dès que la porte se fut refermée sur eux. À présent, il faut trouver ce studio.

Caroline examina l'intérieur du grand hall. Un panneau indiquait l'emplacement des principaux services.

— Première étage, couloir B, annonça-t-elle.

— Par ici. On va emprunter l'escalier de service.

M. Bothorel poussa une porte marquée *Issue de secours*, et la troupe gravit une volée de marches en béton.

Le commissaire sortit de son coffre-fort les documents dont il avait besoin. Puis il donna un tour à la combinaison, ferma la porte de son bureau et emprunta le couloir jusqu'à l'ascenseur.

Là, il aperçut de nouveau le groupe des laveurs de carreaux.

L'un d'eux, un Jeune Pionnier, astiquait avec vigueur une fenêtre basse. Cette silhouette lui parut vaguement familière. Alors qu'il attendait l'ascenseur, son regard se posa à l'autre bout du couloir, où un homme en salopette, juché sur une échelle, nettoyait une vitre à grands coups de chiffon.

— Hé, vous !

Charles Maufret sentit une vague de panique le submerger. S'efforçant de n'en rien laisser paraître, il se retourna :

— Moi, monsieur ?

— Oui, vous. Vous avez oublié un coin sale. En haut, à droite.

Charles observa son ouvrage :

— En effet, monsieur. Vous avez l'œil !

Le commissaire se rengorgea. C'était partout pareil. Si on ne surveillait pas les ouvriers, le travail était fait n'importe comment.

L'ascenseur arriva et le commissaire s'y engouffra. Aussitôt la porte refermée, le laveur de carreaux descendit de son échelle, le Jeune Pionnier abandonna sa vitre et leurs quatre complices surgirent de derrière la porte *Issue de secours*, où ils s'étaient cachés.

— Au studio. En vitesse ! fit M. Bothorel.

Sébastien eut alors la bonne idée de regarder par la fenêtre. De là, il bénéficiait d'une vue imprenable sur la grille d'entrée, et ce qu'il vit lui glaça les sangs : une camionnette venait de s'arrêter devant la barrière.

— Les vrais laveurs de carreaux ! Ils sont là !

— Quoi ? C'est impossible ! D'habitude, ils arrivent un peu après midi !

Or, ce jour-là, justement, ils étaient en avance.

Le nez collé à la vitre, ils observèrent avec une étrange fascination la scène qui se déroulait en bas. La limousine du commissaire attendait de sortir, face au véhicule des vrais laveurs de carreaux qui essayait d'entrer. Une vive discussion semblait opposer le conducteur et la sentinelle.

— Comment ça, les laveurs de carreaux ? protestait le garde. Je les ai fait entrer il n'y a pas cinq minutes !

À l'arrière de la limousine, une vitre électrique s'abaissa.

— Que se passe-t-il ? s'enquit le commissaire.

— Ces gens prétendent être laveurs de carreaux. Or, ils sont déjà là.

Dans le cerveau du commissaire, un engrenage se mit en route, les pièces du puzzle s'emboîtaient. Et, soudain, il se souvint.

Ce garçon en uniforme de Jeune Pionnier. Il s'appelait Moreau ! Sébastien Moreau ! Et le type perché sur son échelle, c'était le mendiant qui traînait toujours à proximité de la boutique où il avait fait une descente !

L'officier se tourna vers le bâtiment central. Que faisaient-ils là, au premier étage ? Le studio, évidemment ! Ils cherchaient à y accéder...

Il se tourna vers la sentinelle :

— Appelez la sécurité ! Immédiatement !

Le garde décrocha aussitôt son téléphone :

— Pas de tonalité, chef. Ils ont dû sectionner les fils.

Le commissaire se mit à fouiller frénétiquement ses poches :

— Bon sang, où est passé mon portable ?

Pendant ce temps, de précieuses secondes s'écoulaient.

— Allez-y sans nous ! ordonna Caroline. Roger et moi, on reste en arrière au cas où...

— Mais, maman...

— Ne t'occupe pas de moi, Arthur. Filez au studio. Vite !

— Ta mère a raison, trancha M. Bothorel. C'est maintenant ou jamais.

Arthur, Sébastien, Charles Maufret et le libraire partirent en courant, tandis que Roger et Caroline cherchaient un moyen de retarder les éventuels poursuivants.

La jeune femme leva les yeux. Au-dessus de sa tête, elle remarqua un dispositif d'alarme incendie.

— Roger, fit-elle, il nous faut du papier ! On va combattre le feu par le feu...

Pendant ce temps, le reste de l'équipe était parvenu à l'extrémité du couloir. Passé le coin, ils seraient à l'entrée des studios de télévision, vraisemblablement gardés par une sentinelle armée.

— Arrêtons-nous une seconde, ordonna M. Bothorel.

Il remit de l'ordre dans ses vêtements, rajusta sa casquette et, se saisissant de son seau et de sa peau de chamois, il s'avança résolument.

Un Patrouilleur, visiblement mort d'ennui, était avachi derrière un bureau.

— C'est pour quoi ?

— C'est pour les vitres, dit le libraire.

— Les vitres ? Quelles vitres ? Celles du studio ?

— Celles de la salle de contrôle.

— Ah, bon. Et vous avez besoin d'être quatre pour cela ?

— Je ne peux pas laisser mes gosses traîner. Ils viennent avec moi toutes les semaines. Demandez au...

— Ouais, ouais, je sais. Je vous ai déjà vus. Mais dépêchez-vous. L'émission commence dans cinq minutes.

— Ça ne sera pas long.

Le garde déclencha l'ouverture de la porte. Au même instant, son téléphone se mit à sonner.

– Attendez une seconde, le temps que je réponde, leur dit-il.

Mais, tandis que l'homme décrochait, ils entrèrent rapidement et laissèrent la porte se refermer derrière eux.

C'était une porte massive, digne de la salle des coffres d'une banque. Renforcée de plaques d'acier, elle disposait d'un triple verrouillage s'ancrant sur le côté, au sol et au plafond.

Elle se referma avec un chuintement feutré. Ils étaient dans la place ! M. Bothorel actionna aussitôt le système de fermeture. Dans le silence, on n'entendait que le faible ronronnement de l'air conditionné.

– Parfait. Maintenant, allons-y… !

À l'extérieur, le garde parlait dans le combiné :

– Des laveurs de carreaux, chef ? Avec deux gosses ? Oui. Ils sont là, derrière moi. Ils…

Il se retourna. Mais il n'y avait plus personne ! Et la porte des studios était bloquée de l'intérieur.

– Trop tard, chef. Ils viennent d'entrer…

Il entendit un chapelet de jurons, et la communication fut interrompue.

« Pas la peine d'en faire un drame, songea-t-il. Ce n'est quand même pas ma faute. »

Cependant, en son for intérieur, il savait que le commissaire ne verrait sûrement pas les choses du même œil.

Dans le couloir, il y avait une photocopieuse et, près de l'appareil, une réserve de papier sur une étagère et une corbeille en métal. Les faux miliciens froissèrent une vingtaine de feuilles, qu'il fourrèrent dans la corbeille. Puis ils se mirent en quête d'allumettes.

— Vous n'avez pas de briquet, Roger ? Je vous croyais fumeur.

— J'ai arrêté. C'est vous-même qui me l'avez conseillé.

— Ah, c'est vrai ! se souvint le médecin.

Pour une fois, elle regrettait qu'un de ses patients ait suivi ses recommandations.

— J'ai bien gardé mon vieux briquet, mais...

Roger le sortit de sa poche et tourna la molette. Il y eut une brève étincelle.

— C'est bien ce que je pensais. Il est mort.

— Attendez...

Caroline avisa une bombe de produit servant à nettoyer la vitre de la photocopieuse.

— Ça devrait marcher.

Elle aspergea la corbeille de dissolvant.

— Allez-y !

— Ne faites jamais ça chez vous, marmonna-t-il. À moins d'être accompagnée d'un adulte responsable...

Tenant son briquet à bout de bras, Roger pressa la molette. Une fois. Deux fois. À la troisième tentative, une étincelle tomba sur le papier, qui s'enflamma en dégageant une épaisse colonne de fumée. Presque aussitôt, le détecteur d'incendie réagit. Une sirène se déclencha et une voix métallique retentit à travers tous les haut-parleurs du bâtiment :

« Incendie détecté. Veuillez évacuer les lieux dans le calme. Incendie détecté. Veuillez... »

Les portes des bureaux s'ouvrirent, les employés se pressèrent dans les couloirs et se dirigèrent vers les sorties de secours.

Ils sortaient en masse par la porte principale au moment où le commissaire, flanqué d'une équipe de Patrouilleurs, s'y présentait.

— Dégagez, hurlait-il. Dégagez !

— Désolé, commissaire, répondit le garde en lui barrant le chemin. Je ne peux pas vous laisser entrer. Il y a une alerte incendie.

— C'est une fausse alerte, crétin ! Ce sont eux qui l'ont déclenchée. Poussez-vous de là !

Suivi de ses hommes, il força le passage en jouant des coudes, pour remonter cette marée humaine. C'est alors qu'il remarqua Roger et Caroline, sanglés dans leurs uniformes. Ils canalisaient le flot des employés :

— Avancez, avancez !

— Gardez votre calme, ne vous bousculez pas !

Le commissaire désigna les deux imposteurs :

— Ces deux, là-bas ! aboya-t-il. Arrêtez-les !

Un petit groupe de Patrouilleurs s'élança. Roger et Caroline tournèrent les talons et s'enfuirent, espérant semer leurs poursuivants dans le labyrinthe des couloirs à présent désertés.

— Les autres, commanda le commissaire. Suivez-moi !

Il escalada l'escalier de secours jusqu'au premier étage et se rua vers les studios. Le garde n'avait pas bougé de son poste.

— Alors ?

— Ils sont là-dedans, chef, déclara-t-il, penaud.

— Bon sang ! Ils vont s'emparer de l'émetteur.

— Voulez-vous qu'on coupe les relais, chef ?

— Impossible ! Ils sont sécurisés. Tous les bulletins d'information passent par des connexions automatiques. C'est un système à l'épreuve des terroristes... tant qu'un imbécile ne les laisse pas entrer !

Le préposé resta muet. Il n'y avait rien à répliquer.

Le commissaire se tourna vers un de ses Patrouilleurs :

— Il faut absolument pénétrer là-dedans !

— C'est une porte blindée de plusieurs centimètres d'épaisseur.

— Je sais ! Des explosifs ?...

— Des explosifs, chef ? Dans un lieu clos ?

— Je prends le risque. Des explosifs, des acides, apportez tout ce que vous pourrez trouver. Et en quantité !

— Bien, commissaire. À vos ordres, commissaire.

Le Patrouilleur partit au triple galop.

— Et que quelqu'un aille couper cette satanée alarme !

30

À l'antenne

L'alarme résonnait obstinément. Sébastien finit par s'inquiéter :

— Y a le feu ?

— Je ne pense pas, répondit M. Bothorel. Ce sont probablement vos parents qui créent une diversion.

Il s'approcha de l'alarme, s'empara du petit maillet qui frappait la cloche et le tordit. Le silence tomba dans le studio.

La sonnette avait l'air plutôt comique, à présent, avec son marteau en folie essayant de frapper un carillon inaccessible. La pièce étant insonorisée, le bruit des autres alarmes ne leur parvenait qu'à peine. Bientôt, elles cessèrent à leur tour.

Le libraire ôta sa combinaison. En dessous, il était en costume-cravate, une tenue plus crédible pour s'adresser à la nation. Pas question de déstabiliser les téléspectateurs !

Il s'assit au bureau du présentateur et sortit un papier de sa poche. Il avait juste pris quelques notes, car son discours était tout prêt dans sa tête. Il attendait ce moment depuis si longtemps !

Charles Maufret prit le contrôle de la régie, tâchant de se repérer dans la masse de boutons et de manettes : contrôle de l'image, du son... Il effectua un essai dans le micro :

— Un, deux, trois. Un, deux, trois...

Arthur, un casque sur les oreilles, leva le pouce :

— C'est bon !

— Sébastien, reprit Charles, rapproche-toi avec la caméra. Il faut que chaque téléspectateur ait l'impression qu'on lui parle personnellement.

Le garçon zooma :

— Ça va ?

— Parfait. Le top va nous être donné par la régie. Nous serons alors à l'antenne. Soixante secondes, monsieur Bothorel...

— Avez-vous de l'eau ? réclama le libraire.

Il avait la bouche sèche, soudain.

Arthur lui apporta un verre d'eau pris au distributeur :

— À votre avis, de combien de temps disposez-vous ?

— Ça devrait leur prendre dix à quinze minutes, soit pour nous couper, soit pour enfoncer la porte...

— Trente secondes..., annonça Charles. Silence, s'il vous plaît.

Les quatre conspirateurs attendaient. On percevait un léger bruit venu de l'extérieur. Une perceuse, sans doute. Les miliciens essayaient de découper la porte d'acier. Peut-être allaient-ils placer des charges explosives. M. Bothorel disposait donc d'un peu de temps.

— Vingt secondes...

Sébastien marmonnait une prière. Lui qui n'était guère religieux, il implorait le ciel, au nom de la liberté et de la justice.

— À nous l'antenne, dans cinq secondes...

Charles augmenta le volume des moniteurs disposés derrière lui. On vit apparaître l'image de la chaîne nationale.

— Avant le tirage du loto, annonça le présentateur, nous passons l'antenne aux studios du Parti Qui Vous Veut du Bien, pour le bulletin d'informations, présenté par Arsène Moix.

— À vous !

M. Bothorel inspira profondément et sourit à la caméra.

Pendant ce temps, Arsène Moix, le présentateur officiel du Parti, attendait à la porte du studio, près du commissaire. Son bloc-notes inutile à la main, il avait l'air outré d'un artiste qui a raté son entrée.

— Ce devrait être à moi, se plaignait-il. Lire les nouvelles, c'est mon boulot !

Le commissaire posa sur lui son regard d'acier et laissa tomber :

— Vous, fermez-la !

Estomaqué, Arsène Moix se le tint pour dit.

Tout à coup, la perceuse électrique qui tentait d'entamer le blindage de la porte produisit une cascade d'étincelles et se tut.

— Le moteur vient de griller, chef ! s'excusa le Patrouilleur.

— Mais que fait l'artificier ? pesta le commissaire en consultant sa montre.

C'est alors qu'un milicien arriva en courant. L'homme portait sur son épaule une petite caisse frappée de l'emblème du crâne et des tibias croisés, ainsi que des mots *Danger, explosifs*, peints en rouge.

— Voilà ! annonça-t-il en déposant sa boîte sur le sol.

Tandis que les hommes disposaient les explosifs autour de la porte, l'inspecteur composa un numéro sur son mobile :

— Allez-vous réussir à couper cette émission, oui ou non ?

Il écouta la réponse et hurla :

— Essayez encore, bon sang !

Comme il raccrochait, l'un des hommes lui glissa :

— Excusez-moi, commissaire. Mais n'utilisez plus votre téléphone.

— Quoi ?

— Les ondes. Elles pourraient déclencher les explosifs.

— Ah oui, bien sûr...

Arsène Moix se dépêcha d'éteindre son portable. Il n'avait aucune envie de partir en fumée. Pas à son âge, avec la belle carrière qui s'offrait à lui : il espérait la place de présentateur du journal de vingt heures. Quelle perte ce serait pour la nation !

Rapides, efficaces, les Patrouilleurs dosaient les explosifs. Assez pour souffler la porte. Mais pas trop, pour ne blesser personne et ne pas endommager l'édifice.

— Je les veux vivants, avait ordonné le commissaire. Je souhaite poser un certain nombre de questions au sieur Bothorel...

Au-dessus de la porte, à l'extérieur, un moniteur vidéo montrait l'image que recevaient maintenant des millions de foyers, de boutiques et de cafés à travers tout le pays.

Il y avait eu au début de petits problèmes de son. À présent, la voix du libraire passait distinctement, claire et confiante. Il émanait d'elle un accent de sincérité comme on n'en avait pas entendu depuis longtemps.

— Ce n'est pas Arsène Moix qui vous donnera les nouvelles du jour, expliquait-il face à la caméra. Aujourd'hui, c'est moi, Louis Bothorel, qui le remplace. Mais je ne suis pas un simple lecteur de communiqués,

La dame au tricot se leva. Son interminable serpent de laine tomba à ses pieds. Elle fouilla dans sa poche et brandit ses passe-partout.

— Alors ? Vous avez entendu ? J'ai les clefs, on peut sortir d'ici. Venez avec moi. Nous, les vieux, on n'a rien à perdre. Les jeunes générations ont besoin qu'on leur ouvre la voie. Suivez-moi ! Montrons-leur qu'il subsiste une étincelle de vie dans notre carcasse usée !

Mme Robin se tut et regarda autour d'elle. Hélas, elle ne vit que des visages agités de tics nerveux, reflétant l'incompréhension et la peur.

— On va manquer les résultats du Loto..., balbutia quelqu'un.

— Je n'ai pas eu ma tasse de thé..., continua une autre.

C'est alors qu'une voix d'homme s'éleva, ferme et claire. Le vieux à la canne se dressa sur ses pieds en vacillant :

— Moi, je suis avec elle ! Je veux déguster un dernier morceau de chocolat avant de mourir.

Ce fut le signal. Tous se levèrent :

— Moi aussi ! Moi aussi !

— Du chocolat ? J'adorais le chocolat.

Mme Robin prit la tête du groupe et le conduisit jusqu'à la porte d'entrée. Là, deux infirmières leur barrèrent la route. Elles n'étaient que deux, mais elles étaient costaudes.

— Dégagez ! cria Mme Robin.

D'abord, les infirmières ne bougèrent pas. Mais, tous ensemble, leurs fragiles pensionnaires formaient une troupe déterminée. Les cannes se dressaient, menaçantes. Les bouches édentées esquissaient des rictus inquiétants. Les infirmières battirent en retraite et s'enfermèrent dans leur bureau à double tour.

Sur le seuil de la porte, Mme Robin et ses compagnons respirèrent à pleins poumons. Il faisait frais, les fleurs embaumaient.

— Enfin libre ! s'exclama la commerçante.

Frappant fièrement le sol de leurs cannes, tous prirent le chemin du centre-ville. Au loin s'élevaient des chants. D'autres groupes se rassemblaient, devenaient une foule, une marée vivante que la tyrannie ne pourrait plus contenir. Et qui balaierait bientôt tous les obstacles sur son chemin.

— Nous voulons du chocolat ! scandaient-ils. Rendez-nous le chocolat !

Mme Robin sourit. Jamais elle ne s'était sentie aussi jeune, aussi vivante ! Elle força le pas, menant son groupe vers les autres manifestants. La foule convergeait vers le Quartier Général du Parti aux cris de :

— Nous voulons du chocolat ! Rendez-nous le chocolat !

Les Patrouilleurs Anti-Chocolat regardaient ce spectacle depuis leur fourgon, désemparés.

Ils tentèrent d'appeler le Quartier Général, pour obtenir des directives. Ils n'obtinrent aucune réponse.

31

Liberté et chocolat

Les Jeunes Pionniers effectuaient leurs exercices dans le parc. Seuls deux d'entre eux ne portaient pas l'uniforme réglementaire : leurs tenues avaient mystérieusement disparu du vestiaire. Ce qui rendait la chose encore plus étrange, c'est que François Crampon n'avait pas quitté le local ce jour-là. Pourtant il n'avait rien remarqué. Le vol devait s'être produit alors qu'il avait le dos tourné.

Alertés par les slogans scandés dans le lointain, les Pionniers s'arrêtèrent pour écouter.

— Nous voulons du chocolat ! Rendez-nous le chocolat !

François dissimula un sourire. Ils avaient réussi. Ils l'avaient fait ! Arthur, Sébastien et leurs amis avaient su mobiliser la population. Si chaque ville et chaque village manifestaient ainsi, le gouvernement serait vite renversé. Et son frère, Denis, libéré.

— Que se passe-t-il ? interrogea Martine Percale.

— Ça, Martine, c'est la clameur de la révolution !

Il se mit en marche.

— François ! François Crampon, où vas-tu ?

— Je vais les rejoindre, Martine. Tu viens ?

Elle le regarda, les yeux écarquillés. Il était devenu fou.

— Certainement pas ! Je reste fidèle au Parti.

— Comme tu voudras.

Et il s'éloigna en sifflotant, lui qui n'avait plus sifflé depuis des siècles.

— François Crampon ! hurla Martine. Reviens ou je rédige un rapport pour dénoncer ton attitude !

François ne ralentit même pas. Il n'avait plus peur.

De toute manière, à qui Martine adresserait-elle son rapport à présent ?

L'explosion fracassa la porte à l'instant où M. Bothorel achevait son discours, exhortant les gens à descendre dans la rue. Désormais, le sort en était jeté.

Les Patrouilleurs envahirent le studio. Le commissaire arracha le câble de la caméra. Aussitôt, le moniteur s'éteignit.

— Eh bien, Bothorel ! Et toi, Moreau !

Il se tourna vers ses miliciens :

— Emparez-vous d'eux ! Et de celui-ci, dans la régie ! Sans ménagement !

Le canon d'un pistolet électrique s'enfonça dans les côtes de Sébastien.

D'une gifle, le commissaire fit tomber les écouteurs calés sur les oreilles d'Arthur :

— Mains sur la tête, tous !

Les quatre conspirateurs s'exécutèrent. Il n'y avait rien d'autre à faire.

— Qu'on les amène au bloc d'interrogatoire !

Les prisonniers franchirent le cadre démantelé de la porte. Arsène Moix les regarda passer d'un air outragé.

Le libraire s'inquiétait surtout pour Roger et Caroline. Avaient-ils réussi à s'échapper ?

Poussés par les miliciens, les quatre résistants empruntèrent l'escalier, car les ascenseurs ne fonctionnaient plus depuis l'alarme. Une fois à l'extérieur, on les escorta vers un bâtiment de béton gris.

— Attendez-vous à passer un très long séjour en prison, lança le commissaire. Et, croyez-moi, après les séances de rééducation, vous aurez oublié jusqu'à l'aspect de votre visage !

On entendit alors la rumeur de la foule monter au loin, tel le grondement d'un essaim d'abeilles. Ça se rapprochait. Bientôt, on perçut distinctement :

— Nous voulons du chocolat ! Rendez-nous le chocolat !

Le commissaire se figea :

— Qu'est-ce que c'est ?

Les quatre résistants échangèrent un regard complice. Ils avaient réussi ! Le pays était dans la rue !

Des hordes de manifestants se massaient déjà devant le Quartier Général en scandant leur ignoble slogan. La sentinelle en faction à la barrière fixait la foule, bouche ouverte.

— Commissaire ! Ils sont des centaines… peut-être des milliers…

À cet instant, l'un des miliciens s'adressa à M. Bothorel :

— Ce que vous avez dit tout à l'heure, à la télé, à propos du chocolat…, ça concerne aussi les ex-Patrouilleurs ?

— Bien sûr, mon ami, répondit le libraire avec un large sourire. Ça concerne tout le monde.

— Dans ce cas…

L'homme ôta sa casquette, l'accrocha sur le haut de la grille et courut vers la porte. Le visage du commissaire afficha une rage froide :

— Patrouilleur ! Où allez-vous ?

— Les rejoindre, chef. D'ailleurs, je n'ai plus à vous appeler chef. Je quitte la Patrouille. Vous savez pourquoi ? Parce que j'adore le chocolat !

Il se perdit dans la foule.

— Rattrapez-le ! hurla l'inspecteur. Arrêtez-le !

Les autres miliciens demeuraient sur place, totalement ahuris. Que devaient-ils faire ? Obéir ? Imiter leur collègue ?

M. Bothorel résolut leur dilemme :

— De combien de cellules disposez-vous, commissaire ? Car vous allez devoir arrêter la moitié du pays. Regardez ! La population revendique la liberté de vivre comme il lui plaît, et de manger chocolat et sucreries si ça lui fait envie ! Le règne du Parti Qui Vous Veut du Bien est fini !

Le libraire se tourna vers Arthur et Sébastien :

— Je pense que vous êtes libres, les garçons... N'est-ce pas, commissaire ?

Celui-ci ne répliqua pas. Il se tenait là, muet, blême.

— Il semble que nous ayons l'approbation des forces de l'ordre. Tu viens, Charles ?

Charles Maufret suivit le trio sur le chemin de la liberté. « Je vais probablement retrouver mon ancien rôle, se disait-il. On va de nouveau avoir besoin d'un Monsieur Chocolat. »

Les derniers miliciens attendaient, angoissés, un ordre du commissaire. Mais rien ne vint.

M. Bothorel s'adressa au plus gradé d'entre eux :

— Vous pourriez l'arrêter. Et l'incarcérer dans une cellule en attendant le changement de gouvernement. Toutefois je n'ai pas autorité sur vous. Agissez comme bon vous semble.

L'officier dévisagea son chef. « Bizarre, se dit-il. Maintenant que j'y songe, je n'ai jamais apprécié cet homme. Un vrai tyran, froid et calculateur. »

— Suivez-moi ! ordonna-t-il.

Le commissaire hésita. Puis il haussa les épaules d'un air résigné et se laissa emmener.

Dans la rue, Caroline et Roger tentaient d'expliquer à la foule en colère qu'ils n'étaient pas de vrais Patrouilleurs. Non, ils étaient d'authentiques résistants, déguisés avec des uniformes volés. L'homme qui venait de parler à la télé était un ami et un complice... Par chance, M. Bothorel apparut en personne. La foule fondit sur son héros :

— C'est lui !

— C'est Louis Bothorel.

— Il nous a sauvés !

— Bothorel président !

Deux hommes le hissèrent sur leurs épaules, et la foule en liesse le porta en triomphe dans les rues, jusqu'à l'hôtel de ville. Dès qu'on l'eut déposé en haut des marches, des voix lancèrent :

— Un discours, un discours !

M. Bothorel regarda la cohue des manifestants. À ses côtés se tenaient ses amis, Sébastien, Arthur, Caroline, Roger et Charles. Il leva les bras pour obtenir le silence. Mais les mots ne vinrent pas, car une personne chère manquait. Sans elle, la bande n'était pas au complet.

C'est alors qu'il l'aperçut ! Elle marchait à la tête d'une troupe de retraités, agitant une longue banderole multicolore qui paraissait tricotée main. Elle chantait à tue-tête :

— On veut quoi ?

Des tablettes de chocolat !

On les veut quand ?

On les veut maintenant !

Sentant tous les regards braqués sur elle, elle s'arrêta au milieu de la place.

— Madame Robin ! s'exclama le libraire.

Personne ne savait de qui il s'agissait. Mais tout ami de M. Bothorel devenait instantanément un ami. La foule reprit ce nom avec enthousiasme :

— C'est Mme Robin !

— Vive Mme Robin !

La vieille dame vint rejoindre ses compagnons sur les marches. Quelles retrouvailles ! Les uns riaient en pleurant, les autres pleuraient en riant.

Enfin M. Bothorel put prononcer quelques mots :

— Merci, mes amis. Merci à tous d'avoir répondu si courageusement à mon appel ! Les choses vont changer, à présent. Elles ont déjà changé. Vive la révolution !

Une immense clameur s'éleva, et les pigeons s'envolèrent, effrayés.

Ensuite, tout alla très vite.

Le Parti Qui Vous Veut du Bien démissionna du gouvernement ; de nouvelles élections furent organisées dans la foulée. La Prohibition du chocolat, des friandises et autres produits sucrés fut abolie d'urgence.

Évidemment, le Parti Qui Vous Veut du Bien perdit les élections, et M. Bothorel, qui avait pris la tête du parti Liberté, Égalité et Chocolat pour tous, fut élu Président. Il nomma Mme Robin conseillère d'État en pâtisseries et confiseries. Il aurait bien offert des postes semblables à Sébastien et à Arthur. Mais ceux-ci devaient tout de même retourner au collège.

Dans le pays, la production du chocolat reprit aussitôt. Les usines rouvrirent, ainsi que les boutiques spécialisées. Et, comme on n'avait plus besoin de trafiquants, ceux-ci reprirent leurs anciennes occupations. Toutefois, ils garderaient à jamais la nostalgie de cette époque révolue, la plus excitante qu'ils aient connue.

Dès qu'il reçut sa première livraison de sucre, Roger Moreau s'empressa de confectionner des souris roses. Il en donna une à sa fille, Cathie, qui ouvrit de grands yeux : elle avait oublié qu'il existait pareille merveille !

Le commissaire fut maintenu en détention sous l'inculpation de nombreuses charges, même si aucune des victimes de son règne de terreur ne voulut témoigner contre lui. Leurs retrouvailles avec le chocolat avaient émoussé leur esprit de vengeance. Ils obtinrent néanmoins que, durant tout le temps de sa détention, on lui serve du chocolat à chaque repas. Le prisonnier refusa d'abord d'y toucher. Au bout de quelques semaines, cependant, on remarqua que les tablettes semblaient entamées par de minuscules dents de souris.

Puis des carrés entiers disparurent.

Un jour, enfin, le plateau ressortit vide de la cellule.

On en conclut que le commissaire était prêt à reprendre sa place dans la société.

Le jour de sa victoire électorale, M. Bothorel invita tous ses amis au Palais Présidentiel, pour qu'ils s'adressent ensemble à la foule. À la tribune, à côté de lui, il y avait Arthur et sa mère, Sébastien et sa famille, et même François Crampon accompagné de son frère, Denis. Charles Maufret avait invité son agent. Et, bien sûr, Mme Robin se tenait près de l'ancien libraire, très élégante dans une robe de soie bleue, celle qu'elle avait achetée naguère avec l'argent de la contrebande.

Le discours que prononça ce jour-là le nouveau Président est encore disponible aux archives de la télévision. Le voici :

— Mesdames et messieurs, mes chers amis. Notre tâche est enfin accomplie. Nous voici libres de toute oppression, débarrassés de ceux qui, sous prétexte d'œuvrer à notre bien, ont causé notre malheur. Tournons-nous à présent vers le futur ! Non dans un esprit de revanche, mais en conservant notre idéal de réconciliation. Souvenons-nous seulement de ceux qui nous ont aidés à garder un fragile espoir, en ces jours si noirs. Que soient donc officiellement nommés Héros de la Révolution Mme Denise Robin, M. Arthur Bertin, M. Charles Maufret et, bien sûr, M. Sébastien Moreau. Mes amis, voulez-vous avancer et dire quelques mots... »

Poussé par ses compagnons, Sébastien s'approcha du micro. D'une voix émue, il déclara :

— Merci, monsieur le Président. Mesdames et messieurs, je serai bref. Après ce dur combat, l'avenir s'ouvre devant nous. Un avenir de liberté et d'égalité pour tous les amateurs de confiseries et de chocolat !

La foule manifesta bruyamment sa joie. Depuis les balcons, des bonbons furent jetés par poignées. Les cloches sonnèrent et, pendant un long moment, chacun se sentit heureux.

Car tel est l'effet des sucreries sur les humains — tant qu'ils n'en abusent pas, bien sûr ! Elles leur rendent la vie infiniment plus douce.

Remerciements
et conclusion

Tous les éléments qui ont servi à ce récit nous ont été fournis par les archives de la Société du Chocolat. Ils ont été reproduits avec l'aimable autorisation de Sébastien Moreau, d'Arthur Bertin et des ayants-droit de Mme Robin et de M. Bothorel.

L'auteur remercie vivement MM. Arthur Bertin et Sébastien Moreau de lui avoir permis d'utiliser certains passages de leurs autobiographies : *La Grande Guerre du chocolat* et *Comment j'ai survécu aux sévices de la Police du chocolat.*

L'auteur remercie également Muriel Riche, auteur de *Mon Père, Daniel Riche, et sa place dans la révolution.*

Notre gratitude va également à Charles Maufret, dont l'ouvrage *Chocolat, révolution et autres histoires sous le porche* nous a été fort utile.

M. Maufret, comme le savent nos lecteurs, est redevenu une vedette nationale grâce son personnage de
Monsieur Sucre, dans la série du même nom destinée
aux jeunes téléspectateurs.

L'auteur a vivement apprécié les nombreuses heures
que M. Moreau et M. Bertin lui ont consacrées pour lui
raconter de vive voix leurs expériences durant cette
période historique.

Depuis que son père a pris sa retraite, M. Sébastien
Moreau perpétue la tradition des gâteaux de mariage
et des souris en sucre rose, spécialités de la pâtisserie
familiale.

M. Bertin, quant à lui, suivant les traces de sa mère,
est devenu médecin généraliste.

M. David Cheng, après une thérapie adaptée, est
redevenu l'amateur de chocolat qu'il n'aurait jamais dû
cesser d'être. Son panier-repas truqué figure aujour-
d'hui dans les collections du Musée de la Société du
Chocolat (visites sur rendez-vous).

M. François Crampon est devenu agent de la circulation. Célèbre pour la netteté de ses uniformes, il est
également détenteur du record de contraventions émises
en une journée.

Martine Percale, son épouse, a choisi de conserver
son nom de jeune fille. Elle travaille comme contrôleur
des impôts.

L'ancien commissaire tient aujourd'hui une boutique de confiserie en centre-ville. Il a épousé une charmante Barbara, avec laquelle il a eu deux enfants. Il leur permet de déguster bonbons et chocolat, à condition de ne pas abuser.

Mme Denise Robin et M. Louis Bothorel ont vécu heureux ensemble pendant cinq ans, avant d'être séparés par le décès prématuré de l'ancienne commerçante. Son époux l'a suivie peu après dans la tombe, le cœur brisé. Rien n'a pu le consoler d'une telle perte, pas même le chocolat. Leur souvenir restera éternellement dans nos cœurs.

Sur leur tombe, on a gravé ces mots :

N'oubliez jamais notre combat :

Liberté, égalité et chocolat pour tous !

Ce livre est dédié à ces hommes et à ces femmes courageux, qui furent à l'origine de la révolution. Pensez à eux en savourant votre prochain carré de chocolat !

FIN